事故チューだったのに!

プティルブックス

Character《キャラクター》

イヴ・ベルンシュタイン

ベルンシュタイン家の伯爵令嬢で、チャンル学園に通う1年生。華奢な体型と幼い顔立ちで、小動物のような可愛さを持つ。兵法や体術に詳しく、活発な一面も。ある日、学園の階段から落ちたはずみで、アルバート王子と事故チューをしてしまう。それ以来、王子に溺愛されるようになり……!?

アルバート・フォークテイル

フォークテイル王国の第一王子で、チャンル学園に通う3年生。麗しい容姿と優しい性格で「理想の王子」そのものであったが、呪いが原因でロレッタに夢中になり、仕事をしなくなってしまう。しかし、イヴとの事故チューから事態は一変。呪いが解けてもとの性格に戻った王子は、イヴのことを「天使」と呼ぶほど溺愛し始める。

エディ・ベルンシュタイン

イヴの兄で、アルバート王子の護衛騎士。冷静沈着な判断力で王子を守る優秀な騎士だが、クールな見た目のせいで怖く見られがち。イヴからは深い愛情を注がれている。

ロレッタ・アップルトン

八百屋の娘で、チャンル学園に通う1年生。愛らしい容姿で学園中の令息たちを虜にしているが、それにはどうやら呪いが関係しているようで……？

Contents《コンテンツ》

第1章 事故チューだったのに！……005

第2章 事故の後始末……041

第3章 事故の後は人恋しい……088

第4章 事故った無自覚魔女の呪い……148

第5章 事故か故意か恋なのか……215

第6章 事故と思うか奇跡と思うか……261

番外編

バレンタインがやって来ます！……304

ホワイトデー来たる……321

事故ったからこそ学習する……332

あとがき……348

第一章　事故チューだったのに！

古来より、呪いを解く最大の魔法は、愛だと決まっている。

怪物に姿を変えられた若者も、眠りについたお姫様も、真実の愛で呪いが解けたのは有名な話だ。

その多くはお伽噺《とぎばなし》だが、お伽噺には真実が混じっている。

お伽噺で語り継がれる様々な呪いは過去実際に起きた出来事で、助けとなったのはひたむきな、愛する者からの真実の口付けだった。

親愛を忘れず。隣人に手を差し伸べる心を忘れず。

何より、愛を忘れず向き合うことで呪いを跳ね除け正しい道を歩めるのだと、この国……フォークテイル王国の人々は信じていた。

信じていた。

信じていたのだ。

はい、信じていました。

私、イヴ・ベルンシュタインは、素直な心で真実の愛は無敵だと信じていました。

だけど。

「殿下の呪いが解けた！」

「高名な呪い師にも解けなかった魅了の呪いが……！」

どくどく心臓が煩《うるさ》くて、周りの声が全然頭に届かない。何がどうなったのかわからなくても、自分が今とんでもない状態なのは確かだ。今この瞬間、私ほど不敬を働いている令嬢はいないでしょう。間違いない。そう、わかっているのはただ一つ。とにかく離れなければ。早急に離れなければ。あり得ないくらい、ぴったりくっついているので。

手始めに体勢を整えるため、空いている手に力を込め……ヒエッ。なにこれ知らない手触りがする絶対お高い生地。こんな服に触れるとか身の程知らずでは。助けてお兄さま。

「あの方が触れた瞬間、目に見えて殿下の空気が変わりましたわ」

「きらきらと何か光ったように思います」

「まさか本当に……？」

どうしましょうお兄さま。早く退《ど》かないといけないのに、触れる全てが上質で動けません。動いた瞬間に傷つけたり汚したりしてしまいそうで、バクバク心臓が煩い。それどころじゃないとわかっているのに動けない。むしろ動けないこの時間こそ、不敬更新中。

いい加減離れないといけないとわかっているのに……意識すればするほど力が籠もる！　落ち着いて私！　そんなに力を込めたら破いてしまうわ！　お幾らすると思っているの！　わからな

いけれど！　早くここから離れるのよ！　何より、何より……いつまでくっついているの！

押し倒した相手の後頭部を抱きしめるように回された腕。押さえ付けるように胴体に乗った身体。重なった、互いの唇。

まるで、熱烈な恋人同士のような体勢。熱烈な恋人同士だったら何の問題もなかったです。いえ、どこで何をしているんだという話ですが。チャンル学園の階段真下で何をしているんだって話ですが。

問題は……押し倒しているのが私で、押し倒されている相手と恋人関係にあるわけではないこと……さらに、あまりの衝撃に私がかっちんこっちんに固まってしまっていること。

固まっている場合じゃないんですけどねぇ!!

固まっている場合ではないとわかっていても、身体が全然動かせない。こういう時って意図せず接触したら飛び退きませんか？　飛び退きますよね？　何でこんな時にいつもの反射神経が役に立たないんですか！　全身が鋼のように固まっています！　激しく動き回るのは支離滅裂な思考と警報のように鳴り響く心臓くらいです。

もう心臓が高鳴りすぎて、自分が心臓になったような気持ちになる。今日も元気に血液巡らせております。勢いが良い。今なら速く走れそう。そう早く動いて離れて走って！　止まっちゃ駄目よ健康が取り柄でしょうイヴ・ベルンシュタイン！　私の心臓なら滞りなく任務を遂行するのよ！　血の巡りがよければ代謝もよくなり身体も動きやすくなるはず……そう、早くこの方から離れるの！　いつまで固まっているつもり!?　死にたいの!?

感覚のない手を何とか引こうとした瞬間、燃えるように熱い手が指先まで冷えた私の手を包み込んだ。ヒエッ助けてお兄さま！　心臓が爆発しそうです！

「素敵！　まるでお伽噺のようだわ」

「これが、真実の愛……呪いを解く最大の魔法……！」

繋がれたままの震える手に力を込めて、警戒している動物のようにじりじり身を起こす。ゆっくり距離をあけて……口元にかかる吐息に目眩《めまい》を感じながら怖々《こわごわ》視線を上げると、無垢《むく》な漆黒の瞳と目が合った。つい先ほどまで澱《よど》みを閉じ込めたようだった漆黒は、まるで赤子のように無垢な輝きを放っている。

まさしく生まれ直しましたという輝き。わあ、キラキラしています。お星さまですか？　地上の星ってやつですねふふっ。

笑えません‼　助けてお兄さま‼

不可抗力で相手を押し倒し馬乗りになっている私、今すぐ退かなくてはならないのに、速やかに退いて土下座せねばならないのに、それが不可能になった。だってこの方私の手をお握り遊ばしておられるでございますのよ？　ナンデ？　助けてお兄さま！

ところであまりの近さに私ってば呼吸を止めているのですが、いつ頃呼吸を再開したらいいと思います？　酸欠でクラクラして、まともに思考出来ている気がしません。

青ざめて震える私を星のようにキラキラした目で見つめながら、私に押し倒されたままの尊い方――……この国の王子様であるアルバート殿下が小さく呟《つぶや》いた。

「僕の天使《アンジュ》……？」

「いいえ貴方の天使《アンジュ》はあちらです！」

私は素早く訂正を入れ、階上を振り仰いだ。身を起こしてビシッとその人を視線で指す。両手が塞がっておりますので無作法をお許しください！　これ以上不敬を重ねるのは本意ではありませんが両腕が塞がっておりますのでご容赦を!!　とにかく、貴方がアンジュと言って憚《はばか》らないご令嬢はあちらです！

階段の踊り場で呆然《ぼうぜん》とこちらを見下ろしている、ふわふわした金髪で小柄な愛らしい少女。ここ数か月、不思議なほどたくさんの令息たちから守られていた、ロレッタ・アップルトン嬢。

しかしつい先ほどまでそんな彼女にご執心だったはずのアルバート殿下はそちらを一切見向きもせず、キラキラした目を私に向け続けています。

「いいや、君が天使《アンジュ》だ。僕の天使《アンジュ》。なんてことだろう。こんな嬉しいことはない――君の口付けが、僕を救ってくれたんだね」

(ぎぃいああぁあああああああ!!)

両手で頬を包まれ、引き寄せるように額を合わせられて心の中で断末魔の声を上げた。

ばっくんばっくん高鳴る心臓が口から飛び出そう。それこそ飛び出した心臓が殿下と口付けしてしまう距離。色めき立つ淑女の声なき黄色い悲鳴が空気を震わせたけど、私はそれどころじゃない。なんですかこの距離何なんですか。助けてお兄さま！

周囲の状況なんてさっぱりで、自分の心音しか聞こえないような状態の中……震えるロレッタ嬢の呻《うめ》き声が、不思議と耳に届いた。

「そんな……嘘よ……こんなはずじゃ……」

それな――――!! それ私が言いたい!!

私、イヴ・ベルンシュタイン伯爵令嬢。

顔見知り以下だった殿下にかかった呪いをたった今、真実の愛の口付けで解いてしまいました。

でも待って、これは、違うんです! 真実の愛の口付けなど烏滸《おこ》がましい……!

私、殿下に恋い焦がれた愛溢れる淑女とかじゃありません!


何よりこれ、事故チューですからぁあああああああああ!!


事件は小さな社交場、チャンル学園で起きました。

チャンル学園は十五歳から十八歳の身分ある者たちが通う学園。それは貴族の令息令嬢たちが交流する小さな社交場で、顔つなぎや将来家を継がない者が他の仕事に就きやすいよう学を深めたり婚約者を探したりする場所です。

家を継ぐことが決まっている者、婚約者が決まっている者にとっては顔つなぎだけの場ですが、学園に通うことで自分の家の者がどれだけ学力を持っているか示すことが出来るため、基本的に貴族は自分の子供を学園へと通わせます。何せ学園は小さな社交場。有力貴族ほどその権威を示したいものです。

そこに時々、将来を見込まれた平民も紛れ込みます。学園は小さな社交場ですが、学び舎《や》でもあるので、区別はしても差別してはならない決まりがありました。

貴族は広い心で、将来を担う彼らを見守る義務があります。

実力主義万歳。ぜひ優秀な能力で国を盛り上げる一員となってくれ。我々はそのための助力ならば惜しまない。

以上、学園長からのありがたいお言葉です。入学式で聞きました。

チャンル学園最高学年であったアルバート殿下も王族として、助け合いの精神で、数少ない平民の生徒たちを気にかけていました。

その一人が、ロレッタ・アップルトン嬢。男爵の推薦で学園に入学してきた、愛らしい少女です。

そんなアルバート殿下は数か月前から様子がおかしかった。たいして交流のなかった私が訝《いぶか》しむくらい人が変わったと言っても過言ではありません。

絵にかいたような責任感と良識溢れる王子様だった殿下が、ロレッタ嬢と交流するようになってから彼女にのめり込み、理性を溝《どぶ》に捨てたかのような行動を多々取るようになったのです。お待ちくださいい殿下。それ捨てたらあかんやつです殿下。

婚約者がいる身でありながらロレッタ嬢を優先して人目も憚らず溺愛し、彼女が望むがまま行動するように。依怙贔屓《えこひいき》が凄かった。皆平等に扱っていた殿下はいずこに。

さらには授業をさぼって公務をさぼって四六時中、キャッキャウフフとお花畑にいるような顔でずーっとお茶会していました。繰り返します。ずーっとお茶会。

というのも、おかしくなったのは殿下だけではありませんでした。公爵令息、侯爵令息、伯爵令息……上位貴族の御令息の大半がロレッタ嬢にメロメロズッキュン状態で、ロレッタ嬢の周囲には人が溢れていました。彼らは誰かがロレッタ嬢を独占するのを嫌い、皆平等に接することの出来るお茶会をずーっと催していたのです。そんな牽制《けんせい》合戦があったので、幸いにして殿下はロレッタ嬢と二人っきりで過ごすことはなかったようです。不幸中の幸いというやつです。

一人二人ならまだしも複数人で一人の令嬢を取り合う事態。それも人格が変わったかのような溺愛具合。

これは明らかに異常事態。直ちに調査が行われ、呪いが関わっていることが判明します。

このあたりのことは詳しく知りませんが、国は解呪のために高名な呪い師や善良な魔女などに助けを求めたらしいです。それでも殿下の呪いは解けず、呪われたまま怠惰な学園生活を送り続けていました。

そんな中。

――――奇跡が、起きました。

その日は珍しく、ロレッタ嬢が一人で歩いていました。理由はわかりませんが一人でした。いつも一人二人令息が傍にいるのですが、この日は珍しくロレッタ嬢一人。

そこにアルバート殿下の婚約者であるマデリン・エフィンジャー公爵令嬢が颯爽《さっそう》と現れて、ロレッタ嬢を糾弾しました。ロレッタ嬢が何らかの方法で魅了の呪いを使用していることは明らかだったので、今すぐそれを止めるようにと公共の場で声高に糾弾したのです。偶然その場に居合わせた者たちは、今までの不審な求心力の原因を、彼女の糾弾で理解しました。

……ここまでのお話、マデリン様から拝聴した内容、そのままです。私、イヴ・ベルンシュタインも群衆の一人としてその場におりましたので、しっかり拝聴させていただきました。

……いや、そんな大事なお話を学園の階段の踊り場でなぜしました？　なぜです？

いえいえわかっています、ロレッタ嬢が一人になる瞬間が本当に珍しいことだと。お手洗いに行くのだって出入り口まで誰か付いて来ます。異性なのに。異性なのにそこまで付いて来るとか何事ですか。付いて来てもらうロレッタ嬢のメンタルもどうなっているんですか。逆に他のご令嬢たちがお手洗いに行きづらい状況が出来上がっております。異性のお手洗い出待ちとか事案だと思います。

だから、マデリン様が一人歩きをしていたロレッタ嬢を見て、今しかないと切り出したのはわかります。わかりますけど、なんて盛大に機密事項を暴露してくださったんですか。聞いてしまった周囲はさっと顔を伏せて壁際に避難しましたよ。場所が階段の踊り場なもので不用意に移動することも出来ず、この嵐が立ち去るのを待つしかありませんでした。

殿下の呪いが一向に解けないので、ロレッタ嬢を何とかするしかない。けれどロレッタ嬢に魅了されている令息たちがあまりにも多すぎて、ロレッタ嬢に手を出すことが出来ない。焦《じ》れたマデリン様が動かれたのは、ちょっと短気なあの方ならば仕方がない……とか言えないほど重要機密ですね――――!?

魅了の呪いなんて知らないと容疑を否認して誤解だ冤罪《えんざい》だと騒ぐロレッタ嬢。悪足掻《あが》きはやめて罪を認めろと言い募るマデリン様。周囲がハラハラと見守る中、なんと大胆なことにロレッタ嬢はマデリン様に飛びかかって、驚いたマデリン様がそれを振り払って――大げさな動作でロレッタ嬢が飛び退いた先は、下り階段。

身を竦《すく》めて見守っていた周囲がひゅっと息を呑んだ。私はとっさに駆け出して、ロレッタ嬢の腕を掴んで引っ張る。振り子のように立ち位置が逆転し、ぱちくり目を丸くするロレッタ嬢と視線が合って――私はぶわっと弧を描いて落っこちた。

悲鳴が上がる。目を覆うご令嬢の姿が見える。だけど私は余裕を持って、高いところから飛び降りた猫のように着地しようとして――。

階下にいた、ロレッタ嬢を探しに来てロレッタ嬢が落っこちそうになった瞬間を目撃し、救出すべく走り出したアルバート殿下が着地点に滑り込んだのを、目撃しました。

いやあああああ軌道修正ならず退いてください殿下このままだと圧《お》し潰します不敬罪から斬《ざん》首《しゅ》刑確定――――!?

入れ替わり落っこちて来た私にびっくりした殿下と蒼白な私の視線が交差したと思ったらぶつかって、転がって、とっさに殿下の身を守らねばと腕を回して頭を守ろうとして――むちゅっと。

むちゅっとしてしまったのです。

むちゅっと当たってしまったのです。

ええ、はい、偶然。そんなつもりもなく。

……殿下の麗しく尊い男性的な薄い唇と、私の化粧っ気のないちっちゃい唇が、むちゅっと。

……落っこちて押し倒して馬乗りになったあげく、事故とはいえ殿上人の唇を奪ってしまうとか処刑一直線の不敬ではぁ――――⁉

助けてお兄さまぁあああああ‼

しかし私が悲鳴を上げて命乞いをするより早く。

殿下の身体が淡く輝き、虹色の粒子が散り、弾《はじ》けた。

何事かと様子を窺《うかが》っていた誰か――殿下を見張っていた若い見習い呪い師が、驚愕《きょうがく》の一言を告げる。

「殿下の呪いが解けた」と――――。

うっそやん。

「大変なことになったなイヴ」

「お兄さまぁあああ‼」

うわーん怖かったよー！　何もかもが怖かったよー‼

やっと会えた大好きな兄に、一目散に駆け寄ってひしっと抱き付いた。私より上背《うわぜい》のあるお兄さまは、危なげなく受け止めて抱き返してくれます。頼りになりますお兄さま！　このがっしり感がたまりませんお兄さま‼

あの騒動から三日目。私はどんぶらこっこと流されるがまま王宮に連れられて、豪華な客室に滞在していた。

本当は伯爵家に戻りたいのだけれど、殿下の呪いが本当に解けたのかわからなかったので様子見のために滞在させられています。何より再度呪われてはたまらないので、解呪出来る私は手元に置いておきたいらしいです。安心のため。うえぇんおうちかえしてぇ。

半泣き状態ですが、私はしがない伯爵令嬢。王家の決定には逆らえない。幸い扱いは丁寧だし、皆さん親切だし、微笑《ほほえ》ましくも奇跡を目の当たりにした興奮から恭《うやうや》しく扱われている。でもとても居た堪《たま》れない。助けてお兄さま。

なので、伯爵家に帰れていない私は実の兄であるお兄さまにもこの三日間一切会えなかった。酷《ひど》くなかろうか！　遺憾《いかん》の意!!

つまりこのお兄さまは私にとって三日ぶりのお兄さまなのです！

伯爵家の跡取りであり、アルバート殿下の護衛騎士の一人であるお兄さま。エディ・ベルンシュタイン。御年二十三歳。

お兄さまは青みのかかった短い黒髪と、夏空のように晴れやかな青い瞳をした爽やかな青年です。ただ目つきが鋭いので、親しみのない爽やかさん。表情も乏しく、がっしり鍛えられた騎士なので嵐の前の夏空を思わせます。あれれぇ爽やかとは……？

笑顔になれば一気に爽やかさが弾けるのに、表情で損をしています。真面目で優しい私の大好きなお兄さま。七つ年下の私を守ってくれる、理想の騎士様なのです。お兄さま素敵です！

「うえええ会いたかったですお兄さま……お父さまはどうなさっていますか?」

「父上は白目を剥いてひっくり返り、騒がしい周囲への対応に追われている。お爺さまが窓口になってくださったので、もう少し経てば落ち着くことだろう」

「お爺さまが……」

お爺さまはかつて騎士団長を務めたほどの実力者で、その影響力はいまだ衰えていません。王家への忠義も厚く、陛下からの覚えも目出度《めでた》いので上位貴族でも下手に手出し出来ないお方です。父も騎士の出ですが、お爺さまほどの才能はなく現在は領地経営に専念しています。ひっくり返ったお父さまを見てこの軟弱者めって怒鳴るお爺さまが容易に想像出来ました。

でもでもあわわ……お爺さまが腰を上げるほどの騒ぎになるなんて……私は涙目でおろおろした。

お兄さまはそんな私を丁寧に誘導して二人掛けのソファに座る。二人揃ってぴったりくっつきながらソファに収まった。実はずっといた侍女が澄まし顔で二人分のお茶を置いてくれました。澄まし顔だけど目が微笑ましそうで、気を遣ったのか話し声が聞こえない位置まで下がってくれる。このお部屋とても広いんです。とても、広いんです……!

ところで、とお兄さまが切り出した。

「いつの間に殿下に惚《ほ》れていたんだ?」

「惚れとりません!」

「……惚れてないのか?」

「惚れてません！」

首が取れる勢いでぶんぶん否定します。お兄さまと同じ青みのかかった黒髪が胸の前で踊る。耳の下で結った紺色のリボンには黒い刺繍が施され、お兄さまとお揃いの青い目はころころあちこちを彷徨《さまよ》っています。爽やか詐欺なお兄さまを女性的にして女性にしたのがこの私。清楚《せいそ》感より清涼感があるとよく言われます。スッキリサッパリという意味ですかねさっぱりわかりません！

私の必死な否定に、お兄さまは小さく首を傾げる。ああ！ 大柄な男性がコテッと首を傾《かし》げる様子、きゅんとします！ 男性的なのに愛らしさを覚えます！ お兄さま素敵です！

「だが殿下の呪いを解いたんだろう？」

「不可抗力《ふかこうりょく》です！」

むしろ事故です。

「俺は見ていないが、殿下に飛びついてそれは熱い口付けを交わしたと聞いた」

「どこのどいつですかそんなフィルター越しの証言をしやがりましたのは！」

階段から落っこちたのであって殿下の胸に飛び込んだわけではないです‼

「していないのか？」

「しとりませんよ熱い口付けなんて！」

「口付けは？」

「……」

「していないと？」

お、お兄さまが意地悪します……！

私はぷるぷる身を震わせ、きゅっと唇を引き結ぶ。力を込めた結果、触れあった柔らかさを不意に思い出してしまい、ジワリと頬が色づいたのがわかった。むぐぅ落ち着いて私の心臓……！

「イヴ」

「…………し、しました……」

でもでもでもでもっ。

「事故なんです無実なんですそんなつもりはなかったんです偶然の一致なんですー！」

本当の本当に、あれは事故だった。だって本来なら、落っこちていたのは私ではなくロレッタ嬢。私は偶然たまたまその場にいて、私なら着地出来ると判断して飛び出した。その着地点に滑り込む殿下のお姿など見えていなかった。予測不可能の事故でした。

殿下を押し潰して押し倒して馬乗りになって、事故とはいえ不敬にもチューをかましてしまった私は、いつ罰せられるかと戦々恐々でした。それがまさかの――。

「……イヴがそう思っていても、世間はもうイヴと殿下が真実の愛を誓い合った恋人同士だと認識している」

「ナンデー!?」

「専《もっぱ》ら噂になっている。『悪い魔女に魅了された王子様を真実の愛で救った令嬢』がいると」

「どちらさまですか」

「イヴのことだ」

「どこのお家のイヴさんですか」

「ベルンシュタイン伯爵家のイヴだ」

「それ絶対私のことじゃないです！」

「お前以外に誰がいる」

いやあああ嘘よおお三日でそんな噂が広がるだなんてぇえええ!!

お兄さまの厚いお胸にグリグリ額を擦り付けながら嘆く。もちろんお兄さまは職務中でなく休暇中に顔を出しているので、普段の鎧《よろい》は取っ払われて礼服越しにお兄さまの筋肉をもろに感じることが出来ます。この！　厚みが！　ドストライク!!　お兄さま素敵です!!　ハイ現実逃避をお許しください!!

我がベルンシュタイン伯爵家は騎士の家系。当然のように祖父も父も兄も騎士だったので、娘で末っ子の私はたいそう可愛がられました。

ただ、女の子の可愛がり方を知らない朴念仁《ぼくねんじん》たちだったため、その可愛がり方は普通の女の子にする可愛がり方ではなかったようです。

可愛がって可愛がって……可愛がって騎士の英才教育を施したため、私は刺繍の針の代わりに細身のレイピアを握り、詩集の代わりに兵法を学び、優雅なダンスの代わりに体術のステップを踏むご令嬢に成長しました。何なら将来は騎士になるのだと思いながら訓練に励みました。

途中で祖母が気付いて何とか最低限の淑女教育は受けましたが、令嬢として自慢出来るのは鋭くキレのあるダンスくらいです。むしろキレがありすぎてお父さまとお兄さましか付いてこられません。お爺さまはワンチャン腰が逝く。

そんな、令嬢として未熟な殻を被った《ピヨピヨ雛》状態の私、イヴ・ベルンシュタインが。

世間から、お伽噺に出てくるお姫様のように見られている。

いやあああああああ！　むりぃいいいい!!

「痒《かゆ》いですお兄さま！」

「『正気に戻った殿下はご令嬢の深い愛に感銘《かんめい》を受け、自ら二度目の口付けを交わし固く抱き合った』と続く」

「なんてことでしょうしとりません!!」

確かに心臓が飛び出したならばその場でセカンド事故チュー《キッス》が起きましたが、そんなことはありませんでした！

してませんとも!!　心臓も飛び出しませんでしたから!!　固くも緩くも熱くも冷静にも抱擁《ほうよう》していません!!　断じて!!　距離はとっても近かったですけれども!!

「本当に本当に、事故だったんです！　不可抗力だったんです！　私は無実です……！」

「そこに愛はなかったと？」

「ありませんでした！　大体私と殿下に接点など……っ接点……接点など……？」

ちょっと言い淀んでしまった。

だって目の前に、殿下の護衛騎士《おにいさま》がいる。

「接点ありましたがたいして会話したこともなく！」

「ああ、紹介したこともない。学年も違うし、接点はあるようでないな」

「デスヨネ！」

「だが世間は『護衛騎士の兄という接点が二人にはある』と認識している。『そこから愛を育んだのだろう』と」

「世間様ぁ!!」

「何より――呪いが解けている」

その声は、とても静かでした。

「高名な呪い師も、善良な魔女も……誰も解けなかった呪いが、解けているんだ。イヴ」

ひたっと、静かに疑いようのない事実《致命傷になる攻撃》を繰り出された。

私は口を閉ざす《避けられ》しかない。

「う、ううう……」

「才能あるものにしか呪いは施せない。だが誰でも、ただ一つの愛があれば解くことが出来る……それはお前も、知っているだろう」

それでも呻き声を漏らす私に、お兄さまは淡々と言葉を続ける。冷静な対処が痺《しび》れますお兄さま。でもちょっと待ってくださいお兄さま。

だって、だってだって、それじゃあ……。

「事故でも不可抗力であったとしても、口付けで呪いが解けたということは、お前が殿下を心から愛している証明だ」

「うあああああ……！」

バッサリ斬り込まれて、私は頭を抱えてその場に丸まった。お兄さまから離れて、ソファの端っこに逃げ込んで、頭を抱えて膝を丸めて額を押し込んだ。

「違うんです違うんです……っだってだってだって」

声が上ずる。どくどくと血流が速くなって、鼓動の速さを聞きたくなくて耳を塞いだ。余計音が大きくなってぎゅっと目を閉じる。どうやっても音が大きくなる。

「だって私、殿下とお話なんてしたことなくて……っ」

心臓の音を聞いていたくなくて、言い訳するよう言葉を探す。でもそれがお兄さまに対する言い訳なのか、自分に対するものなのかよくわからない。

「同じ学園にいても学年が違うし、すれ違っても会釈くらいで挨拶しないくらいだし、廊下の端からちょっと眺めるくらいの距離感でっ」

ぎゅっと閉じた目の裏には、学園ですれ違った視線の合わない殿下の横顔。ちらっと確認しただけの、二つ年上の尊き方の御姿。

「見つけてもわー王子様だーって感想しかなくてホントキレイとか凄いとかぼんやり考える程度で、私そんな、だってぇ」

尊き方を目にするのは光栄なことで、友人と一緒にキャッキャと騒ぐくらいで、ちょっと良いことあるかもなんて思うくらいのものだったはずで。

「接点、接点とかお兄さまくらいだし、でもお兄さまだってお仕事の話しないしっ何も知らないし、あってないような接点《もの》なのにっ全然あの方のこと知らないのにっ」

公表されていることしか知らない。学園で分け隔てなく接してくださる姿しか知らない。私はあの方の表面しか見たことがないのに。

「なのに私のチューで、殿下の呪いが解けるなんて、て……それって、それって」

わなわなと、くるくる言葉を紡ぐ唇が震えた。凄く、泣きたい。

だって、だって、それってつまり。

「私が気付いてないだけですっごく殿下のこと好きだったってことになるじゃないですかやだぁあああ！」

しかも目撃者多数世間まで巻き込み、私の想いは真実の愛の奇跡として祭り上げられることになる。

伯爵家が騒がしいのは、真実の愛の口付けで殿下を救った娘が王家に感謝されるのは確実で、少しでも繋がりを持ちたいと貴族が駆け込んでくるから。

そう、彼らは皆――口付けで呪いが解けたのだから、イヴが殿下に対して愛を抱いているのだと、疑っていない。むしろなんて健気《けなげ》なご令嬢だろうと過大評価をしている。

違う、そんな健気じゃない。羞恥心で一杯。

周囲の見方もだけど、そんなつもりが一切なかったから自分の鈍感具合にも羞恥で一杯!!

私ってそんなに、殿下のことが好きだったの!?　チューで呪い解いちゃうくらい!?　全然知らなかった!!

ああああーおうちかえりたいけどこの部屋出たくないー！　皆が私を微笑ましく見てくるうう!!

助けてお兄さま!!

羞恥で丸くなる妹をよしよしと宥《なだ》めながら、妹の恋心に欠片《かけら》も気付かなかった兄は小さく疑念を抱いた。

――――自分が朴念仁だから気付かなかっただけなのか、それともこの話に裏があるのか……。

溶ける笑顔で書類を捌《さば》いていた護衛対象《殿下》を思い浮かべながら、エディはとにかく、イヴを優しく宥めた。


お兄さまが「頑張れ」と声援を残して退室して、日が暮れて。

豪華な夕飯を済ませのんびりしていると、私の客間に殿下が滑るようにやって来ました。

「僕の天使《アンジュ》」

絹糸のような金色の髪に、星を散らしたような黒い瞳。

すっと伸びた背筋はとても姿勢がよく、廊下を歩く姿からきっと身体を鍛えているんだなと私はずっと思っていました。姿勢から、なんとなくわかります。程好く鍛えた筋肉が隠れているのが……あっもしやこれは不敬《セクハラ》!?　どこを見ているの私！

さっと視線を逸《そ》らそうとしたけれど、滑らかな動きで私の隣に座った殿下に視線が吸い寄せられる。だって、自分の膝の上に添えていた両手を両手で掬《すく》い上げられて、薄い唇がちゅっと触れたので。

ぴゃー!?　沸騰した薬缶《やかん》の如く高い音を出しますよ!?　何なら噴火しますよ何してんですか!?

「君が待っていると思うと僕のやる気も満ちてくる。こんな気分よく仕事が捗《はかど》る日が来るなんて思わなかった。どうかその羽でどこにも行かないで、僕の傍で羽を休め続けて欲しい。君の存在を知ってしまった僕は、君がいないとどんでもない役立たずになってしまうんだ」

自虐ネタやめてください。

これ絶対魅了にかかっていた役立たず期間をご自分でディスっている。

でも私がいればそんな事態にはならないって言っている。言いながら指先にちゅっちゅするのはやめてください心臓が破裂して死んでしまいます。何で一々ちゅっちゅする必要が？　真実の愛ゆえに？　おやめください心臓が、きゅっと、止まります。

……しっかりするのよイヴ。殿下が麗しすぎて心臓が煩いだけ。身分が違いすぎるもんね仕方がないね。このドキドキは不敬を働き続けているからよ。いつバッサリ罰せられるか不安なのね、そうに決まっている。何より動揺で心臓が忙《せわ》しないの。だからドキドキするのは仕方がない仕方がないこれはときめきじゃない。勘違いしてはダメ。

だっておかしいでしょう。以前は別に殿下のことは殿上人と思って距離を置いて見ていたのにこんなことになるなんてきっと裏があるに違いないそうこれは動揺を恋と勘違いしている吊り橋効果で私は殿下にときめいてなど――……。

「ふふ、剣を握る手をしている。僕の天使《アンジュ》は勇ましいね。その勇気と愛が僕を救ってくれた……ああ、僕の戦女神《ヴァルキリー》。どうか愚かな僕を見捨てないでくれ。君が僕に触れた時から、君の体温が愛しくて仕方がないんだ」

そう言って私の手の平に、そっと唇を寄せる殿下。

ときめかせんな――!!

誰でも対等に扱うはずだった殿下は、まさかの熱愛溺愛系《ぞっこん》でした。

殿下があまりにもぐいぐい来るから、魅了の呪いがロレッタからイヴになっただけ《路線変更した》なのでは？という疑いも出ていました。

でも誰が確認しても呪いの気配はなく、殿下は正気でした。呪われていた間は誰の話も聞かずロレッタ嬢だけに従っていた殿下ですが、別に私に忠実なわけではないです。周囲の言葉を聞くし問題なく会話が出来るし、今までの不甲斐《ふがい》なさを詫びて自ら仕事を増やし、遅れた分の執務に励んでいます。その様子を見て、周囲も殿下が普段通りに戻ったと安堵《あんど》しました。

私への溺愛は、真実の愛を見つけたからこそのもので、魅了されていた様子からもともと愛したら一直線の人だったのだなと周囲は納得しました。

何より殿下の熱愛にあっぷあっぷしながら羞恥で身悶《みもだ》える私を見て、生ぬるくも優しい視線で見守られることになりました。助けてお兄さま。ひたすらに、皆さんが私を見る目が、微笑ましい。

真実の愛によって救われた殿下は、真実の愛を示したご令嬢にご執心だという噂は、絶対この殿下の態度から来ています。だってこれ見たまんまじゃないですか。

ちなみに、殿下の婚約者だと思っていたマデリン・エフィンジャー公爵令嬢は、婚約者ではありませんでした。婚約者候補筆頭でした。いやそれほぼ婚約者じゃん……？　と思ったけれど違うらしいです。

ロレッタ嬢に単身突撃するほど殿下を想っているのかと思いきや、悪事を許せない正義感溢れる猪《いのしし》さんでした。この発言は、ご本人の口から聞いた言葉です。

そう、自称猪さんは私が王宮の客室に通されたその日に自らバーンと扉を開いてやって来ました。

……普通公爵令嬢は自分で扉を開けない。侍女が開ける。ですが、侍女が開ける間もなくバーンッとご入場しました。何の前触れもなかったので心臓飛び出るかと思いました。

マデリン様曰《いわ》く、婚約者候補筆頭であれど婚約自体はなされておらず、だけど筆頭だからこのままだと卒業後には結婚するんだろうなーっと思っている程度だったそうです。万が一別の令嬢が選ばれることも視野に入れていて、彼女的に殿下以外の婚約者候補もしっかりいるので自分に遠慮せず殿下を支えてやって欲しいと頭を下げに来ました。突然の猪訪問の内容にびっくらこいた。

ここまでするなら逆に全部詭弁《きべん》で本当は殿下に恋しているのでは……？　と疑った私は、愛らしく頬を染めて殿下でなく別の方に恋慕しているのだとこっそり教えていただきさらにびっくらこいた。だってお相手、え、いいんですかマデリン様、そいつ頭空っぽと噂の女性大好きナンパ野郎……確かに女性に優しいし伯爵家の跡取りで優良物件だし女性大好きだけど交際中は浮気しないと噂の放蕩息子ですよ。優良物件なのに女性と長続きしない理由は頭空っぽすぎるせいですよいいんですか。え、そこが好き？　世の中いろんな人がいる……！

マデリン様は自分という婚約者《障害》がいるから私がずっと秘めた恋をし続けていたのだと思い、真実の愛で呪いが解けたのだから自分という婚約者《障害》は気にせずぜひ仲良くやって欲しいと思ってその日のうちに誤解を解きに来たらしい……です。

そうですね、マデリン様その場にいましたからね。何なら事件の当事者です。目をきらきらさせてお伽噺の奇跡を目に出来るだなんてと興奮気味でした。やめてそんな目で私を見ないで。

そしてもう一人の当事者、むしろ容疑者のロレッタ・アップルトン嬢。

彼女は殿下の様子に狼狽《うろた》えて、呆然としている間に殿下の護衛が事件の事情を聞くという言い分で確保されました。常に令息たちに囲まれ守られているロレッタ嬢を障害なく確保するチャンスだったので。むしろ殿下にもう一度魅了の呪いをかけられる前に確保する必要がありました。

ロレッタ嬢は、容疑を否認し続けているそうです。呪いなどかけていないと繰り返し、現在は呪い封じの牢屋に隔離されているそうな。国のお抱え呪い師によれば彼女から魔女の気配を感じるので、自覚なく魅了をかけ続けている可能性があるとのこと。

特に成績が良いわけでもないのにチャンル学園に推薦されたことも何か理由があるかもしれないので、彼女を推薦した男爵も確保されたらしいです。酌量の余地があれば永遠の呪い封じを埋め込まれてお家に返されるらしいですが……否認し続けているので、まだまだ時間がかかりそうとのこと。

このあたりは本当にどうなったのかわかりません。何せまだ三日目で、私は客室から全然出ていないから。情報を持ってくるのは突撃自称猪令嬢マデリン様と、熱く愛を囁《ささや》くアルバート殿下。

本日新しく加わったお兄さまは、お仕事があるので滅多に会えない。くすん。

……何が言いたいかって、そう、じわじわ外堀を埋められている気配がこう、バンバンします。じわじわどころかガンガン埋められている気がします。

お伽噺はいつだって、真実の愛の口付けで、呪いを解いて終わります。

真実の愛で呪いが解けて——二人はめでたく結ばれました、と。

それが、現実になろうとしている。

私は最低限でも淑女教育されている伯爵令嬢。身分は足りないけれどお爺さまは陛下の覚えが目出度い忠義に溢れる家臣。お兄さまは殿下の護衛騎士に抜擢《ばってき》される実力者。

我が伯爵家はどこの派閥にも属しておらず、あえて言うなら中立。領地持ちで困窮もしておらず、富みすぎているわけでもない。ほどほどののんびり経営が成功している領地。伯爵であるお父さまには野心もなく、後ろ盾として強すぎることも弱すぎることもない。正直可も不可もないご令嬢です。自分で言うのもなんですが。

しかしそこに加わる真実の愛。目に見えない漠然とした想いではなく、呪われた王子様を助け出した実績。民衆が大好きな、お伽噺のような愛の奇跡。

現在周辺諸国に軋轢《あつれき》もなく、目立った不穏分子もない。真実の愛に救われたのだと掲げれば、アルバート殿下の伴侶を巡って問題が勃発することもない。なぜなら、二人に横槍を入れるのは真実の愛に横槍を入れるということ。政治として正当性があったとしても、愛の奇跡に沸いている民衆がなんと言い出すかわかりません。この勢いのまま婚姻をまとめてしまった方が魅了の呪いにかかった醜聞も愛の奇跡で上塗りされるのでは。

殿下がぐいぐい来るのはこのあたりの事情もあると踏んでいるのですが、星空みたいな目を熱でとろとろ溶かしながら見つめてくるので、断言が出来ません。これが全部演技なら騙《だま》されても文句は言えない気がする！　みんな騙されるに決まっていますもん!!

私はどっくんどっくん跳ね続ける心臓を何とか鎮《しず》めながら、麗しい殿下をそっと窺った。すぐ殿下と目が合って、とろりと微笑まれる。嘘です全然鎮まりませんこの心臓。このままだと早死にしてしまう。鎮まれ我が心臓、なぜそうも荒ぶるのか。心臓が鎮まる前に私が溶けそう。

この三日間、殿下は夕食後に必ず私の客室を訪れた。どうやら食事の時間を圧して遅れを取り戻そうと忙しいらしく、本当なら私とこうして会うのも時間が惜しいほどの忙しさらしい。完全にお尻に火がついています。それを何とか調整して夕食後、こうして顔を合わせていた。

一日一回は必ず私に会いたいし触れたいからと言って。

……。

……三日なんですが……。

三日なんですがそんな扱いされたら自惚《うぬぼ》れて惚れ直しちゃうじゃないですかあああ思春期の思

い込みの激しさを舐めないでくださいよぉおおお!!

正直殿下の呪いが解けたのが、本当に私の愛の力なのかわからない。だってそんなつもりは本当に髪の毛ほどもなかったので。でも呪いが解けた瞬間を多くの人が目撃して、状況的に私のく、口付けが理由にしか見えなかった。

何かの間違いで勘違いじゃないかって思うのに、呪いを解く最大の魔法は愛だとこの国の者なら幼子だって知っています。私も知っているし信じている。信じているから、私が自覚していないだけで殿下を愛していたことになる。なんだこれ羞恥しかない。

ただでさえ信じられなくて戸惑っているのに、殿下は呪いが解けたその瞬間から私をお姫様のように扱って、天使のように女神のように褒め称《たた》えて愛《め》でて……戦女神《ヴァルキリー》とかちょっと嬉しかった。そうです私ちょっと強いんですうふふえっへん……そんなふうに扱われて、ころっと恋に落ちない思春期女子がいるなら教えて欲しい。私はころっと転がされてしまいそうです。

チョロイとかそんな、だってだってだって……そもそも私が殿下を愛していたなら、殿下に愛を返されて嬉しくならないわけがなくないです？　つまりそういうことでは？　ここは喜んで転がるところ？

淑女として未熟な私はこのまま流されていいのかわからず不安で仕方がない。

その不安を殿下の熱烈なお言葉と態度で溶かされてしまいそうで、怖くて仕方がない。

真実の愛があったから、殿下は私に愛を返してくださる。だけど私にその自覚は薄く、むしろ熱烈な殿下に振り回され気味。置いてけぼりになっている気がします。

だってあれは事故チュー。私にも殿下にもそんなつもりはありませんでした。あの時、唇が触れ合ったのは偶然でしかないのに。結果呪いが解けたけど、きっかけは事故です。それなのにここまで大きくなったお話に、取り返しのつかない流れに不安が……。

そんな私に、アルバート殿下はとろりと微笑みかける。

「愛しい僕の戦女神《ヴァルキリー》。僕の愛だけじゃ、不安かな？」

「あい……っ⁉　いえその……私がちゃんと出来るかが不安で……私は伯爵家の者ですし、淑女として修業中の身ですし、殿下に何も出来ておりませんし」

「君がいるだけで僕は何事も熟《こな》せるのだから君の存在自体が力なのだけど……不安なら、君の愛をここに示してくれないかな」

「ふげっ⁉」

長い指がここ、と示したのは笑んでいる男性的な口元。ほげぇ⁉

「ななんあぁっなじぇでしゅか⁉」

「君が真実の愛を僕に与え続けてくれるなら、僕はなんでも出来る。君は何も心配しなくていい。愛しい戦女神《ヴァルキリー》、どうか与えてくれないか？　憐れな下僕に貴方の愛を」

殿下が下僕とか言っちゃやだめぇえ‼

いやほんと何でそうなったの⁉

「何より呪い封じの牢にいるとはいえ、未知の力を持つ魔女だ。もしかしたら少しの油断で呪いを再度かけられるかもしれない。そうならないようぜひ、僕に君の愛を与えて欲しい」

あー！　なんか三日前呪い師もロレッタ嬢を未知の生命体とか言ってましたねー!?　危険はまだ去っていないからここにいて欲しいとは言われましたー！　私がここにいる第一の理由がそれです！

……え、殿下、何でニコニコしながら黙っちゃうの？　あれ？　待ちですか？　待ちの姿勢に入られた!?

確かに私がここにいるのは殿下を愛して……呪いを解くほど愛しているからで、そんな私に今出来るのは殿下に愛を示すことだけ――になるのかなそうなのかな何かおかしくない!?　私がおかしいの!?　助けてお兄さま！

あああ殿下が目を閉じて完全に待ちの体勢に……！　何ならちょっと身を屈《かが》めて届きやすくしてくださって……その気遣いが出来るならなぜこの流れに持っていきましたか!!　淑女としてこれはよろしいの!?　淑女からゴーとかいいの!?　あーそもそもファースト接触は私からでしたね!!　つまりそういうことだと!?　血を吐きそうです鼻から!!

ぐ、う、私に出来る最大の魔法……！　ここにいる意味……殿下を呪いからお守りすること……わ、私の口付けで殿下が心置きなく活動出来るなら捧げるべき……なんかもう婚約の流れに乗っているし不埒《ふらち》者にはならない……ですよね!?　それならば、行くのよイヴ・ベルンシュタイン！　女は決断、行動力！

自分を鼓舞《こぶ》して身を乗り出す。震える手を殿下の肩に添えて、ぎゅっと引き結んだ唇を微笑んでいる相手の唇へ……向けた瞬間、角度がよろしくなかった。思ったよりも殿下と身長差があって、よいしょっと背伸びした勢いが良すぎた。私はレイピアを握る握力と腕力をいかんなく発揮してうっかり、殿下をソファの上に押し倒した。

ファアアアア何してんだ私ぃいいいっと思う間もなく殿下の背中はソファの腕掛けに。勢いよく乗り上げた私は思ったより強い力でむちゅっと。ちょんっと触れるだけのつもりだったチューがむちゅっとした感触に変わっていた。ファァアアアアア!? ちょ、これ、ファースト事故接触の二の舞……!

離れることも出来ずかっちんこっちんに固まった私。触れ合った場所からふふっと笑い声が漏れる。うっすらと星空を覗かせて、殿下が艶《あで》やかに笑った。

「僕の天使《アンジュ》は可愛い」

ごっふ。

…………✦♡✦♡✦♡✦…………

きゅうっと目を回した愛しい人に、笑みが止まらない。

白い頬を薔薇《ばら》色に染めて、淑女らしく気絶する様子は守ってあげたくなるほど初心《うぶ》だ。騎士の家系で武骨に育てられながらも、男を近付けなかった家族の過保護具合が透けて見える。

そんな彼女が目を回し、真っ赤になりながら必死に現状に適応しようとしている様子が、愛らしくて仕方がない。

アルバートは自分の胸に倒れ込むように気絶している少女のまろやかな頬に触れ、指先に感じる体温にうっとりと目を細めた。

(夢みたいだ……まさか、君を捕まえられるなんて)

魔女の呪いは本物だった。自覚がないくせに強力で、アルバートは偽りの愛を植え付けられた。反発すればするほど深くなり、夢と現実が曖昧になる。自分の言動が歪《ゆが》み、魅了者の望む行動を取るようになった。

姿が変わったり眠りについたりする呪いでない分、発覚が遅れて被害は甚大だった。だが呪いが一つ解かれたならば、そこから綻《ほころ》びが生まれて全体の呪いは解けていく。魔女と距離を取ることで、その威力も落ちるだろう。

この三日間で正気に戻った者もいて、彼らは信用回復のため奔走しているようだ。それはアルバートも例外ではない。アルバートの場合、解呪のきっかけとなったので皆が好意的に受け止めているにすぎない。何せ、奇跡の一幕を見ることが出来たのだ。

『真実の愛の口付けで、呪いは解ける』

お伽噺のような本当の話。この国の者たちはそれを信じていたけれど、実際目にする機会はほとんどない。そもそも呪いが頻発しているわけでもないし、真実の愛を示して口付けを交わす者もいなかった。

……アルバートは王家なので、この真実の愛の裏側を、実は知っていた。

真実の愛は、恋慕でなくても構わないこと。

両想いでなくても構わないこと。

言ってしまえば親子の無償の愛情でも適用される。純粋に誰かを想う口付けが、邪《よこしま》な呪いを跳ね除けるのだ。それを王家の教育で知っていた。さらに言うなら愛する者との口付けはどちらに愛があっても変わらない。呪われた方でも、呪いを解く方でも構わない。

心の底から愛している——……そう断言出来る相手なら、片思いだって構わない。

それなのに呪いを解く側に真実の愛が必要と信じられている風潮は、覚悟がいるからだ。呪われた者と口付けを交わす行為は、呪われていない側により覚悟がいる。呪われた側は、そもそも誰かを愛していても、姿かたちが変わった状態で口付けを交わすことは難しい。呪いで姿を変えられる場合は蛙や豚ならまだ優しい方で、醜悪な化け物の姿に変えられることもある。

呪いで姿を変えた者に、何の想いも抱いていない者が口付けを出来るのか？　出来るわけがない。出来るのは、相手に真実の愛を抱く者だけ——ということだ。

だから真実の愛は、呪いを解く側……呪われていない側に必要だと思われていた。呪われた側が愛しているなら、その人との口付けで呪いは解けるのに。口付けが出来るかは別として。

だから別に、イヴがアルバートを愛していなくてもよかった。

アルバートが、イヴを愛していたから。

アルバートはずっと、イヴ・ベルンシュタインだけを見ていた。護衛騎士のエディ・ベルンシュタインに、仔犬のようにじゃれついている様子を目にした時から。

たった一度、言葉を交わしたあの時から。

学園で接触しなかったのは、王子としての責任感。近付けば欲しくなってしまうから、無責任な行いをしないため近付かなかった。

アルバートは政治的に一番条件の良い令嬢と婚姻を結ぶのが決まっていた。最有力のマデリンは戦友だったが、愛していたのはイヴだった。

アルバートとマデリンは互いに別の相手に恋をしていたが、どうすることも出来ない。争いの種にしかならないので、アルバートは恋心に蓋をして閉じ込め続けるつもりだった。

だけど、無知な魔女が現れて。

運命は——アルバートにとって都合がいい方向へと回り出した。

アルバートはとろけるように微笑んで、まだ目を回している愛しい人を見つめた。流されることに戸惑って、何とか踏ん張ろうとする彼女に心の中で囁く。

(大丈夫、今は戸惑っても——……いずれ、全部真実になる)

たとえ勘違いでも、思い込みでも——繰り返せばそれが真実。

胸を高鳴らせながら、アルバートは温かな身体を抱きしめる。ずっと求めていた人が、手を伸ばせば触れられる場所にいる。ああ、なんて幸運なことだろう。小さく唸《うな》るような声すら愛らしい。いささか幸せすぎて周囲に不安を与えているようだが、これは家臣たちが心配していた呪いでも、勘違いでも、思い込みでもない。

とっくの昔にそんな疑惑を乗り越えたアルバートの想いは本物だ。

だから今度はイヴが、勘違いでもいい。思い込みでもいいから、アルバートを愛せばいい。

必ずそれを、真実にして見せるから。

幸い真実の愛の口付けは、呪いを解く方に必要だというのが一般的。アルバートが何をしなくても周囲は勝手に誤解して、イヴも自分が恋をしていたのだと思い込んでいる。

たとえ誰かが疑っても、アルバートの呪いが解けたのだから真実の愛は本物だ。その愛が、イヴにあるかアルバートにあるかの違いがあるだけ。

だから何の問題もない。

「愛しているよ、イヴ」

ちょっと意識が回復してきた愛しい彼女に囁いて、真実の口付けを落とす。

愛しい天使は複雑怪奇な悲鳴を上げて、頭を抱えて叫んだ。

「事故チューだったのに！」

事故なら責任を取ってもらわないと。

嘆くイヴに、アルバートはただにっこりと笑った。

第二章　事故の後始末

お姫様は呪われた王子様と真実の愛の口付けを交わし、愛の力で王子様にかかった呪いは消えてなくなりました。

呪いが解けた王子様は、お姫様と死ぬまで幸せに暮らしました。

めでたしめでたし。

愛の力こそ偉大。愛こそ無敵。愛があれば大抵のことは何とかなるなるきっとなる。

呪いには愛が効くとこの国の人なら幼児でも知っている。お伽噺のような本当の話。

しかし呪い師や魔女が存在していても、呪いを跳ね除《の》けるような事態は滅多に起こらない。それこそお伽噺のように強大な呪いはリスクが高すぎるので、よほどのことがない限り誰もかけない。せいぜいちょっとした呪いを、気付かれないようにかけるのみ。

だから、信じられていても……実際に愛で呪いを解く瞬間など、それこそお伽噺の中でしか知られていない。

実際にそんな事態が起きたならば、きっとその「愛の物語」はお伽噺のように周囲に祝福されてめでたしめでたしで終わるのだろうと、夢見る呑気なイヴ・ベルンシュタインは思っていたのです。

　思っていました。

　思っていたのです。

　自分が真実の愛の口付けで呪いを解くまで、そう思っていました。

　イヴ・ベルンシュタイン――この度アルバート殿下の呪いを事故チュー《愛の口付け》で解き、殿下の婚約者に内定致しました。

　真実の愛で、殿下を救ったから。

「殿下への愛だけで婚約者になれるのなら、わたくしにだって殿下の婚約者になる資格はあるはずですわ！」

　まったくもってその通りです――……！

　どうも、うっかり事故でアルバート殿下にかかった魅了の呪いを解いてしまった無自覚純愛女子のイヴ・ベルンシュタインです。

　アイエエこの紹介からしてすでに事故!!　言っている意味がわかりません！　無自覚純愛女子とかただの天然鈍感ですよね知ってた!!　それが私だとは思いたくないです助けてお兄さま!!

　階段下の接触《お伽噺の始まり》事故から数週間。殿下の呪いを真実のあ……あいあい……あいあいあい……！

　愛の口付けで解いた私は、まだ王宮に滞在していた。

　何でやねん根っ子生えているんですかなぜご帰宅せず長期滞在しているのか。ほんと何でこうも長引いているんですかね誰か知ってる⁉　誰も答えてくれないんですけど怖くない⁉　助けてお兄さま‼　あれから二回ほど顔を出してくれているお兄さまに聞いても無言で首を振るだけなんですけど何で⁉　さすがにそろそろお家帰れますよね呪いの二次被害も何もないですもんね⁉　おうちかえしてぇえええ！

殿下に訴えればいい？　殿下に訴えようにも、ひたすら甘くてデロ甘で会話するたび溶けそうで長時間のおしゃべりが出来ません‼

夜空の煌《きら》めきに蜂蜜を溶かしたみたいなドロ甘な熱視線に堪えながら、細胞の一つ一つまで誘惑するような接触を受ける身にもなってくれません⁉　ときめきに殺される‼　なんだか熱々の蜂蜜に全身を絡められている感覚がします‼　助けてお兄さま！　柔らかく煮込まれる‼

おかしくない……？　おかしくないですか……？　確かに魅了の呪いは恐ろしいですがもう大丈夫では……？　むしろ殿下が私にメロメロ状態でなんか副作用みたいになっていません……？　あっ、呪い師も魔女も問題ないと太鼓判を……？　うっそやん……愛情がハート型になって乱舞するのを幻視するくらい私に構ってくるよ……？　接触事故《チュー》以前は数回挨拶を交わした程度のどこにでもいる伯爵令嬢にだよ……？　おかしくない？

私がメロメロになるのはわかる。いやメロメロしていませんけどね？　していませんよ？　ドキドキハラハラそわそわさせられっぱなしだけどメロメロでは……めろめ、やめて！　動悸息切れで胸が苦しいのに無自覚純愛女子を見るような目はやめてください周辺各位‼　主にお世話をしてくださる侍女の皆さま‼　そんな微笑ましい視線を、生温かな視線を送るのはやめてください後生ですから！　後生ですから!!

接触事故とはいえ殿下の呪いが解けたのだから、私の無自覚に隠された純粋な想い（自覚がないんだから隠しようがないのでは……!?）は周知の事実。殿下ほどわかりやすくメロメロしていなくても、私が殿下にメロメロなのは私よりも皆さんの方がわかっているという、こっぱずかしい状態なのである。

殿下からの溺愛に戸惑う私を見ても「なんて初心で慎ましい子なのかしら」なんて、想い人に優しくされて慌てているとしか認識されていない。私が殿下へ真実の愛の口付けをするほどの愛を秘めているってわかり切っていますからね!!

秘められていない……！　国民が知っている事実……！　うがあぁあああああいっそ殺してぇーって叫びたくなるくらいの羞恥心……!!

そう、私は殿下に愛を示して呪いを解いた。殿下はそんな私の想いにお応えになり、とても大事にしてくださっている。何なら周囲も好意的で、現代の奇跡。お伽噺の幸福な結末を誰もが見守っている。やめてそんな目で見ないで溶けますでろでろに!!

当人が想いを理解していないのに周囲の理解が深すぎる……!!

そう、周囲はめでたしめでたしを目指して動いていて、私はその流れにあっぷあっぷと流されまくっている。こりゃやべぇや何とか踏ん張らないと……！　と思う度、殿下に腰を抱かれ耳元で愛を囁かれ心不全を起こしている。踏ん張れない。助けてお兄さま。

ええ、ええ、さすがにわかっていますよこの流れは……私ってば殿下の婚約者に抜擢されている……⁉　ってわかっています。

はわわ恐れ多い……！　始まりは不敬罪ですよ本当にいいんですか⁉　皆さんちょっと冷静になりましょう？　私も冷静になりたいのでお家に帰してもらえませんか⁉

とか言っている間に婚約者に内定してしまいました。内定後もずっと王宮にいるのもおかしな話だと思うんです！　思うんです‼　なぜ帰れないんですかうええええんおうちかえしてぇえ……いや本当にいつの間に内定したの？　殿下から聞いたけど本当？　そこんとこも詳しくお話し願いたいです教えておとーさまぁああああ‼

お家に帰って、私も冷静になりたいのです！

だって私には愛しかない。必要な実家の後ろ盾も格式も、我が伯爵家では今一つなはず。本当に私からの愛しかないのです。

その持っているはずの愛ですら自覚が足りなくて、ただただ気持ちと自覚が付いてこない。それなのに偉い人たちにころころと転がされている私。大変よろしくないのです。

勢いは大事かもしれませんが、冷静になりたい。

そうよ冷静になるのイヴ・ベルンシュタイン。私は殿下を想っているみたいだけど、伯爵家という身分はあるけれど、王妃となるには教育が足りない。後ろ盾としても効力は弱い。きっと殿下のためになれない。あの方の傍にいる理由は本当に愛だけ。私は婚約者候補にすら名前が上がらなかった娘で、殿下の隣を目指してきたご令嬢たちとはご令嬢レベルがそもそも天と地ほどの差がある。わかっていたはずよ。

だからいずれこうなるとは思っていた。

「イヴ・ベルンシュタイン！　わたくしは貴方を認めませんわ！」

だからって王宮の回廊でデデーンッって力強く言うことではありませんよねー!?　しっかりなさってご令嬢！　その行為は！　貴方を！　盛大に！　貶《おとし》めていますよ!!

王宮に滞在中の現在、さすがに部屋の中でじっとし続けるのは身体が鈍る。部屋は広いけど、王宮の侍女さんたちが見ている中で鍛錬を始めるわけにもいかない。さすがに無理です。こっそり目を盗んでスクワットとかしているけれど、本格的な型を使った鍛錬などはこの数週間一切行えていない。お、衰える……！　腕が鈍ってしまう……！　恐ろしい……！

動きたいけど動けない。暇している私は、こっそり堂々と鍛錬するため王宮図書館へと足を運んでいた。部屋を出て歩くだけでもやはり違う！　分厚い本を抱えて歩くことでさらに筋力強化！　目を盗んで本を軽く上げ下げすることでダンベル代わりにもなる！　侍女さんたちに気付かれることなくこっそり鍛錬出来るなんて、一粒で二度美味しいとはこのことですね！

なんて、るんるんしていたのが悪かったんですかね……。

適度に重い本を見繕って、部屋に戻って読書《鍛錬》でもするかと王宮の回廊を、護衛を引き連れて歩いていたら……前方から視線のきついご令嬢がやって来て、ご覧の有様です。

いや何をなさっておられるでございまするか？　もしかしてこの国のご令嬢実は猪だらけです？　猪手前のうり坊です？　もうちょい熟慮が必要ですよ!?

ここは！　王宮！　チャンル学園の廊下とは一味二味百味くらいは違う誰が通るかもわからな

い回廊ですよ!?　あちこちに警護の騎士様が配置されていますよ!?　そんなところで恥も外聞もなく何をなさっておられるのか！

私に文句を言ってきたのは、言動から察するにアルバート殿下の元婚約者候補だった方。残念ながら、婚約者候補筆頭のマデリン様が婚約者として有力すぎて、その他の方々のことは無関係だった私には把握出来ていません。最有力候補のマデリン様が未来の王妃なんだろうなーって思っていたので。私は呑気でした。

現在その場に最も近いのが私って何の冗談でしょうか。助けてお兄さま。

そう、真実の愛に感じ入って祝福する人々ばかりではないのです。もちろんぽっと出の私に不満を抱く人はたくさんいます。それこそ、目の前のご令嬢がそれです。

婚約者候補筆頭が公爵家のマデリン様だからこそ諦めモードだったのに、真実の愛を示した私がぽんっと婚約者になったことに思うところがある様子。

目が合えば、キッと睨《にら》まれます。女性の睨みは怖いです。私的に肉体的には簡単に制圧出来るご令嬢だと思いますが、精神的に怖いです。女性に睨まれるって何でこんなに怖いんですかね？

助けておに……駄目だ、女性関係で兄を頼ってはならない！　見守っていてくださいお兄さま!!

私自分で頑張りますので！

「殿下の呪いを解いた功績は認めます……ですがそれとこれとは話が別ですわ。貴方のように他に取柄のない方が殿下のお隣に立つなど烏滸がましい。恥を知りなさい！」

デスヨネ!!

魅了の呪いを解いたからといって殿下の隣に居座る私が気に食わないの、わかります！

でも愛だけで良いなら自分だって行けるって思うんですね。そこはちょっとわかりません！

その自信はどこから来るのでしょう。マデリン様が言うならわかります！　あ、でもそもそもマデリン様には殿下への愛がない……あれ……？

「一時の過ちで殿下の未来に影を落とすなどあってはなりません。愛しかない貴方と違いわたくしは侯爵の出。あの方への愛情だけでなく忠臣であるお父さまを持つわたくしの方がアルバート殿下には相応《ふさわ》しいですわ！」

自信家すぎませんか⁉　私の方が彼を愛しているのよってよく聞きますけど本当に言えちゃう人って自信家すぎませんか⁉　堂々と胸を張って宣言出来るの凄いと思います真似出来ません！

何より、言い返すことが出来ません。

何せ私には、愛しかない。彼女の言う通り本当に愛しかない。ご令嬢が言うように、後ろ盾として強みのある家柄でもありません。騎士団にちょっと影響あるかなってくらいです。

私には愛しかない。

愛しかないのに、その愛に戸惑いしか覚えておりません。

……と、戸惑いしかない――――！　真剣に考えるのもこっぱずかしい――――‼

なんといってもこの数週間、時間だけはあったので、愛とは……？　って偉い人が考えるポーズを取りながら考えてみたけれど、哲学めいた言語が乱舞するだけで意味がわからなかったです！　意味がわからない‼　愛とはなんぞ⁉　しかも真実とかなんぞ⁉　真実とはなんぞ⁉

真実の愛の奇跡を起こした私がわからないのに皆さんよくお解りになりますね……⁉　愛の伝道師とは皆さんのことでは⁉　教えを請《こ》いたいのは私の方です、ちょっと立場代わってくださいお願いします！

アッいえその、殿下が嫌いとかでなく……！　この立場に不満があるわけではなく……！　あるのは不満でなく不安なので……助けてお兄さま！

「見苦しい真似はおやめになって」

「マデリン様……！」

おっと、助けを呼んだ覚えのないお方が御出でになった。

ザッと音をたて颯爽と現れた公爵令嬢のマデリン・エフィンジャー様。アルバート殿下の婚約者筆頭候補と言われていた御方。

毛先の巻かれた豪奢な金髪をポニーテールにして、キリッとした眉の凜々《りり》しい美女。迷いのない碧眼《へきがん》が真っ直ぐ相手を射貫《いぬ》いて頼もしい。マデリン様、今日も一段とお美しい。お美しいのですが……。

なぜでしょう……颯爽とした御登場なのに、猪が突っ込んでくる姿を幻視してしまうのは！　効果音と優雅な動作が一致しないせいでしょうか⁉　ザッて言いましたもんね⁉

「マデリン様は悔しくないのですか！　今までアルバート殿下の婚約者になるべくあれほどまでに努力されていたではありませんか！」

「お黙りなさい」

「ぴゃぁ」

私に言われたわけじゃないのに私が悲鳴を上げてしまった……！　だってマデリン様の目がお婆さまに激似……！　ヒャッハーしすぎたお爺さまを見つめるお婆さまの視線に激似です……！

あの目に見つめられると生まれてきてごめんなさいって地面に額を擦り付けたくなるんです！　擦り付けなかっただけ自制しています。

「確かにわたくしは努力しました。ですがそれは、わたくしがわたくしのためにしたこと。アルバート殿下のためなど、押し付けがましいことを言うべきではありません。そのようなことは許されませんわ」

許されると思う――――!!

言ってもいいんじゃないでしょうか!?　王家のため、いずれ王妃となるべく教育を受けていたと言っても過言ではないですよ!?　一言くらいは許されるのでは!?　私が言うのも何ですが！　私が言うのも何ですが!!

マデリン様はアルバート殿下に恋慕の情はなかったと言うけれど、問題はそこだけじゃない。そこだけじゃないのです。なんかこうあやふやながらいろいろあったはずなのです。努力とか研磨とか献身とかいろいろぉ！　費やした時間は膨大だったはずです！

候補だから確実じゃないにしても！　いろいろ言いたいこと言っていいと思うのです私が言うのも何ですが！　私が言うのも何ですが！　ホント助けてお兄さま！　居た堪れないです！　私をここから連れ出してください！

「何よりイヴ様が何もしていないだなんて思い上がりですわ。ご覧なさい！　自らの足で図書館に足を運び、自ら本を選び勉学に励む勤勉さを！　愛で地位を勝ち取りながら、愛に驕《おご》らず自ら知識を得ようとしているではありませんか！」

っあー！　違いますマデリン様違います！　これはさすがに客室でじっとしているわけにもいかん身体が鈍るわって考えての運動不足解消方法であり、王宮図書館にある分厚い本ってダンベル代わりに最適ですわって意味の貸し出し！　そんな分厚い本《ダンベル》を侍女の皆さんに運んでいただくわけにはいかず自ら鍛錬に乗り出しているだけなんです本当です！　自ら図書館まで歩くのだって体力の低下を補うためで……！

そんなこと一言も言えるはずがないですねー！　さすがにそれくらいの空気は読めます！　お口チャック！

「それに貴方に殿下の何がわかるというの。たとえ好みを把握していても、それは表向きの殿下。殿下が心の底から本当に願うものを、貴方は殿下に与えられて？」

「それは……」

すみませんそれは私にもわかりません。

殿下の望むモノって何ですか。休憩ですか？　睡眠時間ですか？　私に会うために睡眠時間を削っていると最近知った私です。ほげぇおやめになって寝てぇ。

私が心配するととても嬉しそうな顔をする殿下。ちょっといかん扉開きかけている気がします。そちらお閉めになってください。鍵もどうぞ。

「わたくしは、父から殿下が魅了の呪いにかかっていると聞いた時……迷いなくアップルトンさんに魅了を解くよう伝えました。わたくしでは、殿下の呪いを解くことが出来ないとわかっていたからです」

「それは……殿下があの時、アップルトンさん以外の女性を遠ざけていたから……」

「いいえ、やろうと思えば出来たことです。ですが私は、殿下に真実の愛を抱いていない。貴方はどうですか。本当に、自分ならばベルンシュタイン様に勝てるとお思い？　殿下に迷いなく正面からぶつかっていった彼女に勝てると？　貴方は呪われた殿下の呪いを解くほど真っ直ぐ愛していると宣言出来て？」

「そ、それは……」

ツアー!?　事実が歪曲《わいきょく》して伝わっているぅううう!?

迷いなく正面からぶつかったのではなく、殿下が着地点に滑り込んできたのを避けられなかったゆえの事故ですよー!?

というかその場にいらっしゃいましたよねマデリン様!?　もしや脳内でいい感じに変換されている!?　以前お伽噺みたいだわーってぽわぽわしていたのってもしかしてもしかしてもしかしたり《忘れてたり》します!?　事故がなかったことになっていませんかマデリン様ァ！

どこからどのように訂正しようかわたわたしている間に、元婚約者候補のお嬢様はがくりと肩を落としてしまった。

「私には出来ません……っ万が一呪いが解けなければ……私は殿下にとんだ不敬を……っ」

「そうでしょう。自分の想いを真実だと信じ切ることは難しいこと。そこに邪念が欠片でも混ざれば呪いは解けません。自分を疑い、想いに疑念を抱くようでは真実の愛の口付けにはならないのです。どこまでも純粋に相手を想うこと……それが呪いを解く愛の力なのですから！」

「私が間違っていました……！」

な、なんとでも言いようがあるのに正直に無理って言えるの偉いです……。

ただ、私相手には強気だったから、私舐《な》められていますね。私に圧をかけたら行けると思われていますね。というか八つ当たりみたいなものだったんでしょうね……そこに最終兵器猪令嬢《マデリン様》が来てしまってこのようなことに……。

って猪令嬢《マデリン様》ちょっとお待ちを。なんだかどんどん私の行為《事故》が勇敢で純真で神聖な行為《偉業》になっていませんか？　お待ちになって？　そんなんではなくてですね？　そんなんではなくてですね？　あの時の記憶を失いでもしたんですか猪令嬢《マデリン様》！　見ていらしたでしょうバッチリ事故だったでしょーがっ！

あっ待ってください気付いたらなんか囲まれている……！　囲まれています……！　野次馬さんたちがわらわらと……！　聞き耳を立ててひそひそと……！　あれが例のとか真実の愛とか呪われた殿下を正面からとかそんな捻《ね》じ曲がったお話が真実みたいに！　やめて誤解なんです間違いを浸透させないで！　あれは事故です！　事故チューなんです!!　でもそれを表立って宣言出来ない……！

い、居た堪れない……！　居た堪れないよう……！

私はこの場をマデリン様に任せ、逃げるように立ち去った。

うわああん助けてお兄さまぁー！


………✦♡✦♡✦♡✦………


アルバートが天使《イヴ》を捕獲《と》してから一週間が過ぎた。

その間予定が合わず食事も別々だった王家一家は、やっと人払いをして家族水入らずの会話が出来るようになった。

仕事の合間だが、親子三人で会う時間を捻出《ねんしゅつ》し、休憩に使う小さな談話室に集まっている。

国王夫妻は揃って上質な長椅子に寄り添うように座り、テーブルを挟んだ対面にアルバートが座る。テーブルには湯気の立ち上る紅茶と焼き菓子が置かれているが、今のところお互いに手を付ける気配はない。

「すまなかった」

そう言ってしょんぼりする父王《ふおう》に、アルバートは思わずくすりと微笑んだ。

父の隣に寄り添う母も、王妃でなく母の顔でしょんぼりしている。見るからに落ち込んでいる二人だが、アルバートは二人が思うより傷ついてはいないし、思い悩んでもいない。

アルバートの親は国王と王妃だ。彼らは人目がある場所で、たとえ息子相手でも簡単に謝罪することが出来ない。この一週間、アルバートは二人がずっとそわそわしていたのに気付いている。

王としては表情が出すぎているが、そもそも王に向いていない人なのだ。

この国、フォークテイルは平和だ。少なくとも今は。

先々代、つまりアルバートの曽祖父が国王だった頃に大きな戦争が終結し、各国が疲弊した国内情勢を強化するため平和条約を結んだ。それからは侵略ではなく貿易を繰り返し、信頼を築き隣り合った国々とは手を取り合い共に助け合ってきた。幸いなことに周辺国の先代も今代も己が国の安全を第一に考えており、外部干渉や侵略をせず国を裕福にすることだけを考えて貿易を行っていた。

先代の頃はまだ終戦の爪痕から諍《いさか》いも多かったが、それも徐々に鎮圧《ちんあつ》された。この時に活躍したのが「黒の悪夢」と呼ばれたベルンシュタイン騎士団長。

彼が王家のためにどんな火種もバシバシと叩いて消して回ったため、驚くほどの速さで平和が訪れた。もちろん燻《くすぶ》っている問題はあったが、団長が道を作り、王が瓦礫《がれき》を拾いながら整えていったので火種がいい感じにならされ、爆発することなく平和が訪れた。少なくとも、目に見えた脅威はベルンシュタイン騎士団長がぶん殴って吹っ飛ばしたと言っても過言ではない。あまりの苛烈《かれつ》さに一般市民にすら悪夢と称される程だった。人間離れした強さ故に信奉者が尽きない。

先代たちの活躍から、今代の王である父も次代の王であるアルバートも、大きな諍いを知らず過ごしてきた。

それは悪いことではないが……王族としては少々緩く育ってしまった。

「本当にすまなかった……もっと早く行動に移していれば、ここまで醜聞が広がることもなかっただろうに」

「貴方が魅了の呪いにかかっているとわかってすぐ、私たちが解呪を行っていれば……」

国王夫妻がしょんぼりしているのは、魅了されたアルバートへの対処が後手後手になってしまったことへの罪悪感からだった。

二人の間にはアルバートしか子供がおらず、アルバートが将来王位を引き継ぐことが決まっている。アルバートもそのつもりで学んでいるし、周囲も異論はない。だからこそ、彼の身に起こった異変は速やかに解決すべきだった。

しかし今回、魅了の呪いが発覚してから解呪まで、最適な行動が取れていたとは言い難い。

まず魅了の呪いの発覚が遅れた。

一人の女性に傾倒し、周囲への気遣いが疎《おろそ》かになったが、初期段階では恋の病としか思われなかった。若いのだから多少大目に見るべきと大人たちは呑気に構えていた。何せ誰もが一度はかかる病気なので。若いからこその暴走だと思われていた。婚約者も決まっていないし、若気の至りだと大人たちは寛容になったつもりで見守っていた。

呪いが発覚してからも、アルバートを上手く諫《いさ》めることが出来なかった。呪われているのだから言葉が通じるわけもなく、国に仕える呪い師や魔女にも解呪出来ないならば謹慎させるべきだった。

だがアルバートは第一王子。謹慎するなら理由を公表せねばならない。偽る内容によっては国民に不安を与えかねない。両陛下は我が子を謹慎させることが出来ず、結果状態は悪化していった。

た。

さらに呪いの元と思われるロレッタ・アップルトン。アルバートを隔離出来ないのならば元凶と思われる彼女を隔離すればいいのに、それすらも出来なかった。チャンル学園に通う貴族令息だけでなく次期国王であるアルバートにすら魅了をかけたのだから、不敬罪どころか叛逆《はんぎゃく》の罪に問われる。国家転覆を目論んでいると思われても仕方がない。

しかし彼女はきゃっきゃと無邪気で、魅了した相手と仲良くお茶をするだけ。相手に貢がせたり命令したりせず、本当にお茶をするだけだった。令息たちが自ら貢いでも、高いものは受け取れないと突き返すこともあった。

呪いの事実を知る周囲が戸惑った。この子何がしたいんだ？

王命一つ出して確保すればいいのに、相手の目的がわからず動くに動けず。

まごまごしている間に、宰相である公爵を父に持つマデリンが事実を聞きつけ、止める間もなく走り出した。ご令嬢が予備動作なしにトップスピードで駆け出すとは誰も思わなかった。さすが自称猪令嬢。その勢いは従者を振り切るほどだった。

行き当たりばったり、チャンル学園の階段踊り場で、機密は大暴露。事態の収拾に頭を抱えた周囲だが、次の瞬間起こった奇跡に醜聞は吹き飛ばされる。むしろその醜聞すら巻き込んで、お伽噺のような奇跡に皆が集中した。

真実の愛の口付けで、王子の呪いが解けた。

目撃者は歓声を上げ、話を聞いた大人たちは驚嘆の声を上げ、事態を把握した国王夫妻は……

自分たちがすべきだったことを知り、悄然《しょうぜん》と項垂《うなだ》れた。

真実の愛の口付け――その愛が、親からの無償の愛でも良いのだと、王家の者たちは知っている。

そう、こんな騒ぎになる前に、親である彼らが動けば事態はここまで大きくならなかったはずなのだ。

だからこそ国王夫妻は……アルバートの両親は、しょんぼりと申し訳なさそうに息子の前で肩を落としている。

自分たちが、息子に愛を示せなかったことを嘆いていた。

のんびりと緩い王族だとしても、王は王。時には家族だろうと冷静に冷酷に駒として扱わねばならない。息子として愛し幸せな未来を願ってはいるが、国の存続と運営が第一だ。王にはその責任がある。

息子を愛していると思いながら、跡継ぎだから愛しているのだとしたら、果たしてそれは真実の愛になるのか。彼らはその不安もあって動けなかった。

口付けても万が一、呪いが解けなければ、お前は息子を愛していないのだと突き付けられるようで恐ろしかったのだ。

結局は行動せず、別の人物の真実の愛で呪いが解けた。結果、親としても王としても未熟と突き付けられた気がして、さらに罪悪感に悄然としている。

また、そんな自分たちに息子が気付かないはずもなく、息子に対して申し訳なさで自ら穴を掘って埋まりそうなほど小さくなっていた。

しかしアルバートは、親が思うほど落胆していない。

愛されているのは知っているし、それが息子だからとか跡継ぎだからとか、そんな分類は求めていない。もともと穏やかで穏健派と言われる父王が、国はともかく家族のトラブルに弱いことも知っていた。本人は気付いていないが父王が家族に対して冷徹であれたことなどない。本人たちが心配しているほど、アルバートは雑に扱われたことがなかった。不安がっているが、両親がもし呪われたままのアルバートの額にでも口付けたのなら……きっと呪いは解けただろう。

なぜなら彼らはアルバートを愛しているし、アルバートもまたそんな両親を誇りに思い愛しているから。

両親はいろいろ考えて、行動出来なかっただけだ。そして行動してくれなくてよかったと、心の底から思っている。

だってだからこそ、アルバートは天使を捕まえることが出来たのだ。

「お気になさらないでください父上、母上。そもそも魅了にかかった私が未熟だったのです」

「そんなことは……！　呪い師も言っていました。あの魔女もどきは正規の手順を踏んでいないからこそ強力で複雑な呪いをかけていたのだと。それを回避出来るのは、それこそ呪いに精通した呪い師や魔女でなければ無理だと」

「まさか出鱈目《でたらめ》に王家に呪いをかける輩がいると思わず油断していた我らが悪い。アルバート、本当にすまなかった」

「謝らないでください父上。むしろ祝福してください。私たちが……僕が愚かだったからこそ、天が僕に天使《アンジュ》を遣わしてくれたことを」

微笑みながらそう言ったアルバートに、二人はきょとんと目を丸くする。そしてじわじわと歓喜に頬を染めた。

特に王妃は反応が顕著で、王の隣でそわそわと落ち着かなくなる。

「まあ……貴方の呪いを解いたというお嬢さんね。確か、ベルンシュタインのお孫さんよね？」

王家の醜聞を奇跡で上書きするため、情報操作して家に帰さず王宮で保護という名の軟禁をしている少女。もちろん学園にも行けていない。

すぐ身元調査が行われ、身分も経歴も性格も入念に検閲された。その結果が、二人の婚約だ。

調査の結果、イヴとの婚約は問題ないと判断された。

アルバートも思わずにっこりの潔白具合だった。

そして後押しの一つとなったのが、名将ベルンシュタインの血縁者という血筋だった。

目に見えた脅威が消えた今――いや、彼がいるからこそ、脅威は潜んだままなのだという見方があるほど、影響力のある元騎士団長。彼は現役を退いているが、ご存命だ。

「ベルンシュタイン伯爵家の……お前の護衛に嫡男がいたな。娘の方はよく知らないが、どのような娘だ？」

「天使《アンジュ》です」

「……どのような娘だ？」

「天使《アンジュ》です」

「……」

「天使《アンジュ》です」

むしろお前が天の遣いかと聞きたくなるほど慈悲深く煌めく笑顔でアルバートが繰り返す。

父王は沈黙した。もしや魅了の影響が残っているのではと思案した。

しかし王妃は声にならない歓声を上げて喜んだ。

「天使《アンジュ》なのね？」

「はい、天使《アンジュ》です」

「ああ――良かった。神に感謝しなくては」

感極まって泣き出しそうな王妃に、王は目を丸くした。母子のやり取りの意味がわからない。何やら通じ合っているようだが、王にはさっぱりだった。疎外感に再びしょんぼりする。

そんな王を置き去りにして、母と子は楽しそうだ。

「なら、逃がしてはダメよ。この流れを壊してはダメ。滅多にない奇跡に高揚している今じゃないと邪魔が入るわ。婚約式を速やかに行い、民衆たちに愛のお伽噺を語ってもらわなくては」

「ええ、混乱しているうちに畳みかけます。とにかく婚約式です。全ては愛の奇跡だと末代まで謳《うた》わせなくては」

一般的に婚約式とは結婚式の前に行う両家の顔合わせ。契約書にサインして両家の結び付きを強調するものだ。鉱山の多い我が国では婚約式で、男女が宝石を贈り合う。受け取った宝石を加工して、結婚式で交換するのが習わしだ。

もちろん王家の婚約式は規模が違う。聖職者の前で契約書にサインをする行程は同じだが、それを見守るのは両家ではなく貴族の忠臣たち。そして広場の見えるバルコニーから民衆への顔出しが未来の国母としての顔出しに該当する。

因みに婚約式での宝石交換はこの国独特の習慣だ。

この告白法が根付いたのは、フォークテイル王国周辺が動乱の最中。昔、将来を誓い合った男女が戦で離れ離れになる際、石に自分の瞳の色を塗って交換した。金目の物は他者に奪われる心配がある。貧しくとも拾って洗って彩る事で華やかになり、壊れる心配の少ない石をお守りとして贈った恋人達が始まりとされている。石は壊れにくく持ち運びしやすい。愛する人を偲ぶ為、愛する人を待ち続ける為、恋人達は交換した石を大事に扱った。

遠く離れてもお互いを想い続ける証として交換した石は無事に戦から戻った後、片時も相手を忘れなかった証明として想い人を飾る装飾品となった。

動乱の時代は終わったが、人を想う形に変わりは無く、石を交換する習慣は残り続けた。

何せお伽噺が大好きな国民性。ロマンスが大好物なので、戦を乗り越えて結ばれる愛とか大好物だ。フォークテイル王国に鉱山が多く、多種多様の宝石が採掘されるのも要因の一つと言える。

当初は婚約の申し込みの時に自分の色の石を相手に贈っていたが、結婚式で戻ってくるので、相手色の石を贈るようになった。つまり好いた相手をイメージする石を贈るのがこの国の告白法だ。石を絵の具などで塗るのが一般的だが、見栄を張って宝石を利用する者も多い。しかし最終的に自分に返って来る石なので、見栄を張りすぎると相手に引かれる事になる。石選びは慎重に行われた。

貴族は逆に見栄が先行し、婚約式で交換する石は当然のように宝石だ。装飾品に加工する際にも、家同士の見栄の張り合いから豪華な品が仕上がる事が多い。持参金の一部として数えられるほどだ。

因みに王家の婚約式の場合、交換される宝石は本人たちでなく両家が選ぶ。どうしても注目される部分なので、その時代の最高級品が選ばれた。

婚約式を行えば、結婚式は三か月後。婚約者として紹介した相手が確実に伴侶となる発表の場だ。王家の場合は準備が多く、もっと時間がかかるのだが……今回の場合はスピード勝負。きっと想像以上の速さで結婚式を行うことになるだろう。

「ふふふ……婚約してしまえばこちらのモノ……教育など結婚してからも可能……本当に望まれるとはそういうこと」

「完璧を求めてはいません。彼女が僕を愛してくれればそれで」

「良くてよ。本当はダメだけど、この場合はその愛が大事だもの。彼女には民衆たちにとって輝かしい象徴であってもらわなければ《逃がさねぇ》」

扇子で口元を隠しながらにんまりと笑う妻に、応えるようにっこり《もちろんです》と笑う息子。笑い方は異なるが、性質はそっくりだ。

王は、妻に用意周到に外堀を埋められて、告白の瞬間すら誘導された過去を思い出した。

それが発覚した日は自分が愛されていると強く感じたが、宰相には慄《おのの》かれたものだ。息子はそんな妻の性質をしっかり受け継いだようだ。

ついこの間まで、粛々《しゅくしゅく》と役目を果たそうとする息子は、若い頃の自分を見ているようだと感じるほど、自分に似ていたのに。

……やはり呪いの副作用だろうか。

報告されているアルバートの婚約者となった少女に対する溺愛ぶりを思いながら心配するが、呪い師も魔女も「あれが正常」「ほんの序の口にすぎぬ」と口を揃えて副作用を否定した。序の口ってどういうことだ。お前たちには何が見えているのだ。

……そう、魔女と言えば。

「ベルンシュタイン伯爵令嬢のことはひとまず置いておいて……」

「学園も休ませて。全力で囲うのよ。伯爵家への説明は陛下に頑張ってもらいましょう」

「どれだけ急いでも三か月が最短……熱が冷めないよう民への情報は小出しで行きましょう。三か月後の婚約式だけは周知して、事情や僕らの仲睦まじい様子を少しずつ……」

「聞いて」

さくさく計画を立てる二人にしょんぼりしながら、王はその問題を口にした。

この国に混乱を齎した、若い魔女の処遇について。

………………◆♡◆♡◆♡◆………………

「三か月後に婚約式を執《と》り行うことになったよ」

「へぅっ」

令嬢らしからぬ声が漏れたのは仕方のないことだと思います……！

王宮図書館からの帰り道に暴走気味なうり坊令嬢に絡まれ猪令嬢に助けられ、周囲の称賛と好奇心に満ちた視線に耐え切れず、用意されている客室へと逃げ帰った私。

敵前逃亡とは情けない……いや敵でない敵ではない……戦略的撤退です。いやだから敵ではない……味方でもないですけどね……！

意気消沈しながらも暇だったので読書しました。せめて本来の目的を果たさないと部屋の外に出た結果が、私が羞恥心で転がりたくなるだけの悲しい事態になってしまう。

何より本当に身体が鈍ってしまう。レイピアの重さに一週間以上触れていない……！　由々しき事態です。鍛錬《たんれん》するのには時間がかかりますが衰えるのはあっという間なんです！

騎士の訓練所にお邪魔させていただけないかな……こっそり一緒に訓練……はさすがに無理だろうけど、早朝とかこっそり使えないかな。殿下にお願いしたら可能かな。あっ騎士の訓練所でお兄さまと会えたりして！　訓練に励むお兄さまはきっと煌めく汗で爽やかさが普段の二割増し！　目つきが悪いけど爽やか顔なのできっと爽やかさんになるはず！　……ん？　爽やかさより男の色気がアップするかも……？　汗を流す男性って何であんなに魅力的に見えるのでしょうか。汗臭くて暑苦しいって嫌がる人もいるけど、私は大歓迎です。抱き付いて匂いを嗅ぎたい。お兄さまの筋肉の弾力と体臭が恋しい。くんかくんかくんか！

……あっ、変態じゃありません！　匂いフェチでもありません！　ただお兄さまの存在に安心するだけなんです本当です！　お兄さま以外に興奮だなんてしませんはしたない！　私は一応貞淑な貴族令嬢なんですから！

……貞淑な貴族令嬢は婚約者の家に泊まり込んだりしないいんですよねぇぇ～っ世間的にこのあたりどうなっているんでしょうね！

いつになったら私は伯爵家に帰れますかね⁉　私の貴族令嬢としての価値観大丈夫⁉　婚約内定したからって寝る前に必ず会いに来る殿下の存在大丈夫⁉　侍女さんたち毎回歓待ムードだけどご令嬢的にアウトでは⁉

そして今日も寝る前に会いに来た殿下とお話ししている最中だったんですが衝撃的なお言葉をいただきましたね！

ハイ現実逃避は終了ですお待たせしました‼

私のために用意された客室に、夕食後訪ねて来た殿下。

軽く雑談でもと侍女が用意してくれたお茶と軽食をいただきながら何気ない会話を楽しもうとした瞬間、婚約式について告げられました。

危うく紅茶を噴き出すところでした……あっぶないとこでしたわぁ……いやそれよりも待って

ください。今なんて言いました？

「こんにゃくしきが三か月後……？」

「ふふ、そうだよ」

せめて噛んだことに突っ込みが欲しいです殿下！　そんな愛しそうに微笑まないでください溶けます！　でろでろに溶けてしまうからその視線やめてぇ！

ちょっとこの人視線で愛を語りすぎだと思います。愛情ビームが止まらない。

油断して視線を合わせようものならば、相手を溶かす即死性のある熱量で見つめられる。目の合った相手を石にする蛇といい勝負。被弾者は動悸息切れ全身の震えで麻痺してしまうのでそれ以上かもしれません。

私の心臓は今日も元気にドコドコ太鼓を叩いていますよ！　やめて聞こえるでしょう！　殿下に聞こえちゃうでしょう太鼓がどれだけ空気を震わせると思っているんですかもうちょっと静かに叩いてください！　赤子を寝かしつける母の手くらい柔らかくお願いします！

「君を早く僕の最愛だと自慢したくて、周りを急《せ》かしてしまった。急なのはわかっているけれど、僕が我慢出来なかったんだ。ごめんね」

「ん、んんん～～～っ」

眉を下げてすまなそうな表情をしながらも、私の左手を殿下がすっと掬い上げて自分の頬へ。すり、とご機嫌を取る猫のような動作で手の甲に擦り寄って、星空のような瞳が許しを乞うように私を見ている。

流れるようなたらしこみぃいいい〜！　やめてくださいときめいてしまいます!!　殿下絶対ご自分の使いどころ、わかっていてやっていますよね!?　これわかってやっていますよね!?　さすがにこれが素だとかそんなまさか！　そんなまさか!!　さすがにこれは私を丸め込もうとする小賢《こざか》しい作為を感じますよ私だって！　私だって！　わかりますよ!!

わかるけどこの顔されたら許しますって言っちゃぅぅうぁあああー！　助けてお兄さま！　殿下のあざとい仔猫動作が男性だというのにお似合いすぎて太刀打ち出来ません！

これが母性本能を擽《くすぐ》られるってやつですか！　もう仕方がないなぁアーッて叫びたくなるんですけど！　私だけですか!?

懐に潜り込まれて心臓を短剣でグサッと刺されるくらいの衝撃と威力です！　自由な右手で胸元を押さえないと心臓が止まりそう……！　うあああ助けてお兄さま！

うえ、うえぇん、私がチョロイだけですかこれ……？　私がチョロイだけですか……？　でもでも多分きっと好きな人にこんなことされたら、乙女なら皆撃沈ですよね!?　私だけじゃないですよね!?　そうですよねー!?

そもそも異性との交流が鍛錬とか試合とか、爽快な青空の下で汗を輝かせながらの力自慢しか経験のない私。

私はどちらかというと、お姫様より騎士様になりたい系令嬢でした。幼い頃はお爺さまに直接指導していただくくらい騎士に……お爺さまみたいに強い人になりたかった。ベルンシュタインが騎士の家系ということもあり、長らく将来は騎士になると思っていたものです。

お婆さまから、女性は騎士になれないと聞くまでは。

教育方針切り替えがなければ、女性ながらに本気で騎士を目指したことでしょう。ここ数年、女性騎士はごく少数ですが雇用が進んでいます。最近では女性騎士の待遇改善案などが出ているらしく、女性だけの部隊設立計画もあるとか。王妃様主導なので、いずれ高貴な女性をお守りする女性騎士団が出来上がることでしょう。

おそらく、お婆さまの軌道修正がなければ私もそれを目指していましたね。何なら学園卒業後に飛び込んだかもしれません。昔は本当に女性騎士がいなかったので仕方のないことでしたが惜しいことをしました。今からでも遅くはないのでは……いえ、無理ですね！　さすがにわかります！　今の立場的に無理でした！

とにかくそんな私なので、領地ではじゃじゃ馬娘として有名でした。そんな私をお姫様扱いするのは家族くらいで、それ以外の男性と接するのは鍛錬の時くらい……そんなわけで殿下のように洗練された王子様にお姫様のような扱いをされたことが全くないので、一々反応してしまいます。なけなしの乙女心が過剰反応です。私今、お姫様している……!?

じゃじゃ馬娘ですが乙女ですので、お伽噺に対する憧れがあります。真実の愛を信じる国民性もあって情熱的な愛の言葉には……非常に、ときめきます……本物の王子様が甘やかしてくれるんですよ!?　現実味がどっかんして夢見心地がこんにちはしても仕方がないと思いませんか!?

いやこれ現実なんですけどね？　やっぱいいまた流されるところだった！　いつまでも仕方がないなぁアーッて流されるわけにはいかない……！

しっかりするのよイヴ・ベルンシュタイン！　婚約が内定した三か月後に婚約式ってことは、さらに三か月後に結婚式ということ…………いや早いですよ殿下！　つまり半年後には結婚している計算ですよ！　ひえっ⁉

いやこれ一般的にだった？　王家はもっと時間かかりますねーうっかり……かかりますよね⁉　王家の婚約者は決まりにくい。情勢を読みより良い縁を繋ぐため、本当に決定するまでは候補でしかない。この間までのマデリン様がまさにそれです。

選定期間、婚約者として相応しいオプションを増やすために王妃教育があります。実はこれ必須じゃないらしいです……王太子妃の間に引き継ぎ可能ですからね……ただその引き継ぎがスムーズなのは、やっぱり基本が出来上がっている令嬢なのです。そりゃそうです。

現在の私は婚約者内定。内定。婚約式で契約書に正式なサインをしてこそ婚約者（真）に進化出来ます。

わ、私のオプションは愛しかないんですけど……他のオプション付随させる前に婚約式急ぎます⁉

婚約するだけならば書類が受理されれば良いですが、それは一般のお話。王家はもっと大変なはず。予定を調整して、今最も旬な宝石を注文して……というか、婚約披露宴を催すための準備に時間がかかります。

婚約式で周知してからの婚約披露宴。婚約式で契約書にサインして民衆へ挨拶。言ってしまえば外側だけポンと紹介するための場。その後に控えているのが婚約披露宴。貴族たちと本格的に顔を合わせて言葉を交わす、内面を知るための場です。婚約者として初めて参加する社交場が婚約披露宴です。時間的にほぼ夜会と変わりないはず。

宴なので、招待客がいるわけで……対応に追われるのは私たちだけじゃありません。招待される側もてんやわんやです。

あちこちに婚約した旨をお知らせして招待状を書いて、契約した事業を進めるための下準備もして、家同士の繋がりを見せるために協力し合って会場の準備など……それこそ三か月後となれば場合によっては辺境への連絡・移動が追い付きません。のんびり伯爵家ならともかく相手は王家。せめて半年後に伸ばして準備万端で臨むべきでは？

ぐるぐる考えても、私には流れが速すぎるという言葉しか出てこない。ここは発言せねばと、よしっと気合を入れて顔を上げた。

「三か月後は早すぎます。せめて半年は時間を……」

「うん、ドレスが間に合うか不安だね。でも母上御用達のお針子を貸してくださったから平気だよ。僕の天使はいつだって麗しいけれど、きっと天上が迎えに来るほど美しいドレスを時間がなくても仕上げてくれるだろうね。楽しみだけど、僕以外の男も見ると思えば少し妬《や》けてしまうかな。宝石も任せて、今季最大の一品を選ばせるから。でもどんな輝きも、君の笑顔と比べれば翳《かす》んで見えてしまうんだろうね」

「んんん〜〜〜〜っ」

ドレスや宝石のことじゃないんですーっ！

国が用意する宝石って考えるだけで怖いです。ドレスも仕上がりが心配でしたがこの発言からとんでもないドレスが飛び出してくることがわかりました。主に値段とか。仕上がりが怖い！

それを私が着るんですよね⁉　仕上がりが怖いですそんな上等のドレスなんて着たことありませんよ！

ちなみに今着ているドレスは一部殿下からの贈り物ですが、動きやすさを重視した簡素なものになっています。質はもちろん伯爵家では手が届かないレベルのものなので、着る度に深呼吸が必要です。

その他のドレスは伯爵家から私の荷物を運んでもらって……あれーおかしいなー？　なぜわざわざ荷物を運んでもらっていたんですかねー？　そこは私が家に戻るところでしょう！　なぜいまさら気付いたのイヴ・ベルンシュタイン！　遅いわ！　流されすぎよ！

しかし殿下の母上……王妃様も行動済みなら、私が何を言っても覆らない。立派な事後報告だ。私に拒否権は存在しない。いえ拒否しませんけどね？　ちょっと覚悟を、もう少し覚悟を決める時間が欲しいところです！

そしてこれやっぱり私お家に帰れませんね……？　学園も行けませんね……？　婚約式が終わるまで王宮に缶詰ですわこれ。婚約式が終わってもその後の結婚式に備えて帰れないのでは？な、何とか説得して一時帰宅を……！　学園が最悪中退でも、結婚前にお家に一度は帰りたいですそこんとこどうです⁉　ここまで帰れないとさすがに陰謀を感じてしまう！

……お兄さま、次会った時に慰めてくださいい……。

それにしても三か月後。三か月後かぁ……私はつい遠い目をした。

その間に私は殿下に対する愛を、ちゃんと嚙み砕けるだろうか。

私が恋心を自覚するより早く結果が出てきて《呪いを解いて》しまった真実の愛。

おかげさまで私が否定しても、目の前に証拠があるのだからただの言い訳にしかならない。私だって、歴然と輝く愛の証明《口付け》に逃げることが出来ないのはわかっている。

私は殿下を愛している。呪いを解くくらい愛している。

それなのに、その自覚が全くない。惚れたきっかけが全くわからない。

接点……接点どこ？　私は一体いつ殿下にフォーリンラブ決めたの？

お知り合いお付き合い、愛を自覚する段階をすっ飛ばして「呪いが解けたよ。君は彼を愛していたんだね。おめでとう！　彼の婚約者になれたよ！」とか言われても寝耳に水だわ。

周囲が私に「そうだったの？」と驚愕するけど、私だって自分に「そうだったの⁉」と詰問《きつもん》したい気持ちで一杯。そうだったのいつの間に⁉　ホントいつの間に⁉

色恋的意味で異性とは全く関わっていなかったので、どうしたらいいのかもわからない。

淑女教育を受けてから、将来はお父さまの選んだ方と領地を治めるお兄さまを支えることが出来たら幸せだなーっと呑気に思っていましたもん。お父さまが私を大事にしてくださっているのはちゃんとわかっていたから、酷い相手に嫁がされることはないだろうとのんびりしていました。

のんびりお兄さまと鍛錬に励んでいた。のんびり鍛えていました。淑女教育をしても毎日の習慣は変わりませんでした。ふんすふんす。

……もしかしてそのせいで、嫁のもらい手がなかったかもしれないわ。騎士相手ならワンチャンだったかもだけど、その場合絶対お兄さまと比べてしまいそうだから難しい。

あのがっしり具合が堪りません。素晴らしい鍛えられた筋肉。私は常にお兄さまの後ろを雛のように追いかけて、お兄さまの素敵な背中しか見ていなかった。他の男性など眼中になし。同世代は成長途中で仕上がりが足りない。もう少し期間を積みましょう。

……えっと、私ってば本当にいつ殿下を見初めたの……？

ずっと考えているけど迷走中です。大迷路で迷子になっています。

殿下が魅了されている間の騒動だって、殿下どないしたんやって愕然とするばかりで、他の令嬢《ロレッタ嬢》に夢中な様子を見ても傷ついた覚えはないのだけれど……。

もしかして愕然としすぎて傷つく間もなかったの？　確かにいつもと違いすぎて目を疑う光景だったけれど。現実味を帯びる前に接触事故《事故チュー》を起こしちゃったのかしら。私ってばどこまで鈍いの？

なんて頑張って考えているのだけれど、答えがなかなか出てこない。

殿下のことを考えて出てくるのは、学園ですれ違うだけだった殿下ではなく……私に愛を囁く、溺愛対応の殿下。

思い出す度に容量オーバーで動悸息切れ眩暈がやってきて勝てる気がしない。恋愛初心者にその対応は翻弄しかされません。好きな人だと自覚してすぐそんな対応されるとか爆発案件では？

もうちょっと手加減をお願いします。

何が言いたいかって、惚れたきっかけを探っても学園での殿下の印象が薄く、今の溺愛対応で全部塗り潰されてしまっている。昔の殿下より、今の殿下で頭が一杯。

真実の愛で婚約が決まったのだから、その真実の愛があやふやとか大問題。私は三か月後までに、胸を張って殿下が好きですって誰にでも宣言出来るようにならないと。

……いや想いを自覚していてもかなり恥ずかしくて難易度高すぎ。サラッと愛を語れる気がしない。

ちらっと隣の殿下を窺えば、うっとりとした目と合った。

おぐぅなんだその目は私を殺す気か。ずっとそんな目で見られているけど一向に慣れる気配がない。慣れるんですかこれ？　正気か？　慣れでなく麻痺では？

照れてぎゅっと口を噤《つぐ》む私に、殿下はちょっと困ったように眉を下げた。やめて困った猫さんにならないで。私の手は相変わらず殿下にすりすりされている。やめて！　令嬢らしからぬ硬い手ですので！　気持ち柔《やわ》らかく

ないでしょう！

「僕と婚約式をするのは嫌？」

「いいいいいやでは、嫌ではないです光栄ですっ」

「ならやはり急すぎることが気になる？」

「さ、さすがに急かなとは思いますが決まったことのようですしどうしようもっ」

「うん、ごめんね。君の意見を聞くべきだったけど僕の我儘《わがまま》で決めてしまった。余裕のない僕をどうか嫌わないで欲しい。君に嫌われてもその膝に縋《すが》り付いて離れることが出来ない情けない

男なんだ」

駄々っ子か。

しかし麗しの青年が私の膝に泣き縋るとか想像すると耽美《たんび》でしかない。おやめになって私が膝から崩れます。変な扉を開けるような真似はなさらないでください。そちらの扉にも鍵をどうぞ。

いや、すらっと変な脅迫しないでくれませんかね殿下!? 嫌われても離れないぞってある意味アグレッシブですね! 許しを乞うとかじゃなくて嫌われても離れないぞって単純だけど強いですね! 単純だから強いのか!

えーと私は怒っているわけではないので、一つ頷《うなず》くだけにとどめた。怒っているのではないのです。テンパっているだけなのです。ほんとどうしてこうなった。

殿下は頷いた私にほっとしたように力を抜いた。

私の前で殿下は、わかりやすく感情表現をしてくださる。

えーん私相手には取り繕わないんだなとか思っちゃうよえーん! そう見せているだけですよねー!? そう見せていただいているんですよねー!? そうだと言って!!

そうだとしてもときめきが止まらない!! くっそう恋愛初心者ですよ! ゆるゆる変わる表情にキュンキュンしていますよ!! ま、負けてたまるか……! 何と戦っているんだという話ですが!

「急いでしまったからこれから忙しくなる。ドレスや宝石は母上が仕切ってくださるけど、デザインは僕たちで決めることになるし、招待客やしきたりを覚えてもらうことになるから……君に苦労をかけるけれど……」

「今までゆっくりさせていただきましたし、忙しくなるくらいがちょうどいいです。私に出来ることなら、なんでも言ってください。なんでもしますっ」

いやほんとに私に出来ること何かください暇しています。室内で何もない時間を過ごすの苦手です。刺繍も出来るけど、出来ることと得意なことは違うんです。読書だって本の内容より本の重さが気になるんです。暇しています。

それに殿下は本当に忙しい人だ。その殿下の負担を少しでも減らしたい。私に出来ることなんか少ないだろうけれど、何かないですかね。

お仕事いただけたら殿下を護衛中のお兄さまにお会い出来る機会があるかもとかそんなこと考えていませんよ？　本当ですよ？　遭遇してもお仕事中だからくっつけませんし。本当ですよ？遭遇出来たら職務中のお兄さまも素敵！　ってなるだけです！　素敵ですお兄さま!!

ふんすふんすとやる気を見せる私に、殿下は柔らかく微笑んだ。

少しだけ、いつも感じる熱を抑えて微笑む。

しかし今までの熱愛ぶりを抑えると……敢えて抑えている印象が強くなり、裏側で燻る想いが滲《にじ》んで……。

え、怖い何ですか。怖い。

「なんでもか……迷うな」

んん――――？？？？

今なんでもするって言ったよね？　という幻聴が聞こえたのはなぜでしょう？　殿下はなぜそんな柔らかく微笑むのでしょうか。逆に感情がわかり難い。今までにないしっとりとした空気を察知。

　そしていつの間に私の両手が拘束されているのです？　さっきまで自由だった右手もしっかり握られている。え、いつの間に？　いつの間に隣に座りながら手を取り合って膝を突き合わせるような形に？　あれれーおかしいぞー？

「それなら……こうして会えた日は、僕に君の愛を与えて欲しい。きっと忙しい日が続いて毎日は会えなくなるから、君からの愛を強く感じたい。どうか僕に君からの慈悲を」

　んっきょうふぁぐぁ――――!?

　前回そういえば似たようなやり取りしましたねぇえー!?

　つまり愛ってあれですかチューですか!?　確かにあれからチューはしていない……というか出来なかったけども！

　だって恥ずかしいじゃないですか！　恥ずかしいじゃないですか!!　何で皆様恋しい人と頻繁にちゅっちゅ出来るんです!?　羞恥心で気絶したの初めてでしたよ私！

　あ、あ、あ～婚約式でもチューするんですかマジで？　マジでするの？　婚約式ってそうだっけ？　え？　私たちの婚約が真実の愛の口付けによるものだと印象付けるため？　普通はしないけど大事なことだからするの？　バルコニーで？　マジなの？　公開羞恥プレイでない？　後悔しかしなくない？　私爆発しますよいいんですか目出度き良き日にバルコニーから汚い花火が打ち上げられますよ!?

「婚約式で気絶しないためにも慣れておこうね」

「慣れ!?」

な、慣れるかぁ～い！　慣れるとお思いですか～い！　顔から湯気が出そうです！　助けてお兄さまぁ!!

抜け出してぴゃっと逃げ出そうとした時にはもう遅く、肩に回った殿下の手に引き寄せられていた。片手は私の頬に添えられて、俯《うつむ》こうとした顔を上げられる。金色の髪が視界の端で揺れて、星空のような目がキラキラと私を映していた。

「イヴ、僕の最愛」

ここで名前呼びますか。何でそんなことするんですか。慈悲深いと思ったら無慈悲でした。冷静でいられるわけがないでしょう、そんな声音で愛を告げられて。しかもそんな熱烈な声音で名前を呼ばれて。心臓がどっかん噴火意識が空の彼方《かなた》まで飛びそうです。いっそ飛びたい。ここが気絶時でしょう何で意識があるんですか。飛ぶのだ。背中に羽がなくても空だって飛べるはず。駄目だ飛べない天使って言いますけど私の背中に羽はないです殿下！

意識がどっかんしている間に近付いて来た男性的な唇が、戦慄《おのの》く私の唇に付いて――――。

「殿下、そろそろお時間です」

部屋の外からかけられた声にピタッと止まりましたファ――――ッ！

部屋の中で存在感を殺している侍女さんたちでなく部屋の外で護衛をしている騎士さんのどな

たかの声ですね――――!?

私は固まった殿下の腕からぬるっと逃げた。ガチの拘束でなければ抜け出すなど容易《たやす》いこと……！　いえ今までは動悸息切れで動けないことの方が多かったから全然逃げられてなかったんですがね!?

殿下は逃げた私には何も言わず、すっと姿勢を正して扉の外に声をかけた。

「もうそんな時間か？」

「ドーソン様より、急ぎの執務が入ったと報《しら》せが入っております」

「マーヴィンか……」

殿下が仕方なさそうに息を吐く。待ってこれからお仕事なの？　もうそろそろ寝る時間ですよ？　私はそろそろ寝ます。思わず殿下の目元を確認してしまった。隈《くま》はない。しかしちょっとお疲れの様子が窺える。

ちなみにドーソン様とは、殿下の側近であるインテリ眼鏡のマーヴィン・ドーソン男爵令息のことだ。遠目でしかお目にかかったことはないけれど、チャンル学園では成績優秀な様子から未来の宰相として期待されていた。ただ、殿下と一緒に魅了の呪いにかかっていた一人で、現在は信用回復もかねて溜まった執務を泊まり込みで片づけているらしい。こんな時間に殿下に声がかかるなら、ドーソン様も現在進行形でお仕事中ですね。寝てください。倒れますって。

ゆっくりとした動作で立ち上がった殿下は、どっかんどっかん煩い心臓を抑える私にすまなそうに微笑みかけた。

「ごめんね。今日はここまでだ」

「むしろお忙しい中わざわざすみません……」

「そんな。一日の楽しみだから、僕からこの時間を取り上げないで欲しい。明日もまた来るよ。その時はダンスの練習でもしよう」

そう言って実にスマートに、ちゅっと私の額に口付けを落として殿下は去っていった。

おやすみ、とひそやかな挨拶を残して。

……えっ今デコチューされた？

あれ？　された？　むしろおやすみのチューーされた？

あ、されたね？　うん。

……。

……流れるようにデコチューされたぁあああ！　なんとしてでもチューするんですねぇえ！

私は寝支度を整えに来た侍女に声をかけられるまで、長椅子に突っ伏してふぉおおっと令嬢らしからぬ声を上げたのだった。


…………◆♡◆♡◆♡◆…………


「わざとか？」

「誤解です」

執務室に入るなり恨めしそうに苦言を漏らしたアルバートに、書類に埋もれていたマーヴィンは即答する。聞かれている内容に主語はないが、時間とアルバートの態度から何が起こったのかは大体察することが出来た。

アルバートの側近候補であるマーヴィン・ドーソン男爵令息は、大きめの眼鏡をかけ直しながら紫の瞳に申し訳なさそうな色を一瞬だけ滲ませたが、すぐいつもの厳しい表情に戻り書類の積まれた机を示した。

「婚約者との仲を邪魔したいわけじゃないですけどね。この忙しい中で婚約式も急ぐとしたらあっちもこっちも間に合いません。ただでさえ人手不足なんですから」

「わかっているが、作為を感じたんだ」

「気のせいです」

「あともう少しだったのに……」

「また色惚《とぼ》けないでくださいよ!?　もう、同時進行するなら俺たちだけじゃ手が回らない。惚けるならせめて使えそうな奴を至急持ってきてください」

いつもより乱暴にペンを走らせるマーヴィンに、アルバートも重ねられた書類を手に取った。忙しさに拍車をかけた自覚はあるので、惜しい気持ちはあるが未来のためにこれ以上の不満は飲み込む。これは未来のための忙しさだ。

「俺たちが使い物にならなかった間は他の人たちが何とかしてくれましたが、おかげさまで皆さんには禿散らかすほどの心労を与えてしまった……さすがに休ませないと心が病みます。俺たちも相手も」

「あれは本当に……申し訳なかった……」

チャンル学園の令息たちが魅了の呪いにかかった余波は学園内だけでなく、学園外にも及んでいた。アルバートとその側近候補生たちが携わっていた公務が完全に停止してしまったのだ。

本来ならアルバートやその側近たちが捌くはずだった仕事は他に振り分けられ、当然振り分けられた彼らは仕事に追われた。

自分たちの仕事がなくなるわけがないので、単純に人手不足で作業効率も落ち、王子が呪われているという事実で精神も不安定になった。

結果ストレスが頭皮に影響し、目に見えて薄くなった者が相次いだ。アルバートが正気に戻って一番心苦しかったのは、アルバートの奇跡を喜ぶ大人たちの頭部が一層寂しくなった原因になってしまったことだ。同じ男として大変申し訳なく思う。特に心労の多い宰相の頭部がとうとう、鬘《ヅラ》になっていた。大変、申し訳ない……。

胃を痛めている者すらいたので、長期の休みを取らせた。もちろん全員ではないが、交代でまとまった休みが取れるよう調整した。これから忙しくはなるが、心労をかけた彼らの手は極力借りない方向で行きたい。胃に穴が空き残り少ない毛髪が散ってしまう。

もちろん、休暇が終わり次第手は借りるが、この休暇はしっかり休んで欲しい。それがアルバートたちにとってせめてもの贖罪《しょくざい》だった。

宰相だけはその役職ゆえに長期休暇は与えられなかったが、何とか数日の休暇は確保出来た。

父王である陛下の采配《さいはい》もあり、交代で休みが取られている。

だが休暇明けが激務では意味がない。彼らのいない間に、溜め込まれた仕事を処理しなければならない。仕事はなくならないので、通常業務の合間に詰め込むしかなく、マーヴィンは執務室に泊まり込む形になっていた。

責任感が強く、人を頼るのが下手な男なのだ。つい自分だけで仕事を終わらせようとしてしまう。そんな彼が人手を寄越せと言うほど、現状手が足りていない。

「いっそシオドアとレイモンドに声をかけますか？」

「もう少し、彼らが落ち着いてからだな。今呼んでも集中出来るとは思えない……一応他に心当たりがあるから、声をかけておく」

シオドアとレイモンドは、マーヴィンと同じく将来はアルバートの側近として公務につくと思われていた貴族令息たちだ。この二人も例に漏れず魅了の呪いにかかってしまった。

彼らはアルバートの呪いが解けてからじわじわと正気に戻り、蒼白となった。魅了されている間に疎かにしたモノの中に、婚約者の存在があったのだ。

アルバートとマーヴィンには婚約者がいなかったが、彼らにはいた。そして苦言を零す婚約者に対して、魅了されていた彼らは厳しい対応を取ってしまったらしい。

何より学業も疎かにして一人の女性に入れ込んでいたので、実家からも後継ぎとして疑問視されて彼らは今、家族や婚約者に誠心誠意謝罪して許しを得るため奔走していた。婚約者とは家同士の婚約とはいえ心を通わせていたらしいので、魅了されている間辛辣な対応を取ってしまった事実に悄然としている。最年少のシオドアは半泣きだった。

許されるかもしれないが、許されないかもしれない。彼らにとって婚約者が変わるかもしれない一大事。こちらも喉から手が出るほど人手は欲しいが、横槍を入れて事態を拗《こじ》らせるより新しい人手を募った方がいい。何より、集中出来ない人手は邪魔にしかならない。

さすがに即戦力になる人手に心当たりはないが、猫の手になりそうな者は何人かいる。この機会に教育するのが最善だろう。

「ああそうだ。忙しいのはわかっているが、明日も決まった時間に休憩をもらうよ」

アルバートの発言に、マーヴィンはちょっと嫌そうな顔をした。この忙しい時にと顔全体が語っている。

「ベルンシュタイン様ですか？　明日も会いたいと乞われましたか」

「僕が乞うているんだよ。そうしないとあの子は、遠慮して近付いてくれないからね」

部屋に行くたび猫のように飛び上がって驚く愛しい天使を想う。

青みがかかった黒髪を耳の下で二つに結って、真っ直ぐな髪を胸の前に流している。夏空のように青い瞳はすっきりしていて涼やかだというのに、驚く動作や感情のまま動く表情がとても幼い。雌鹿のようにすらりとした体躯はいつも俊敏で、気付かれないよう捕獲しないと速やかに逃げてしまう。

本当に羽が生えているように、彼女は軽やかだ。

捕まえる度にはわわと慄く様子が可愛くて、思わず口元が緩む。その様子を見たマーヴィンはくっと片眉を上げて何事か思案している様子だったが、やがて一つ頷いた。

「わかりました。ただし長くは無理ですよ」

「ありがとう。苦労をかけるね」

「俺もかけた側ですからお気になさらず。何より俺だって、この婚約式は早めにした方がいいことくらいわかります。殿下が愛の奇跡の体現者と印象付けるべきです。醜聞はさっさと御目出度いことで誤魔化すべきだ」

「……誤魔化したいのは醜聞だけじゃないけどね」

「何か言いましたか？」

「いや何も」

がりがりとペンを走らせながらマーヴィンが問い返したが、アルバートは小さく否定した。

(別に今、本当のことを語る必要はないか)

マーヴィンはアルバートが醜聞を誤魔化すために、奇跡に乗っかっていると思っている。

誤解を訂正するのは簡単だが、疑い深い彼は納得してくれないだろう。ただでさえ魅了の呪いにかかった事実が信じられず、恋愛事に関して用心深くなっているのだ。アルバートがイヴに懸《け》想《そう》しているなど信じてくれそうにない。長い付き合いのマーヴィンは、アルバートとイヴの間に何の交流もなかったことを知っている。

(何より、説明の時間がもったいないし)

アルバートは効率を考えて、マーヴィンの誤解を放置した。

「そういえば、心当たりの人手とはどなたです？」

「文官志望じゃないが、器用な奴がいて……」

「ああ、生徒会の……」

「あと頭はおかしいが回転の速い奴がいるから声をかけてみよう」

「それ邪魔では？」

手を動かしながら頭の中でこちら側に引きずり込むリストを作り、ふと思いつく。彼女はアルバートに告げ口をしなかったが、彼女が今日誰に絡まれたのか報告は受けていた。

今回は令嬢だったが、今後興味本位で動く人間がいないとは限らない。侍女だけでなく、護衛も充実させるべきだ。

(彼女に護衛を付けよう……うん、ちょうどいい人材もいる)

思い描くは愛しい婚約者——と同じ色彩を持つ、アルバートの護衛騎士の一人。

エディ・ベルンシュタイン。

愛しい天使の隣に立つ実兄の姿を想像して——予想される展開に、ペンを持つ手に力が籠もる。

(……物凄く、面白くない)

第三章　事故の後は人恋しい

お兄さまが私の護衛騎士になるそうです。

……きゃあああああああこれは昇格なんですか降格なんですかどっちですか⁉　殿下の護衛からその婚約者の護衛ってどう判断すれば⁉　どう判断すれば⁉　教えてお兄さま‼

この場にお兄さまはいないので、殿下が答えてくださいました。

「横移動かな」

「横移動」

給料に変わりはないし、名誉的なあれこれも変わりないらしい。なるほど横移動。

先日殿下から報告があった通り、次の日からさくさく予定がぎっしり詰まった。主に家庭教師とのタイマン勝負が。間違えた。個人指導です。

王妃教育は後回しにして、まず婚約式の流れや婚約披露宴での挨拶、仕草、貴族の情報。淑女として求められる最低限を学び直すことになった。

私は社交場にあまり顔を出さない残念令嬢だったので、ひいこら言いながら学んだ。一番難儀したのは上位貴族の顔と名前を一致させること……派閥が多くなくて良かった！

日中は学問。夜は殿下とダンスの練習をすることになった。殿下がそう願われたのだ。毎日は無理でも婚約者と顔を合わせたいから、と。

忙しい中で殿下との時間を無駄にすることも出来ず、ファーストダンスを踊ることになっているのでその練習をかねて毎日励むことに。

幸い私は身体を動かすことが好きで、複雑なステップのダンスにも対応出来る程度にはダンスを嗜《たしな》んでいました。講師が教えることはないと絶賛する程度には嗜んでいたようです。思わずドヤぁっと自慢気な顔をしてしまった自覚があります。殿下に偉い凄い上手見惚れたと褒められまくってそんな顔も出来なくなりましたが……やめて！　そんなに手放しで褒めないで！　そこまでドヤれません！

教えることはないと言われたダンスですが、パートナーと息を合わせる必要がありますのでダンス練習は続けることになりました。殿下との交流の場でもありますし。

そんな殿下とのダンスレッスン中に、お兄さまが護衛になったと知らされた私。

理由としては、婚約を周知するにあたり、万が一のために見知った相手を護衛として用意するとのこと。

見知った相手も見知った相手。むしろ私が生まれた時からの付き合いです。身内です。お兄さまです！　報告された瞬間舞い上がってつい力んでしまい、ダンスレッスン中に殿下を華麗にターンさせてしまいました！　しまった加減を忘れてお父さまにするようなことを！　殿下はリードしていたはずなのにいつの間にかリードされターンさせられた事実にきょとんとなさっていた。

申し訳ございません！

そんなうっかりもあったけど、しばらく身体を思う存分動かせていなかった私にとって、ダンスレッスンはとても有意義な時間だった。ひゃっほーい！　何せ体力があり余っていますので！

あり余っていますので！

あり余っていたのです。

はい、あり余って……殿下を振り回してしまいました。ぐったりしておられます。

速報。殿下より私の方が体力ある模様。……あ、もしやこれ悲報になります？

で、殿下を……お忙しくてお疲れ気味な殿下をぶんぶん振り回してしまった……！　散歩に喜ぶお犬様の如く振り回してしまったー！　申し訳ありません飼い主様！　間違えた殿下！　この足が！　この足がゆったりめよりキレキレステップを好むばかりに!!

この足がぁーっと嘆いたら、罰として膝枕をすることになりました。

……んんー？　あれれれぇー？　おかしいぞー？　どうしてそのような流れになったのですかねー？

レッスン室の隣には休憩用の小さな部屋があり、そこに大きめの長椅子と小さなテーブルが置かれている。ちょっとお茶の出来る空間。

ちょっとした空間でもさすが王宮。調度品はどれも、お幾らか考えた瞬間気絶したくなるようなモノたちばかり。ぶっちゃけこの長椅子も座るのに躊躇《ため》うくらいですけど、さすがに客間で慣れました。

その長椅子に私が座り、私の太腿に殿下の煌めく金髪が……ふぁっ!? 頭ちっさいのにずしっと重い！ くすぐったいそわそわするなるほどこれは罰に相当しますね！ 肉体的にも精神的にも追いやられる気がします！ 羞恥で!! 羞恥心で死ねる!!

「情けない姿を見せてしまった……僕の天使が幻滅しなければいいのだけど」

「そんな、私がちょっと張り切りすぎてしまったのです。申し訳ありません！」

「いや、君に窮屈な思いをさせている僕が悪い。まさか体力で負けてしまうとは……」

しょんぼりする殿下。いえいえそんな、体力は仕方がないです。だって私は昔から――と考えて、はっとしました。

……殿下、私がレイピアを振り回す系令嬢であることを、知らなかったのでは……？

そもそも出会ったのは接触事故ですからね！ 私という伯爵令嬢を認識していたかも怪しいですからね！ 私も滅多に社交に出ませんし！ 私の為人《ひととなり》も、王宮で過ごすようになってからの様子しか知らないでしょうし！

ベルンシュタイン伯爵家が騎士の家系だと知ってはいても、その孫娘がレイピアを振り回す系令嬢だと知っていたのかどうか不明だったとやっと気付いたわけです！

おっとこれはヤベェ！ 全く隠す気がなかったですがこれはいかに！

キレキレステップが得意な令嬢は他にもいるでしょうが、嬉々として鍛錬する令嬢は……極少数ではないでしょうか！ 私はその少数派です。ヤッチマッタと固まりました。

だって……世の男性は守ってあげたくなるような、それこそロレッタ嬢みたいに愛らしい女性を好むものですよね!?　私真逆なんですが！

私の方こそ男性より体力があるなんて幻滅されてしまうだろうか。淑女としてちょっと大分外れている自覚はあります。今まで交流した男性も、異性ではなく同志として接してきたので。

つまり私はそういう対象に見られにくいはずなのです。現在滅茶苦茶殿下に溺愛されていますが、もしやそれもここまで？

え、どうしましょう……婚約者として不適格とか言われちゃいます？　言われちゃいます？

思わずそわそわしました。

殿下への愛情を上手く表現出来ない私は、わかりやすく私を溺愛してくれる殿下に安心していた。でも溺愛してくれる殿下が、私をどこまで知っているのか、全然わかっていない。

今は愛の奇跡に酔っていても、私の残念加減を理解したら、その愛が醒《さ》めてしまわないか。この溺愛がなかったことになったりしないか……そんな不安が隙間風のように訪れた。

……ああでも、令嬢らしからぬ私の手を取って、殿下は以前……。

ふと思い出しかけた内容は、それこそ風のようにさっと訪れてさっと去っていきました。

休憩で回復した殿下が、私の脇に手を入れてひょいっと抱き上げたので。

……ファ――――!?　体力ゲージを限界まで削ったというのに何をなさっておられるのでぇえ!?

そもそもなぜ抱き上げました!?　それも子供の高い高いのように！　脈絡がない！　脈絡のない行動です殿下がご乱心です!!　であえであえーい！　……って皆さん気配を殺しながらそんな

微笑ましい目を向けないでくださいご乱心ですよ!?　確実にご乱心ですよ!?

ひょいと抱えられてワタワタする私。その場でくるりと一度回った殿下は悪戯《いたずら》めいた目で笑った。

「体力で負けてしまう情けない僕だけど、腕力で負けるわけにいかないからね」

「勝負事ではござりませんぜ!?」

「面白い話し方だね」

確かに私は殿下を持ち上げたり出来ませんがね!?

体力は正直仕方がない。物心ついた頃から木の枝を持ってお兄さまの鍛錬に付き合い、お爺さまに直接指導して《可愛がって》いただき、お父さまと肉体言語《家族の語らい》を繰り返していたのだから仕方がない。一般兵より体力がある自信がある。

でも確かに腕力は、さすがに敵わない。令嬢たちとは比べるまでもないけれど、それなりに鍛えている男性には勝てない。でもおそらく、文官やぱっぱらぱーな貴族令息相手は余裕で制圧出来ると思う。

殿下は疑うまでもなく、鍛えている男性。私を持ち上げる腕の筋肉はしなやかで、ダンスレッスン中の密着で無駄のない筋肉を感じ取ったので間違いない。普段から距離が近いのでわかっていましたが、普段の距離とダンスの距離では全然近さが違う。ちっかいですからねダンス中は！

……え、あ、はい。男性ですね。力強いです。あわあわ。え、下ろしてくだしあ。あぷあぷ。

べべべ別に私より体力がないことに幻滅したりしていませんが!?　どちらかというと令嬢とし

て逸脱している自分にがっかりというかしょんぼりというか気落ちしただけで！　そんな自分のあり方を誇りに思ってますがもしかして殿下によろしく思われないかもとしょんぼ……り……？　ええと殿下に対して思うことは特に何も……まさか私のしょんぼりを察知してこのようなことを⁉　違うんです誤解です鍛錬大好き令嬢でごめんなさい！　だからそのあのそのえと……近いです‼

「お、下ろしてください～っ」

「大丈夫。休んだから疲れていないし、落とさないよ」

「私重いので！　殿下の負担に！」

筋肉量から一般的な令嬢より体重はある方です。確実に重い！

天使天使と呼ばれますが、私が飛ぶには他の天使より筋肉量が必要なほど重いですよ！　……あれ？　重い理由が筋肉量だから……あれれ？

「君が頑張って鍛えた証拠だからね。この重みが愛おしいよ」

「駄目です溺愛フィルターが体重の印象操作にまで影響を……って、ん？」

足をぷらんとさせながら、私は首を傾げる。

……今、鍛えたって言いました？　肥え太ったではなく？

じっと殿下を見つめれば、麗しい笑顔が返ってきました。

「昔、黒の悪夢と呼ばれたベルンシュタイン団長に稽古をつけていただいたことがある。残念ながら指導に僕は付いていけなくて……軟弱者と怒られたよ」

マジですか。お爺さまの口癖までばっちりですね。

……確かにお爺さま、何度か若手の教育をなさっています。その時に、殿下もしごき《教育》を受けたようです。王族だろうと容赦のないお爺さま。軟弱者！　という怒声がお腹に響く気がします。

「孫娘はもっと動けるとか、孫娘はもっと速いとか、孫は一兵卒を倒したとか、僕が地面と仲良くする度に言ってきてね。最初は比べられているのかと思ったけど、どうやら僕に託《かこつ》けて孫自慢をしたかったみたいだ。あの方、ずっと君たちの話をしていたよ」

ん、んんんあんれぇぇ〜？

私が刺繍針よりレイピアを握る回数の多い体力馬車馬令嬢だと知られたら、真実の愛に夢を見ている（と、ちょっと思います）殿下もさすがに目を覚ましてしまうのではと尻込みしていました。

杞憂《きゆう》でした。

滅茶苦茶杞憂でした。

殿下は最初から、私がレイピア片手にお兄さまと稽古出来る腕前だと知っていました。

そういえば殿下は私の手を握りながら戦女神《ヴァルキリー》って言っていました。

剣を握る、豆の潰れた手だからわかったのかと思いましたが、実はそれよりも前から……お爺さまが大暴露していたようです。

それも、私が学園に入学するずうっと前からです。

お爺さまぁぁあああああ!!

隠蔽《いんぺい》のしようがありませんお爺さまぁあああ！　隠す気全くありませんでしたけどぉおお！

「実際に稽古をしている様子を見たこともあるよ」

「いちゅです⁉」

ビックリしすぎて噛みました！　口が回らない！

「エディが護衛に選ばれる少し前かな。僕は団長の孫が入団したと聞いたから様子を見ていて
……」

あっそれ護衛の下見ですね⁉　いや護衛される本人がするのかわかりませんがお兄さまが注目されていたということですね！　当然です私のお兄さまですから！　お兄さまは子供の頃から体が大きくて打撃が重くてそれでいて機敏なんです！　将来有望だったのです！　結果ご覧くださ
い立派な護衛騎士です！　さすがですお兄さま！

「その時に、ワンピースの女の子と稽古する姿を見たよ。戦女神《ヴァルキリー》のようだった」

っあ――――！　心当たりがあります！　お兄さまに差し入れを持って行って、構ってもらいたくて上達した腕前を披露しようとした時のことです多分！　ワンピースで稽古するとかそれ私ですね！　その後お兄さまに怒られましたから私です！　さすがに淑女がワンピース姿でレイピア片手にヒャッハーするのは怒られました！

でもあの時お兄さまが私でなく周囲の騎士に殺気を飛ばしたのはなぜでしょう……私も割とすぐ捕獲されましたし……いつもはもっと打ち合ってくださるのに……あまり修行の成果をお見せ出来ずしょんぼりした覚えがあります……。

……その短いやり取りをしっかり見られていたわけですね？

私が殿下を見た記憶はないので、それなりに距離があったと思いますが……それでも私を把握していたのですか。お兄さまが護衛騎士になって三年ですから、三年前から知られていたってことですね。

まあその頃は「ベルンシュタイン家は令嬢も戦えるんだな」程度の認識ですよね！　遠目に目撃されただけですし。

殿下は高い高いをやめて長椅子に座り直す。私の手を握ったまま。私の、令嬢らしくない硬い手を。

この手に触れて、戦女神と言ってくれた。

殿下は私が戦えるとわかったうえで私を溺愛していた。うん、そわっとしちゃう。もじもじしちゃう。手は離れない。

「階段から君が降ってきた時」

え、今その話に飛びます？

話の飛びようにぎょっとする。でも人の話は最後まで聞かなくては。私はお口をきゅっと閉じた。

「魅了の呪いにかかっていた間の記憶は朧《おぼろ》げだけど……階段から君が降ってきた瞬間は、本当に天使が降ってきたのだと思った」

ロレッタ嬢が降ってくると思っていたからこその誤認では!?

「支え切れず倒れた僕を君が守ろうとしてくれたことも覚えている」

その後恥ずかしながらむちゅっとしちゃったわけですがね!?　結局守れませんでした！　マモレナカッタ！　私から!!

「衝撃から醒めて目にした君は……キラキラと輝いて、とても幻想的だった。神の祝福を受けた聖女……いや、やっぱり天使のようだった」

それは解呪の影響で溢れ出た、呪い師が言っていた光のことでは!?　私が所有するエフェクトではありません！　天使の梯子《はしご》もかけていませんし後光も爆発していません！　……爆発するものだっけ？　あれ？

「その天使が君だとすぐ気付いたよ、イヴ。エディ《兄》の前で愛らしい笑顔を浮かべていた、ベルンシュタイン自慢の孫娘だと」

凄まじい記憶力……！　私がお兄さまへ差し入れを持って行った数は数え切れないほどですがその流れで稽古をつけてもらったのは一度だけ。それなのにしっかり顔を覚えていらしただなんて……！

いやほんとどこから見ていました!?　会った覚えがないのですが!?

「まさか君が、呪いを解くほど僕を想っていてくれたなんて……身を挺《てい》して階段から落ちる女性を庇《かば》う正義感も、僕がなくても問題なく怪我をしなかっただろう身の熟しも、邪魔してしまった僕を守ろうと行動する忠義も……秘めたる僕への愛情から来るのだと思えば愛おしさが湧き上がって止まらない」

そうだったの私――――!?

そしてばれています！　ばれていますね殿下がいない方が都合良かったこと！　はい、誰もいなければ高い所から飛び降りる猫のようにシュタッと着地する予定でした！　お兄さまがいれば十点満点をくださったはずです！　実際のところは殿下を下敷きにしたのでマイナスどころか失格ですね！

でもって誤解です殿下！　私は別にそんな高尚な存在ではありません！　そんなに考えていません！　だからごか……んんん、誤解ですよね～？

ロレッタ嬢を助けたのは確かに正義感から。深く考えていませんでしたが、私なら助けられるとわかっていて飛び出しました。

鍛えた身の熟しを愛ゆえというべきか迷いますが……あ、殿下をお守りするため鍛えた？　私ってばそのつもりで鍛えていました？　楽しかっただけですが実はそうだった？　だとすれば忠義の塊では？

殿下を守るのは、はい。臣下としては当然の行いですね。たとえ危険地帯に自ら滑り込んで来たのが殿下自身だったとしても、御身をお守りするのは当然のことです。臣下ですから。私は誰かを守れる騎士になりたかった令嬢ですので当然お守り致します。

これも愛ゆえです？　愛する人を守るためです？　そう言われるとそんな気がします？

……なんだかそんな気がしてきました！

私の行動ってば実は全部殿下のための行動だった？　そうだったの？　そうだったの？　何せ

恋心無自覚女ですからね。無自覚に好きな人のために行動していたとしてもおかしくありません。

……無自覚で殿下のためにえんやこらしていたのでしょうか。自分のためと思いながら？　実は殿下のためだった？　思った以上に私は健気の結晶だった？

淑女の顔として被《かぶ》っていたお猫様が宇宙を背負い出した。そんな私に殿下は落ち着いた笑顔で嬉しいお言葉をくださる。

「騎士みたいな君だ。部屋でじっとしているのは堪《こた》えただろう？　これからは護衛が一緒なら、訓練所にこっそり行っても構わないよ。息抜きは必要だ……今まで鍛錬の時間を作れなくてごめんね」

あ、体力あり余っているのが察せられていますね。振り回してしまいましたものね。はい、ありがたくそうさせていただきます。

なるほど、その護衛がお兄さま。

お兄さまが私の護衛。

……。

「お兄さま！　お兄さまが私の護衛！　つまり公式的に四六時中一緒にいても咎《許》め《さ》ら《れ》れ《る》ない！

なんということでしょう！」

「さすがに四六時中はエディの負担になるからダメだよ」

「それもそうですね！」

じわじわ実感して再度興奮状態に。感極まって踊り出しそうですが殿下はもうお疲れなので我慢します！

護衛とは危険から対象を守るため気疲れする仕事です。さすがに四六時中はブラックすぎました。しかし、しかしです。

お兄さまとプライベートだけでなく仕事中もご一緒出来る！　仕事中のお兄さまをじっと見つめていても怒られない！　きゃー！　きゃー！　どうしましょう写生すべき!?　そのお姿を私の拙《つたな》い画力で表せるかしら!?　下手な写生はお兄さまに対する冒涜に思えるので網膜に焼き付けましょうそうしましょう!!

私は明日がとても楽しみで、思わずにこっと笑ってしまいました。淑女らしくない、顔全体を歪めて歯を見せるような笑い方。お婆さまにははしたないと叱られますが、ついつい緩む頬を制御出来なかったのです。

そんな私を見た殿下は目を見張り、星空のような目が眩《まぶ》し気に細められます。しまったはしたなかったですね。慌てて取り繕いますが、どうしても頬が上がります。むずむず。

「……イヴ、嬉しそうだね」

「はいっご配慮ありがとうございます、殿下！」

護衛のことも、訓練のことも。殿下が私を想って手配してくださったこと。忙しいというのにわざわざ私に気を遣ってくださった。この人は、本当によく気付く方。

ぽこぽこ胸の奥で、暖かいものが気泡のように浮かび上がっては身体全体に広がっていくような、幸せな気持ちになる。

思わず、胸の前でぎゅっと手を組んで微笑んだ。

「これでお兄さまとたくさんお話し出来ます」

数少ない面談時間では事故チューのお話で、羞恥と混乱からまともに会話出来なかった。今度は時間もあることだし、落ち着いてお話が出来そうです。

まだ混乱は残りますが、冷静なお兄さまなら伯爵家のことも、これからのこともしっかり助言をくれるはずです。

にこにこぽわぽわしていた私は、ふと見上げた先で殿下がにっこり笑っているのを見て……ぎょっとした。

殿下の笑顔がちょっと、ほの暗かった。

え、怖い。どうなさったの？

窺うような私の視線に、殿下はにっこり笑って返す。

さらに怖いです。無言怖いです。殿下？　殿下どうなさいました？　殿下？

なぜこの流れで私をぎゅっとしたのです？　慣れませんが？　突然の抱擁にぎゅわっと心臓が絞られそうになりましたが⁉　殿下ぁああ⁉

私の耳元で殿下が何か言ったような気がしましたが、小さな声が聞こえないほど、私の心臓が今日も絶好調に太鼓を叩いたので、全く聞こえませんでした。

殿下が零したちょっとした恨み言は、本当に、全然私に届かなかったのです。

次の日、サクッと私の護衛としてお兄さま――――エディ・ベルンシュタインが紹介された。

バシッと騎士服を身に纏《まと》い帯剣したお兄さまが、きりっとした表情で護衛対象である私に一礼している。

紹介するまでもなくお兄さまだけど体裁は必要で、私は初めてお兄さまから騎士対応を取られた。

「失礼します。本日付より護衛に任命されました、エディ・ベルンシュタインです。この身に代えましても御身をお守り致します」

硬派で真面目なまさしく騎士の鑑《かがみ》と言っても過言ではないお兄さまからの騎士対応。

何気に初めての体験。

人生初、身内でなく護衛対象対応。怜悧《れいり》な瞳を添えて。我が人生に一片の悔いなし。

～完～

……ハッ!!

いけないこれからドキドキ★護衛のお兄さまと素敵な二十四時間が始まるというのに一日を終わらせるところだった！　なーにもったいないことをしているのイヴ・ベルンシュタイン！　ここが始まりよしっかりしなさい！

お兄さまが騎士団に入団してから何かと忙しく、私も学園に入学して時間が合わず、幼い頃のように丸っと一日一緒にいることもなくなってしまったけれど今！　それが許される！　合法！

ありがとうございます殿下崇《あが》めます！　とにかく深呼吸よ！　深く……吸って……吸って……吸

う……お兄さまの香り……！

落ち着け。

いけない。これじゃただの変態だわ。

私は変態じゃない。変態じゃない。ちょっとお兄さまの香りとか筋肉とかお顔とか筋肉とかつまりお兄さまが大好きなだけの妹。イエス、妹。私は妹。妹はお兄さま大好き。それが世界の摂理。そうよ真理。一はお兄さま。全はお兄さま。イエスお兄さま。私は真理を体現しているにすぎない。ただそれだけ。実にナチュラル。お兄さまがいてこそ世界。私は今日も世界の中心で家族愛を叫びます。妹としての義務です。実に幸福です。だからこそ油断せずに行こう。

よし。

「……殿下の命により、今日から護衛の任についたわけだが、お前は普段通りにしていて良い。お前が動けることはわかっているし、過保護にするつもりはない。もちろん守るが、好きに動け。殿下の許しは得ている。来い」

「お兄さまぁ～っ！」

あああ好きぃいいいい!!

我慢出来ずにお兄さまに突進して抱擁する私。どこぞのご令嬢と変わらぬ猪ぶりですね！　私も自称すべきでしょうか！　ですが自称猪令嬢が増えるのはよくないことですね自重します！

そもそもあの方なぜ自称しておられるのですかね!?　公爵令嬢ですよね!?

私の愛に溢れた渾身の突進を難なく受け止めるお兄さま。甲冑《かっちゅう》ではなく騎士服のお兄さま。

普段は複数人で殿下の護衛に当たるため甲冑姿ですが、私の護衛は単騎なので動きやすさを重視して騎士服のみです。軽量化されています。

殿下をお守りする時は防御重視ですが、私を守る際は攻撃&確保重視って感じですね。同じ護衛でも役割の違いです！

お兄さまの騎士服は……ちょっと親しみが足りない！惜しい！

笑顔がないので！子供には怖がられます！どちらかというと甲冑を纏っている方が似合うお兄さまです！私はどちらも好きですけどね！

ちなみに危険度は騎士服の方が高いです。何の危険度かって？私が尊死する危険度です。

騎士服を着て激レアの笑顔を見せられた場合私は致死量のダメージを負って死にます。残念ながらまだ見たことがないです。それだけ激レア。即死イベントで間違いない。

「本当に仲が良いね」

「ハッ！」

殿下おられました――――！

おられましたわ！ずっとおられましたわ！形式的にお兄さまを紹介してくださったの殿下ですもの！ずっとおられましたわ――――！

それなのに私ってばお兄さまへまっしぐら！そのままマタタビを嗅いだ猫のようにゴロニャーしています！ごろにゃぁあ！

ゴロニャーを見られているにゃぁ!?不敬――――！自重しなさいイヴ・ベルンシュタイン！

尊き方の前で存在ガン無視とか阿呆《あほ》なの⁉　阿呆かもしれない！　私は阿呆です！

「ベルンシュタイン兄妹の仲が良好なのは有名だったけれど」

「有名でしたか⁉」

なんと！　有名とかなぜ⁉　私は妹として当たり前にお兄さまを慕っているだけなのに！　家族愛を叫ぶことに一体何の珍しさが⁉

……あ、珍しいからでなく熱意の問題ですかね？　確かに皆さん慎ましいので私のようにお兄さまに直接愛をぶつけることは少なさそう。そういえばあまり見ませんし……？　淑女として当たり前かもしれません。私のように愛情フルオープンはしたないと言われたことがあります。

一応気を付けているんですよ⁉　ただ久しぶりのお兄さまでお兄さまチャージが出来ていなかったんです！　つまり堪え性のない私が悪いですねごめんなさいませ！

一人あわあわする私に、殿下は少し遠い目をなさった。やっぱりお疲れです？　私がダンスレッスンで振り回したばかりに……？　あ、別件ですか。

オロオロ様子を窺う私に微笑んだ殿下は、滑るように近付いて私の手を掬い上げた。両手でぎゅっと包まれて、全身の熱がそこに集まった錯覚を覚える。熱い。どっかんと太鼓の破裂音……しっかりして私の心臓！

「仲が良いのは良いことだけど、僕を忘れないでおくれ。もう僕は君の愛なしでは生きられない身体なんだ」

語弊!!　大袈裟!!　言い方に語弊があります殿下！　そしてかなり大袈裟です！

「任せた。必ず守れ」

「はっ」

私を見つめるのとは違う夜の静けさを纏った目でお兄さまをひたと見据え、短く命じる。

私に張り付かれたまま、お兄さまは淀みなく敬礼で応えた。

お兄さまに張り付く私の傍に殿下がいるわけなのでお兄さまと殿下も滅茶苦茶近いですね！

私を挟んでとても近いです！　私はサンドイッチの具罪《ぐざい》になりそうです！　具は罪ですか？　罪なし！

殿下はもう一度私の手をぎゅっとして、ちゅっとしてから退室なさいました。

……公衆の面前で真実の愛の口付けをかました私よりよっぽど殿下のがキス魔な気がしませんか⁉　ちゅっちゅしている気がしませんか⁉　いや挨拶で手の甲とか頬とかにしますけど大体が触れる振りですよ！　あと手袋越しだったりですよ！　がっつりちゅっちゅするのは恋人同士……こい……びと……同士ですね婚約者内定してますもんねー！　何もおかしくなかったです！

私がただ恥ずかしいだけでしたひゃあああああ――――！

殿下が退室なさって、残されたベルンシュタイン兄妹。

午前中は座学の時間なのでこれからお勉強の時間だけど、まだ家庭教師が到着していないちょっとした空き時間。殿下はその隙間を狙ってお兄さまという名の護衛を付けてくださった。

本来ならもう少し余裕を持って紹介するところだけれど、お兄さまとは知らない仲ではないために実にあっさりとした任命となった。あっさりというか雑だったかもしれないけど、これは私に対して大いに気を遣ってくださったのかもしれない。

お兄さまがガッツリ跪《ひざまず》いて私に騎士として対応する……？　興奮するかもですが常にその距離だと発狂しますわ。寂しいいいいって発狂します。

殿下がいるというのにいつものような対話をしてくれたお兄さま。このあたりからして、事前に殿下が許可を与えてくださったということ、だと思う。じゃないと不敬です。不敬不敬。私もお兄さまに突撃令嬢だったので不敬。大変申し訳ありません！

そんな不敬兄妹をスルーしてくださる殿下は懐が深いです！

「いや、ガッツリ嫉妬していただろう」

「しっと」

お兄さまの胴体にへばりつく私を気にせず、お兄さまは慣れた動作でセミのようにくっつく私を片手で抱えて移動した。ちょっと大きめな一人用ソファに腰掛けて、私をその逞《たくま》しい膝の上に乗せる。居心地の良い場所をもぞもぞ探してから、私はお兄さまの胸元にピッタリ寄り添った。

このフィット感。安心感。実家のような安心感です。

慣れ親しんだ感覚でふにゃふにゃしながらやらかした不敬をお兄さまとお話ししていれば、お兄さまが不思議なことをおっしゃった。

……え？　嫉妬？

「しっと？　殿下がお兄さまに？　しっと？」

「俺は常々将来の義弟には誤解を与えるだろうと思っていた」

「誤解とは？　何かありましたか？」

「今この状態のことだ」

お兄さまのお膝に座っていること？

むしろ家族として普通のことでは？

お兄さまが憐《あわ》れんだ目で首を振った。

……え、普通のことじゃないんですか？

「普通はこの年にもなれば、妹は兄に抱き付いて移動しないし頬ずりもしないし匂いも嗅がないし寝台も別だ」

「なん……だと……!?」

衝撃を受けました。雷が落ちるほどの衝撃。常識という大地が割れる。私は足元が崩れて地底に落とされたような心地になった。うっそやん……！

世の妹たちは兄の存在が希薄《きはく》でも生きていけるということですか……!?　妹として世界の中心「兄」はどうしたのです!?　姉大好きでもいいんですよ!?　家族大好きですよね!?　私は大好きです!!

好意は人それぞれとして、とお兄さまが前置きをしてから口を開きます。

「年頃の娘が抱き付く異性は、好意を抱く相手だ」

「そうですねお兄さま大好きです」

「種類が違う。いや、俺の言い方が悪いのか？　年頃の娘が自分から進んで抱き付くのは、将来の仲を誓うような相手だ」

「ぴょえっ!?」

え、家族でなく血の繋がりない異性ということですか!?

むしろ私はそっちの方が恥ずかしくて出来ませんが!?

「父親や兄にはきつく当たることの方が多い。同期にはお兄さまと慕ってくる妹は幻想だと言われたことがある」

「なんと……!?」

私ってば幻だったんですか!

慌てて部屋の隅にいる侍女さんたちを見た。ちょっと真偽を確かめたかったので。

しかし侍女さんたちは微笑みながら戸惑ったように視線を逸らす。えーそれはどういう感情ですか! どっちが正しいんですか! 世間一般的に兄妹はここまでくっつかないんですか!?

でもでもベルンシュタインのお家では誰も何も言いませんでしたが!? 私はお兄さまほどじゃありませんがお父さまにもくっつきますよ! お父さまよりお爺さまにくっつきます! 大歓迎されますが!? あのがっしり感がたまりません! お父さまは現役じゃないのでお二人よりストンとしているんです! 家族で横並びになって寝たりしますよ! さすがにお風呂はご一緒しませんけどね!

ベルンシュタインのお家ではそれが普通です。使用人の方々も微笑ましく見守ってくださっていますし、護衛の方々も温かく見守ってくださっています。さすがに家族以外《使用人》にくっつこうとすると怒られましたので、家族限定の愛情表現だとばかり思っていました。

それにしても嫉妬ですか。嫉妬……。

……なぜですかね……？

だって、お兄さまですよ？　血縁者ですよ？　お兄さまですよ？

ここで私が、殿下以外の殿方に抱き付くのはよくないことだとわかりますし、嫉妬されるのもわかります。私だって好きな人が別の女性を抱きしめていたら嫉妬するはずです。ですがお相手がご家族ならば、しません。だって私、お兄さまお父さまお爺さまにくっつきますからね!!　ガッツリ引っ付きます！

なので好きな殿方が親族の女性を抱きしめても、仲が良いなぁとしか思わないのですが……殿下も先ほどそうおっしゃっていましたし、お兄さまの勘違いでは？

そう思いませんかと侍女さんにお伺いの視線を投げかけますがさっと避けられました。なにゆえ。

解せぬと顔に出ていたのか、お兄さまの硬い掌が私の頬を包みほにほに揉んできた。それが心地よくて自分から擦り寄り……もしかしてこういったやり取りが普通ではないのだろうかと内心首を傾げる。

でも、殿下も私によく触れる。そこに好意があるのはすぐわかるし、私からの好意を確信しているからこその行動だともわかる。何より、その頃にはもう外堀がガンガン埋まって、今後の相手がお互い以外にいないということもわかってきていた。はいさすがにね？　わかっていましたよ！　私が奇跡起こしましたから――――！　私の愛を皆さん目撃しましたから――――！

とにかく殿下だってよく触れる。何ならお兄さまと同じくらい私に触れる。お兄さま相手は慣れていますが殿下相手は全然慣れていないのであわあわする。ですが先ほどのお兄さまの発言を信じるならば……こ、ここコケ、コケコ……ッごほん。恋人として当然の距離感だったのでは？

……ハッ、お兄さまとの距離が……本来ならば恋人との距離ならば……納得します！　殿下が私にべたべただったことに納得です！　なるほど確かにお兄さまとの距離感に似ている……！

そういうことだったんですね！　お兄さまとの距離が！　世間一般で言う恋人同士の距離感！

そういうことならば恥ずかしがらず、お応えせねばなるまい……。私たちは婚約者同士、つまりは恋人と言っても過言ではないのだから、しっかりお役目を全うしなくては。恥ずかしいけれど、ハグはいい文化です。自分以外の体温はとても安心します。照れますが、出迎えのハグを頑張りましょう。

お兄さまに頬をほにほにされながらすりすり返す私。この相手を殿下に置き換えるとその場で反り返ってブリッジ決めて悶える程度には恥ずかしいですが、いつか慣れることでしょう。これが恋人同士の距離というのなら頑張ります！

……あ、あれでも……となると、私がお兄さまにべったりなのは世間から見てはしたないということ……？　もしかして以前はしたないと言われたのは愛情フルオープンだったからではない⁉　だってこれが対恋人仕様なら、家族とはいえ異性に恋人のように引っ付くのは見ようによってはとてもはしたないことなのでは……⁉

ひぇっ私ってば、気付いていなかっただけで大分はしたない……!?

でもでもベルンシュタイン家では微笑ましく見守られていたし、お父さまお爺さまも大歓迎だったし……ア――――ッでも王宮でお兄さまに引っ付いていると二度見されますね!?　やっぱり世間的にははしたない!?　どっち!?

「そのところどうなりますかお兄さま！」

「脳内で完結せずちゃんと説明しろ」

「私ってばはしたないですか!?」

「お前ほど純粋無垢な箱入りを俺はまだ見たことがない」

失礼な箱入りではないですよ多分！

でもって答えになっているか不明ですお兄さま！

「お前は今のままでいい」

「お兄さま……！」

お兄さまがよすよす頭を撫でてくださる……！　なんだかもうそれだけでいいです！　大きな手の平の安心感が！　半端ないです！　ごろにゃぁ！

ごろごろ喉を鳴らしそうな私を慣れた手つきで撫でながら、お兄さまが呟いた言葉を、私はすっかり聞き逃していた。

「お前が変わることは、誰も望んでいない」

…………◆♡◆♡◆♡◆…………


あれは三年ほど前のことだった。

あの懐きようには思うところもあるけれど、出会った頃から変わらない。

くイヴの姿に懐かしさを感じていた。

ベルンシュタイン兄妹を残し執務室に向かいながら、アルバートは仔犬のように兄にじゃれつくイヴの姿に懐かしさを感じていた。

(相変わらず仲が良いな)


アルバートは時々、お忍びで騎士団の訓練に混ざっていた。

始まりは剣術の指導者としてアルバートの前に現れた「黒の悪夢」ことガンドルフォ・ベルンシュタインが残した言葉にある。

「殿下は尊い方なので対戦相手が忖度《そんたく》する場合があります。時には身分を隠し、見習いとして騎士に紛れれば己の実力を見誤ることはないでしょう」

ちなみにガンドルフォはこの発言の後、部下にめちゃくちゃ怒られた。しかし一理あるなと思ったアルバートは素直に言われたことを実行し、ソレは今も続いている。

かといって、アルバートが素顔のまま現れては身分を隠せるわけがない。全く秘密で参加すれば何かあった時の責任問題もある。アルバートは訓練に参加する時は報連相《ほうれんそう》と変装を忘れずに、しっかり予定を立てて騎士団長に提出していた。

アルバートは王族なので、一日の予定は何日も前から決められている。お忍びの訓練もこっそり予定に付け足されていた。騎士団長は頭を抱えながら、滅多にないアルバートの我が儘を許してくれていた。息抜き扱いにしてくれていたのだ。

変装は髪の色と目元の印象を化粧で変えるだけの簡単なもの。金の髪を赤く染め、切れ長の目元を垂れ目に見えるよう化粧する。そのうえで髪型を変え、騎士見習いの制服を身に着ければ意外と皆騙されてくれた。

そんなわけで、その日もアルバートはさらりと騎士見習いに混じって騎士団の訓練を受けていたのだが……見習いたちに混じって準備体操《ストレッチ》するアルバートを窺う視線が複数。

（この隊で僕に気付いているのは五人か。内二人は半信半疑だけど、三人は確信しているな。近いうちに団長に伝えておこう）

違和感を覚えて気付く者たちは、今後の要注意人物《引き抜き対象》だ。

騎士団は複数の隊で形成されており、それに合わせ訓練所も複数存在する。隊でローテーションを組んで訓練を行い、アルバートはそこに不定期に混ざっていた。

気付いたうえでどう対処するのかも注目点。じっと黙って周囲の様子を窺っている者、戸惑いが挙動に現れている者、素知らぬ顔をして気にしない者と様々だ。

目端の利く者は有用だ。実力と為人を確認して、彼らがどこに所属するのが最適か模索する。

騎士見習いとして潜り込むのは自分の実力を計るだけでなく、周囲の関係性もよく見えてとても有益な時間だった。だからアルバートは、無茶で無礼な発言をしたガンドルフォには感謝している。とても厳しい指導だったが、得られたものは多かった。

（……そういえば、彼の孫が騎士になったと聞いた。僕が訓練に顔を出していない間に見習いを卒業して騎士になったベルンシュタインの長子）

ベルンシュタインの一族は不思議だ。長子だろうと騎士として鍛え上げ、騎士団に放り込む。「黒の悪夢」と呼ばれる祖父の影響が強いのだろうが、本来ならば跡継ぎとして領地経営を手伝い学ぶ時期なのに。もしかして、末の孫娘に優秀な婿を宛てがい経営を任せるつもりだろうか。

「お兄さまー！」

アルバートが思考を巡らせていると、訓練所に少女の高い声が響いた。

（……あれ、今日は一般公開の日だったかな）

訓練所は、柵越しではあるが一般公開される日がある。騎士を目指す少年。騎士に憧れる少女。騎士として訓練に励む親族を見学、激励出来る日だ。

騎士たちも第三者の目を向けられることで怠けることなく一層真面目に訓練に励む。少年少女の憧れの視線はいくつになっても面映《おもば》ゆく、裏切れない。普段力を抜きがちな者も、他者を貶めるような言動を見せる者も、一般公開の日は大人しい。

しかしアルバートは変装の身とはいえこの国の第一王子。一般人にうっかりばれるわけにはいかないし、警護の面からも一般公開の日付を避けてお忍びで訓練所へ来ていた。なので、訓練所に響く少女の声など初めて聞く。

誘われるように声の主を探し――柵の向こう側でなく、柵の内側で跳ねる少女の姿にぎょっとした。

(何で内側に女の子が。迷い込んだのか?)

「お兄さまー!」

アルバートよりいくつか年下に見える少女は、一人の騎士に向かって必死にアピールしていた。耳の下で二つに結った青みがかかった黒髪が跳ねる度に小さく揺れている。着ているものは白いワンピース。簡素な作りだが、一目で上質な布だとわかる。動作はともかく着ている服の素材から貴族令嬢のようだ。さりげなく護衛らしき侍従の姿も見える。何やら大きな籠を持ち、少女の背後に立っていた。

距離的に少女の瞳の色はわからないが、満面の笑みで大きく手を振っていた。

「あ、ベルンシュタイン嬢。また来てる」

「ベルンシュタイン嬢?」

「なんだお前知らないのか。有名だぞ、兄大好きなベルンシュタインの末っ子」

一緒に準備体操をしていた見習いがそう言うのと、騎士の一団から一人の騎士が少女の元に向かうのは同時だった。

少女と同じ青みがかかった黒髪。高い背に広い肩幅……一目で鍛えられているとわかる男が少女の前にやって来た。少女は喜び勇んで飛び跳ねながらその男に抱き付く。年頃の娘がはしたないと思う前に、全くいやらしさのない無邪気な抱擁に微笑ましくなった。

「……何で、妹さんが中に？　今日は公開日じゃないだろ？」

「お前さては説明聞いてなかったな。ご令嬢は訓練が始まる前だったらいつでも立ち入り自由なんだよ。それでもこっちまで突撃してこないけど」

こっち、とは騎士たちのいる中央部分のことだろう。少女は柵の内側にいるが、自分からそれ以上踏み込むことはなさそうだ。身振り手振り兄に何か訴えながら、少女はコロコロ表情を変えている。

それにしても、訓練が始まる前という条件があってもいつでも出入り自由とはどういうことだろうか。アルバートはそんな話は聞いていない。それに今まで少女と遭遇したことは一度もない……そう考えて、そもそもベルンシュタインの孫と一緒に訓練するのが初めてのことだと思い出す。

これは、ベルンシュタイン令息が入隊してからの「特別扱い」なのだ。

(孫娘の我が儘を、ガンドルフォが押し通したのかな。あの人も孫に狂うおじいちゃんだったってことか……これは、規律に関して声を上げる人が出てきそうだ。令息に対する風当たりが強くなるだろうに)

孫娘と孫息子では扱いが違うのだろうか。

なんとなく視線を向けたままになった先で、いつの間にか少女が訓練用のレイピアを掲げていた。ふんすふんすと鼻息荒く何か主張している。アルバートからは兄の背中しか見えていないが、拒否の姿勢は窺えた。窺えたが、少女はふんすふんすと主張を変えない。一体何を訴えているのか。上質な白いワンピースとレイピアは不釣り合いで、小柄な少女がレイピアを持っているという点が不思議なほど――……しっくりきた。

ぴょんっと少女が跳ねるように兄から離れる。

胸の前でレイピアを掲げるように持ち、背筋を真っ直ぐに伸ばし、踵《かかと》を揃え――それから片足を深く曲げて腰を落とす。相手に手合わせを申し込む、騎士の動作。

アルバートの位置からでは、少女の目の色はわからない。それなのに……少女の目がキラリと煌めいたように見えた。

その瞬間、小柄な少女に似合わぬ鋭い突きが繰り出される。

深く低い攻撃。思いがけぬ速さで繰り出された突きは、最小の動きで躱《かわ》される。

少女は続けざまに突きを繰り出した。空気を貫くような音が続き、相対している兄はその全てを避け切った。無駄のない最小限の回避。少女の空気を切り裂く攻撃音だけが響く。

(あの子、速い)

突然始まった手合わせから視線が放せない。それもこれも、少女の攻撃が思った以上に速くて鋭いからだ。

小柄な身体を活かしたスピード。さらに沈むように腰を低くして繰り出される低い位置からの攻撃。上半身を狙われるより、下半身を狙われる方が攻撃を捌きにくい。それがあれだけのスピードで繰り出されるのだから堪ったものではない。

しかし相対している兄は……エディ・ベルンシュタインは全ての軌道を読み切り躱していた。

少女を捕らえようとエディが踏み込み手を伸ばす。少女はその手とすれ違うように踊るように回りながら躱し――白いワンピースの裾がぶわりと舞い上がった。

白い足が地面を蹴る。

飛ぶように小さな体が翻《ひるがえ》る。

（――天使）

「確保」

「あれぇ？」

不思議そうな少女の声に我に返る。

すれ違いざま、回り込んで攻撃を繰り出そうとした少女は、少女より速く反転した兄にがっちり正面から捕まっていた。捕まえられた腕の中で白いワンピースが余韻を残して沈む。

「お兄さまお兄さまどうですかどうでしたか私前より速く動けていたと思うのですが！」

「その格好で動き回るのは禁止だ」

「なぜです？」

「跳んだり跳ねたりするのに適していないからだ」

「正論！」

少女が叱られた仔犬のように肩を落とす。素直に可愛い。宥めるように少女の頭を掻き混ぜたエディは顔を上げて……一部始終を見ていた騎士達《男性陣》に向かって鋭い圧をかけてきた。

見習いは飛び上がり、騎士たちは苦笑を零す。

『見たか』

『見てません』

『見たな』

『見てません』

『忘れろ』

『見てません』

わずか三秒ほど、お互いに視線で訴え合った。

（妹は兄が大好きと言われているけれど、ちゃんと兄も妹を大事にしているみたいだ）

そして、しっかりとした実力者だ。コネや七光りで騎士団に入団したわけではない。特別扱いは孫娘だけで、孫息子には正当な扱いをしていたようだ。今のやり取りを見て、彼を侮《あなど》る者はいないだろう。

だって彼の妹、もしかしたら騎士見習いより筋が良い。

繰り出される突きは躱し切るのが難しいスピードでありながら、それを最小の動作でかなりの回数打ち込んでいた。

突きは突進力が命。腕の力だけで威力は出せない。全身を使って出す最速を、あれだけ狭い間隔で打ち込めるのは異常なことだ。捌き切ったのも凄いし、そもそも打ち込んだ令嬢も凄い。

（……彼女が実力者だとわかれば、彼女に対する特別扱いへの苦情も少なくなるかな）

騎士団は脳筋が多いので、見た目通りのか弱い令嬢ではなくベルンシュタインの傑物《けつぶつ》だとわかれば敬われる。皆強い人が好きなので。アルバートも好意的だった。

貴族令嬢として褒められた動きではなかったが、くるりと踊るように翻ったスカートが羽のようだった。まるで天使みたいに。

素晴らしい戦闘力を見せつけられたというのに、兄とのやり取りは無邪気で幼い印象が強く、どことなく庇護欲が擽られる……不思議な少女。

ワンピースで跳んだり跳ねたりしてはいけないと叱られてしょんぼりしているのが可愛い。

そんなしょんぼりしていた少女は今、弾けるような笑顔でアルバートの隣で一生懸命兄の話をしていた。他の見習いたちは、彼女の従者と一緒に差し入れの果物を運び込んでいる。

たくさん差し入れを持ってきた少女の手伝いをしろと、騎士団長直々に命令されたからだ。

少女はいつも、特別扱いのお礼にと騎士団全員に配れるだけの差し入れを持ってくるらしい。

それを運び入れるのは見習いの仕事だ。重さのある荷物を運ぶのがトレーニングの一つとして数えられている。騎士団長はアルバートに、見習いとして来るならそのように扱うと言っていたので、特に不満はない。しかしアルバートは荷運びではなく、少女の話し相手になっていた。

本来ならアルバートも荷運びに参加するべきなのだが、少女が自ら荷運びを始めようとしたので、それを止めるために会話の相手をすることになった。他の見習いたちは貴族のご令嬢を扱いあぐねており、興味もあったのでアルバートが相手をしている。

（それにしても……戦闘能力も規格外だけど、貴族の令嬢が進んで荷運びをしようとするなんて、普通なら考えられないな。本当に不思議な子だ）

その不思議な子は、ずっと兄の魅力について語っている。

今までの貴族令嬢との会話といえば天気の話から始まり宝石や装飾品、ドレスや美容が主だった。ここまで一切自分の話をせず、兄に焦点を絞って話し続けられるのは逆に凄い。

「というわけでお兄さまは凄いんです。お兄さまと訓練しますか？　お兄さまの普段のご様子はわかりますか？」

兄大好きだな。

ぐいぐい質問してきた少女に微笑む。

「申し訳ありません。エディ・ベルンシュタイン様とはまだ訓練をご一緒したことがなく……」

「そうでしたか……失礼しました」

わかりやすくしょんぼりした。肩を落としている少女を眺めながら、アルバートはどうしたものかと思案する。兄の話題を振れば元気になるのは予想出来るが、アルバートは本当に彼のことをよく知らない。

ついと視線を逸らし、せっせと運び込まれている木桶に入った果物に話題を逸らした。

「果物の差し入れ、ありがとうございます。見習いの分まで集めるのは大変でしたでしょう。差し入れをしてくださる方はたくさんいますが、騎士団も人数がいますし」

騎士だけでなく、見習いたちにまで差し入れをしようと考えたら相当な数になる。騎士団は複数の隊で結成されており、その隊も小分けにされ小隊が連なっている。さすがに騎士団全域に配る差し入れは無理だが、一つの隊に所属する隊員に行き渡るだけの差し入れがされていた。

ベルンシュタイン伯爵家は可もなく不可もない貴族で、飛び抜けて裕福というわけではない。だというのにこれだけの果物を持って差し入れるのは大変なことだろう。

場合によっては贔屓だと顰蹙《ひんしゅく》を買いそうなところだが、どの隊にも差し入れを持ってくる繋がりがある。少女があまりに堂々としているので、賄賂《わいろ》だと騒がれることもないだろう。

アルバートのちょっとした心配を他所に、少女は胸を張って誇らしげにして見せた。

「お兄さまがお世話になるので当然のことです！　それに、騎士は身体作りが大事ですので肉だけじゃなく果物も食べなくてはいけないのです。伯爵家でたくさん採れる果物ですので、是非皆さんにも！」

「お兄さんが大好きなんですね」

「はい！　大好きです！　妹ですので！」

その理屈はわからないが、彼女が兄をよく慕っているのは見てわかる。仔犬が飼い主に懐くが如く慕っている。少女は身振り手振りで、再び兄の素晴らしさを語り始めた。

「お兄さまは本当に大きな身体をしているのに動きが速くて、たくさん考えて少なく動くのです。私も小回りが利くので今回は一撃くらい入れられるかと思ったのですが、やはりお兄さまの方が速かったです。重さがある分踏ん張りが効くのでしょうか。それとも私の動きがわかりやすかったのでしょうか。先読み出来るお兄さまが素敵です！　私ももっと足腰を鍛える必要があります！」

「素晴らしい立ち回りでしたが、ご令嬢も訓練を？」

「はい！　ベルンシュタインですので！」

先ほどの動きを見る限り、本格的に訓練を受けている。以前ガンドルフォは孫娘の武力的成長を絶賛していたが、贔屓目だけではなかったらしい。

しかし少女の腕は細くしなやかで、成長途中の柔らかさを失っていない。彼女を鍛えている面々は、少女の外観を気遣いながら鍛えている様子だ。

それもそうだろう。彼女は貴族令嬢だ。長男のエディが伯爵家を継ぐと考えればいずれ他家に嫁ぐ身。彼女の将来を考えれば鍛えすぎてはいけない……が。

「将来は騎士になるのですか？」

「はい！　ベルンシュタインですので！」

少女は誇らしげだが、難しいだろう。

ベルンシュタインは騎士の家系だが、女性騎士を輩出した歴史はない。腕力や体力の問題で、女性はどうしても男性に劣る。騎士団は遠征などで集団生活を強いられることもあり、争いの火種にならぬよう女性が騎士になることは推奨されていない。

何より騎士にとって女性は守るべき存在なので、とてもじゃないが剣を持たせられない。騎士の家ベルンシュタインが末娘に剣を持たせているのが驚きだ。

女は騎士になれないと事実を口に出すのは簡単だが、アルバートが彼女に伝えるのは違う気がする。それにこの少女が騎士を目指すというのなら。

「君はどんな騎士になりたいですか」

「どんな、ですか……？」

ハキハキしていた少女がきょとんとする。考えたこともなかった目だ。

ベルンシュタインの出自を誇っているのなら、当然祖父の存在を誇るのだろう。戦乱の時代、力業で平定へと導いた英雄の騎士。

しかし現在、求められるのは「黒の悪夢」のような騎士ではない。

「特出した強さを持つ一人ではなく、連携の取れる団体がこれから求められます。ベルンシュタイン元騎士団長の存在が抑止力になっている今、騎士のあり方を考え直さなくては」

戦争していないことは当たり前ではない。何と戦うべきか。敵は何か。この平和を守るため、我々はどこまで武力を育てるべきか。その中で、女性騎士は必要か否か。

なれるかなれないかではなく、どんな騎士を目指すのか。ベルンシュタインの女性である少女に問いかけてみた。

騎士に対する憧れが強い少女は、どんな騎士を目指すのか。

少女は大きく首を傾げ、また反対側に首を倒し、視線を上に向け下に向けぎゅっと目を閉じて唇を突き出しながら考えて……ぱっと笑顔になった。

「戦う騎士じゃなくて守る騎士になりたいです！」

――守る騎士。

外敵を倒し戦うことが騎士として国を守る大前提だと思っていたアルバートは、笑顔で宣言した少女に思わず注目した。

「お爺さまが言っていました。特攻は重要だけど、味方の守りが軟弱ではすぐ戦場に取り残されるって。たとえ負けても生き残っていれば勝ちだから、何がなんでも主君を守れるのが一番の騎士だって」

そういえばベルンシュタインは忠誠心が厚いことでも有名な一族だ。攻撃が最大の防御とばかりに敵を打ち倒すが、彼らは主君への忠誠を忘れない。

「私はそんな、誰かを守れる騎士になりたいです。お兄さまが敵を倒して、私が主君をお守り出来たら最高の布陣です！」

騎士の一族でありながら、気品や礼節よりも忠誠を重要視している。騎士の家でありながら、令嬢が剣を持つのはその忠誠心から来るのかもしれない。

誇らしげに目を輝かせる少女に――至近距離から覗き込んだ夏空のように澄んだ青に、アルバートの目の奥で光が散った。

「……守ってくれるの？」

思わずこぼれたのは、見習いとしてではなく普段のアルバートとしての言葉。

少女は気付かず、顔全体を使って笑った。

「お任せください！　イヴ・ベルンシュタイン、何があってもお守り致します！」

その様子が無邪気で、直向《ひたむ》きで、どこまでも純粋で――。

「お嬢様、運び終わりました」

「そ、そろそろ訓練の時間になります！」

ベルンシュタインの従者と、アルバートと一緒に準備運動をしていた見習いが声を上げる。見習いの顔は真っ赤だ。少女は小さく飛び上がった。

「お時間⁉　遅刻はいけません、お手伝いありがとうございました！」

「……見学はなさらないのですか？」

「今日は公開日じゃないので帰ります！　訓練頑張ってください！」

訓練前に乗り込んでくるが、条件通り訓練前だけの訪問らしい。誰もいない見学席に居座ることなく、少女は訓練所に戻るアルバートたちを見送った。令嬢らしからぬ、満面の笑みで大きく手を振りながら。

「っはぁ～緊張した。人なつっこいけどお貴族様だからなぁ。なんて声をかければいいのかよくわからないや」

「……そうだね」

「話し相手を任せて悪かったな。大丈夫だったか？　いつも差し入れを多くくれるからいい子なのはわかるんだが」

「……いい子だったよ」

「だよな～！　本当にベルンシュタインが羨ましいぜ。あんなに素直な妹がいるとか、奇跡じゃん。俺にも妹がいるけど全然素直じゃなくてさぁ」

家族の話を始めた見習いの声を聞きながら、先ほどまで会話していた少女を反芻《はんすう》する。

兄が大好きで、家族が大好きで、騎士に憧れている少女。貴族らしくない、すれた様子のない純真で子供みたいな言動。戦う騎士でなく、守る騎士を目指すと言った取り繕ったところのない笑顔。

主君を守るというならば、騎士にとっての主君は国を治める王族。すなわち、アルバートも含まれる。庇護欲の湧いた仔犬のような相手に、守ると宣言されてしまった。

文句と愚痴を言いながら全部が愛情に溢れた見習いの家族語りの横で、アルバートは俯き口元を覆った。

(駄目だ)

無邪気で、直向きで、どこまでも純粋で――なんて、可愛い。

(駄目だ、可愛い)

満面の笑顔も、武器を構える凜々しい顔つきも、叱られて萎《しお》れた顔も、誇らしげに理想を語る顔も。

(全部可愛い)

アルバート・フォークテイル、十五歳。

初恋を知った。

知ってしまった。

その後、アルバートは秘密裏にベルンシュタイン兄妹を調べた。

初恋の少女……イヴ個人を調べればすぐその理由が知られてしまう。だからアルバートはイヴ個人ではなく、兄のエディに焦点を当てて調べた。表向きは自分の護衛騎士選定の一環として。

調べてわかったのは、イヴが王都にやって来たのは騎士団に入隊する兄を応援するため。それも見習い期間のみで、騎士として雇用されたのを確認して領地へ戻るらしいこと。アルバートがイヴに出会ったあの日は、イヴが領地に帰る前の最後の訪問だった。

伯爵領は可も不可もなく、王都から近すぎず遠すぎず。田舎でも都会でもない立ち位置で過ごしやすい場所だ。イヴがのびのび育ったのは伯爵家のちょっとばかり逸脱した淑女教育の賜物だろう。

彼女が王都を離れてしまう事実に落ち込んだが、伯爵領は遠くない。調べて一発でわかる兄への懐きっぷりから考えても、イヴは頻繁に王都に顔を出すことだろう。何の確証もないがそう思えた。

飼い主から引き離されても一生懸命駆けてくる仔犬の姿を夢想して、一人微笑んでしまったのはアルバートだけの秘密だ。うっかり目撃されてマーヴィンに訝しげに見られたが、なんでもないと誤魔化した。彼女のことは秘密にしておきたかった。

それから、女性騎士導入の検討案をいくつか練った。

イヴは伯爵令嬢だ。今こそ自由にのびのびと訓練に勤《いそ》しんでいても、いずれ淑女として矯正されることだろう。あの年で矯正されていないのが不思議なくらいだ。女性は、騎士になれないのだから。

しかし彼女から可能性を得て、アルバートはいくつか草案を練った。

例えば王妃《母上》の護衛。男性では立ち入れない部分での護衛。騎士団の一つに女性だけの部署を作り、遠征や巡回ではなく貴族女性の護衛任務を担当する部署を設立する草案。

場合によっては現在の騎士団に限定せず、女性専用の騎士団設立。騎士団には出来ない、女性特有の相談事に対処する部隊だって必要だ。何なら騎士団という枠組みをなくしてでも、そういった組織は必要かもしれない。

この場合はアルバートが仕切るよりも、女性である王妃《母》が取りかかった方が反発は少ない気がする。アルバートは草案を持って母の元を訪れ……。

「アルバート、気に入った子がいるの？」

さすがに露骨すぎたか、母親の目は誤魔化せなかったようだ。

「婚約者候補以外の子なら、今から選定し直してもいいのよ？」

「お気になさらず。僕は天使に見惚れているだけで、羽をもぐようなことをするつもりはありません」

「あら……貴方ならそんなことをしなくても、手を伸ばせば届くのではなくて？」

「いいえ、天使は自由に飛び回るのが魅力的なんです。僕が手を伸ばした程度では届かない場所で、自由に」

初恋を自覚したアルバートは、同時に失恋を自覚した。

アルバートは、イヴを手元に置くつもりはなかった。

イヴは伯爵家で、まだ若い十三歳で、王妃としての教育をするなら遅すぎる年ではない。しかし、その教育はアルバートが惹かれたイヴの愛らしさを殺すだろう。

仔犬のような笑顔が可愛いあの少女を曇らせたくはない。遠目に、家族を真っ直ぐ愛する彼女を見守るだけでいい。

守ると笑った彼女がとても可愛かったから、アルバートは自分が手を伸ばして彼女の純粋さを汚したくなかった。

王族として民を守ることが彼女を守ることに繋がるのなら、恋する気持ちを封じられる。

「だから、再選考は必要ありません。私はこの国のため、最適な令嬢と国を治めます」

「……そう。母としては複雑だけれど、王妃として貴方を誇りに思うわ」

「ありがとうございます母上。そして僕の天使が笑顔で過ごせるよう、ご協力お願い致します」

「貴方の献身に応じましょう。愛しい子」

我が子の額に口付けて、王妃の顔で草案を受け取った。

母に悟られて、アルバートはより一層想いを隠さなければと思った。何より恋心を悟られるのは、これからアルバートに寄り添い生涯を共にする未来の王妃《ビジネスパートナー》に失礼だ。

しまっておこう。

胸の奥の宝箱に、大切に大切にしまっておこう。鍵を何重にもかけて、誰にも悟られないように。

大事な思い出を、恋心を、愛らしいと感じた感情を。

宝箱に詰め込んで、誰にも存在を悟られぬように。心の奥深くに沈めて見えなくしよう。宝箱の鍵を捨てれば完璧だ。誰にも知らせるつもりはない。誰にも見せるつもりはない。アルバートだけが大切にしている、アルバートだけの想い。

触れることが出来なくても、遠くで笑っていてくれるなら満足だった。一度も触れていないのだから、彼女の温もりを知らないのだから当然だった。知らないからこそ耐えられた。

(知ってしまったら、駄目だな)

窓から覗く空の青さを見上げながら、アルバートは微笑んだ。かつて空の青さを眺めるだけで慰められた自分の無欲さが信じられない。今の自分は、遠くから彼女の幸福を祈ることなど出来ない。

呪いが解けたあの日から、アルバートは彼女の柔らかな熱に囚われ続けている。

「殿下！　いつまで外見ているんですか！　黄昏《たそが》れていないで仕事してください！」

マーヴィンの怒号が響く。青空から視線を外して、積み上がった書類の山に嘆息した。

呪われていたとはいえ、仕事を放置していた自分が悪いので自業自得だが、同じ仕事でもイヴの護衛として四六時中傍に侍《はべ》り、彼女から熱烈に歓迎されているエディが物凄く羨ましい。

(やっぱり、面白くない)

家族だろうと実兄だろうと、自分以外の男が彼女に仔犬のように懐かれているのはとても面白くなかった。

距離が近くなったことで、そんな自分の矮小《わいしょう》さも感じてしまい……アルバートは余裕のない自分を笑いながら書類を手に取った。

…………✦♡✦♡✦♡✦…………


お兄さまとお話しした結果、お兄さまとの距離感が世間的には恋人同士の距離感だと言われ。

ならば殿下との距離感をお兄さま対応にしなければと己を鼓舞し。

出迎えの、お帰りなさいのハグをした結果。

見事な彫像が出来上がりました！　ご覧ください見事な硬直具合です！

ハグを頑張ったら殿下が機能停止したのですが――――!?

健やかな笑顔のまま動かなくなった殿下にオロオロしている私と控えるお兄さま。

動かない……ハグでも癒しきれないほどの疲労が殿下に蓄積されている……？

大分お疲れのご様子に、これは癒やさねばとハグを続行することにしました。ハグは癒やしですからね！　お父さまも私のハグがあればどんな仕事の山も越えていけるとおっしゃられていました！

「なるほど、追い打ち」

お兄さまが何かおっしゃいましたが自分の心臓の音で何も聞こえません！

頑張ると決めましたがやっぱり恥ずかしいですねこれ！　いつも以上に心臓が太鼓です！　全身が太鼓です！　なんだか二重奏だった気がしますが私の心臓がドコドコドコドコ鳴り響いていたのでちょっとよくわからないです。

その後、殿下はドーソン様に呼ばれてお戻りに。本日のダンスレッスンはおやすみになりました。

殿下はお呼びがかかるまで、指先一つ動かないほど硬直なさっていました。

何ゆえ？

それほどお疲れ……違う？　原因は私？　お兄さまがおっしゃるならきっと私が原因……だとしても、何が悪かった……悪かったの？　ダメだったの？　ビックリしたの？　殿下が動かなくなるなんてよっぽどでは？　突然のハグはよろしくなかったということ？　なんとなく殿下なら、余裕で受け止めてぎゅっとしてくださると思っていたのだけど。

だっていつもぎゅっとしてくるのは殿下の方だし。私がわたわたしても擦り寄るのをやめないのが溺愛対応《いつもの》殿下です。だというのに私からぎゅっとすると機能停止とは、やはりお疲れだったのでは？

「与えるのに慣れていても受け取るのに慣れておられない、のだと思う」

「可哀想では？」

むしろ欲しいものは何でも手に出来そうな地位の方なのに。

受け取るのに慣れていないとかそんなことがある？　殿下ですよ？　次期国王ですよ？

学園で遠目にですが、手作りお菓子や貢物をいただいているところを見たことが……あれ？

そういえば、受け取っているところを見たことがない気がします。

……見たことがないですね！　受け取っているところ！

あ、あ、あ、あれぇええ～？　そういえばいつも受け取り拒否していた気がする！

「殿下だからな。不用意に贈り物を受け取るわけにいかないだろう」

「可哀想では⁉」

お、贈り物一つ一つの裏側を考えなければならない世界……！

だからこそ不用意に受け取ることが出来ず、与えられるより与えることに慣れ、自分から行動するのに慣れ、他人からの行動に慣れていないと⁉　そういうことですか⁉　奉仕されることに慣れているからこそですか⁉　確かにお仕事ですものね！

可哀想では⁉

……ということはあの機能停止は本当に機能停止していたの？　ビックリしていたの？　どうすればいいのかわからなくて固まっちゃってたんですか？　あの殿下が？　何でもそつなくサラッと熟す殿下が？

そう考えると……あれ？　か、可愛い……？

え、殿下が可愛い⁉　可愛い気がしますお兄さま！

固まる理由は可哀想ですが、動揺する殿下は可愛い気がしますお兄さま！

まだ殿下に慣れませんでしたが、小さな動揺で固まってしまう可愛いところがあるなら親しみを覚える気がします！

それに……。

「与えてばかりでは疲れます！　婚約者として、これからは私が与える側になるよう頑張ります！」

「……頑張れ」

「なぜ顔を背けるのですお兄さま？」

なぜです？

それから数日が過ぎ、私はお兄さまのいる生活にウハウハだった。

お兄さまがいるだけでこの目が回るような忙しさも楽しみに変わる。詰め込みすぎた知識で頭が痛くなっても、理解出来ず宇宙に打ち上げられても、視界の端にお兄さまがいれば冷静になることが出来た。冷静に……冷静かな……？　じっと佇《たたず》むお兄さまの真剣なまなざしにきゅんきゅんしっぱなしだった。

お仕事だとわかっていてもときめきが止まらない……そんな私は最近気付いたことがある。

お兄さまを見つめていると、殿下が拗《す》ねる。

お兄さまがお兄さまでお兄さまだとお話ししていても拗ねる。

最初は拗ねられていることに気付かなかったが、お兄さまに指摘されて気付いた。

いつも甘い言葉の溺愛対応の殿下が口数少なくくっついてくる時は、拗ねている時だということに……！

え？　拗ねているの？　黙るから疲れているのかと思ったら？

え？　拗ねると黙るの？

いつも流れるように美辞麗句《びじれいく》が溢れてくるのに。こっちが照れるくらいの熱量を言葉で表すのに。拗ねると黙るの？

――可愛い。

か、可愛い～～！　拗ねて黙るの可愛い！

私は思わず両手で顔を覆って天を仰いだ。お兄さまの胸元に頭突きしてしまった。だって寛《くつろ》ぐ時はお兄さまのお膝に乗るから！　でも揺るがないお兄さまの筋肉は今日も素敵です！

ハッしまった今は、殿下のことです！

拗ねて黙っていたのだとしたら……とても可愛いと思う！

わ、私はかまってちゃんよりじっとこちらを窺う子供の方が気になる女！　喜ばせる言葉より包むように手を握られる方がときめく女！　はい、ぶっきらぼうな言動が多いお兄さまが大好きな女です！

お兄さまが本気で困った時の、こちらをじっと見つめる視線に滅法《めっぽう》弱かったりします！　その動作を殿下がすると思えば……アーッコマリマス！　普段口数の多い殿下が寡黙にくっついてくるのはコマリマス！　ピャァー！　ギャップモエェ――――！

ど、どうしましょう。普段の口説き文句より拗ねている様子にきゅんきゅんします。ぎゅってしてあげたくなる……年上の殿方に失礼ですよね。この想い、封印せねば……。

しかしなぜ……なぜ拗ねるのです……？　お兄さまとお話ししているだけですよ……？

今も膝に乗ったり半身ぴったりくっついたりほっぺたすりすりしたりしますが、肉親として当然の距離感では……？　どこに拗ねる要素が……？

確かに、この距離感は恋人のものと似ているそうですが、私たちは血の繋がった兄と妹。似ているだけで違います。似て非なるもの。そんなこと、わかり切っていると思うのだけれど。

思うのだけれ、ど？

……え、もしや本当に、お兄さまに嫉妬を……？

嫉妬……するの……？　お兄さま《血縁者》に……？

ええ……？　なぜ……？

疑問が一周してしまう……答えが出ない……どうすれば……。

……ハッ！　殿下にご兄弟はおられない……つまり一人っ子！　ならば兄弟の距離感などはご存じでない！　つまりそういうことでは⁉

理解しました！　なるほど！

知らなければ想像するしかなく、貴族は慎み深く家族同士でもあまりくっつかないのでわからない！　私とお兄さまの距離感は他と違うところもあると聞きますし、過剰に見えたのかもしれません！

だから嫉妬するんですね理解！　納得！　なら仕方がないですね！

慣れていただくほかありません!!

家族とは長く付き合うもの。これからも私はお兄さまにべったりなので、殿下にはわかっていただくほかありません。

もちろん私はこここここ、こいび、こん、婚約者として！　距離を詰める努力をしなければ。なぜなら殿下が拗ねるのは、私の愛情不足かもしれないから……相変わらず、殿下からの触れ合いに慣れません。何だかんだ私も、殿下から来るハグには挙動不審になりがちですからね。今日も心臓《太鼓》が絶好調でした。そのうち銅鑼《どら》になるかもしれません。開戦の合図か？　何と戦っているんだ？

それにしても、お互いがお互いからの行動に慣れないとは……なんだろう覚悟の違い？　行くぞっていう覚悟の違い？　覚悟を決めて臨む触れ合いとは？　相手は猛獣か？

なぜ得たりと頷かれるのですかお兄さま。お兄さま、私は珍獣ではありません。もちろん猛獣でもなく……なんですか猛獣令嬢って。どれだけ凶悪なんですか王都の令嬢は。猪令嬢で打ち止めをお願いします。それ以上はいりませんから。

猪令嬢がいるのもおかしな話なんですよ。しかも他称ではなく自称ってどういうことですか？　自分で認めれば許されるわけでは、

「お茶会をしますわよ！」

だからっ呼んでません猪令嬢《マデリン様》――――‼

ある日の午後に突然やって来たマデリン様。

自ら現れました。先触れも前触れもなく現れました。先触れらしい侍女を追い越して自ら扉を開け放ちました。

何をなさっておられるのですか猪令嬢《マデリン様》！　いやほんとに何をなさっておられるのですかい！　貴族としての礼儀とか作法とかみっちり教育されているはずなのになぜ！　そのような暴挙に！　何が貴方を荒ぶらせるというのですか！　いやほんとうに！　なぜそこまで荒ぶるのか！

慌てる私をものともせず、侍女さんたちによそ行きのドレスに着替えさせるよう命じるマデリン様。私が侍女さんたちにドナドナされている間に護衛のお兄さまとお話しなさったらしく、お兄さまは完全に傍観体勢。そのまま王妃様お気に入りのお庭に連行された私です。

そこにはしっかりセットされたテーブルに椅子、美味しそうなお菓子にお茶。煌びやかに着飾った令嬢たちがいました。

……なぜ！

「王妃様主催の【殿下の婚約者候補お疲れ様会】ですわ」

「それ婚約者内定《わたし》がいちゃ駄目なやつでは!?」

だって慰労会ではありませんか！

言い方は悪いですが、殿下の婚約者になれなかった候補の方々を慰める集まりではありませんか！　長いこと候補者として拘束されていたこともあり、嫁ぎ先などの斡旋《あっせん》は王家が責任を持って行っているらしいですが！　それでも長い間期待を持たせたこともあり、令嬢たちにとってぽっと出の私は思うところのある相手でしょうに！　なんてところになんて人を連れてきているのですか婚約者候補筆頭様《マデリン》は！　以前のうり坊令嬢をお忘れですか！

などと慌てた私ですが、杞憂でした。

令嬢たちは私を認めると、ぱあっと花咲く笑顔で出迎えたのです。

「ベルンシュタイン様だわ」

「呪われた殿下のために愛を示したご令嬢よ」

「恥ずかしながらわたくし、殿下が魅了されているとは思ってもおりませんでしたの」

「わたくしも。ベルンシュタイン様は愛する人の異変に気付いておられたのですね。素晴らしい慧眼《けいがん》ですわ」

「それでいて褒賞はいらないとおっしゃったとか」

「その献身ぶりに殿下もベルンシュタイン様により真実の愛を感じられたそうよ」

「殿下のあまりの溺愛ぶりに結婚式が早まったとか」

ご令嬢たちはコイバナに飢えておられました。

いや、誤解――――！

主催者の王妃様が挨拶なさって、楽しんでいってねと声をかけてくださってすぐ、私は期待で目を輝かせる令嬢たちに取り囲まれました。皆さん目がキラッキラですね⁉

王妃様はお忙しいのですぐ退室なさいましたが、お声をかけていただけてとても光栄でした。実は国王夫妻とは軽い挨拶しか交わしておらず、ちゃんと会話したことがいまだありません。王宮住まいなんですがね！　王族ってお忙しい！

王妃様は女性の新しいあり方として女性騎士の雇用や、女性だけの騎士団設立、男性には相談しにくい女性ならではの悩みを請け負う組織などを企画しておられ、とても素晴らしいお方です。

お話ししたいのはやまやまなのですが、尊すぎて私が溶けそうです。殿下そっくりで麗しい方なのです!!

主催者がすぐ退室してしまいましたがこれは婚約者候補だった令嬢たちを労《いたわ》る会。ご自分が長居しては令嬢たちが寛げないとも思われたのでしょう。素晴らしいお方なので。

「わたくしは兄君が殿下の護衛騎士で交流があったと聞きました」

「あら？　あちらの方、ベルンシュタイン様によく似ておられるわ……まさかあの方？」

「ベルンシュタイン様の護衛に兄君をお選びになったのね。それもお一人？　兄君は殿下に信頼されておられるのね」

「お兄さまは優秀ですのでっ」

しまった力強く肯定してしまいました！　いえでもこれはお兄さまが優秀だということ一点のみですからセーフですかね!?　私のお兄さまは優秀なんだっ！

ご令嬢たちはきゃっきゃと楽しそうに、私と殿下について質問してきます。質問しますが答えあぐねていると、勝手に納得して話が進んでしまうので要注意です。あわあわ。

さすがに一から十までお話しするわけにはいきませんが……お話しする時は必ず手を握られるとか、お忙しい中でも必ず会いに来てくださるとか、気を遣って護衛にお兄さまを選んでくださったことなどをお話しすればご令嬢たちは大変満足そうでした。

そ、そうですよね。長いこと期待させておいて、やっと決まった婚約者が力不足とか愛されていないとか適当な相手だったら、嫌ですよね。これってばその確認もあります？

「お伽噺のような奇跡でしたから、皆さん続きが気になって仕方がなかったのです。本日はお話しいただき光栄ですわ」

いや無理矢理連れてきましたよね？

あとこれお伽噺とかそんな綺麗な流れではありませんから！　事故ですから！　私も殿下の魅了には気付いていませんでしたから！　偶然ですから！

「仲睦まじい様子で良かったです」

「ええ、殿下の溺愛ぶりは噂になるほどでしたが、魅了のこともありますし。正気かどうか疑う失礼な方々もいらっしゃったようよ」

「まあ、真実の愛を目の当たりにしておいて信じられないなんて」

すみません正気かどうか疑った側です。当事者ですが疑った側です。

「魅了にかかっていた時の殿下と今の殿下を比べれば、差は歴然ですのに」

歴然ですか？　私ってば翻弄されっぱなしで違いがわかりません。いまだに殿下の正気を疑うことがあります。素であんな恥ずかしいこと言えるの……？

「羨ましい限りですわ」

「呪いを解くほどの愛……すぐには無理でも、いずれそうありたいものです」

「ええ、王妃様が良き婚姻を導いてくださいます。わたくしたちはそれが真実の愛になるよう努力致しましょう。ベルンシュタイン様も、愛を示したからこそ殿下に見初められたのですから」

いや、誤解——————！

綺麗にまとめていますが誤解ですマデリン様！　貴方目撃者でしょう！　これ絶対印象操作に使っていますよね⁉　現場のこと忘れていませんよね⁉　あっ忘れていらっしゃる気がする！

マデリン様……猪なところはあれど、優秀なご令嬢であることに変わりはない。むしろ優秀なのに猪なのでその部分が印象強すぎて台無しになっている……それでも婚約者筆頭と言われていたのは、家柄だけではない。おそらく今回のことは何かしらの印象操作に使われました多分。多分。

そのマデリン様の婚姻はどうなるのでしょう。マデリン様はお慕いしている方がいますが、叶うのでしょうか。

確か公爵家には跡継ぎのお兄さまがおられるので、マデリン様は嫁ぐ側……慕っている相手は伯爵家の跡取り息子……む、無理な話ではないけれど、お相手がお馬鹿なのでお勧め出来ませんよマデリン様……！　いや私にはそのような権限はないので黙りますけど！

それにしても……マデリン様の言葉にもぞもぞします。私は世間様が思っているような愛を、殿下に示したつもりが一切ないので。結果的にそうなりましたが、私はあれが事故だとしっかり理解しているので。事故です本当に。あれを狙って出来る人は事故チューのプロフェッショナルに違いありません。

でも結果が全て。私は殿下を愛していて、その愛が呪いを解いた。

最初は戸惑いしかありませんでしたが、殿下に熱烈に愛を語られ、でろでろに溶かされる私……のぼせ上がっている間に世間様という外堀はもりもり埋まり、婚約者として将来は王太子妃になることが決定。何なら国母にもなります。うっそやん。

不安が大きいけれど、私は殿下を愛している。自覚していないだけで気持ちはしっかりあるのだから、この栄誉に怖気付かずに向き合わなくては。

それに殿下が愛を語ってくれるので、最近はちょっと安心感がある。好きな人に好かれている安心感。好意に好意を返されている、私はこの人を好きでいていいのだという安心感。

じわじわと自覚出来てきたのか、今では嫉妬する殿下を可愛く感じる。お兄さまへの嫉妬はちょっとよくわからないけれど、嫉妬されるだけ愛されているのだと思えばやはり可愛い。お兄さまの件は、慣れてもらうしかありませんけどね！

私はその後ものんびりと、コイバナに花を咲かせて久しぶりのお茶会を楽しんだ。

背後で目を光らせていたお兄さまの警戒も、令嬢たちに目を走らせていた猪令嬢《マデリン様》の獲物を見定める気配も知りもせず。

何せ私は、お茶会に出るより稽古をしたい残念令嬢だったので。

社交場での情報収集とか、考えたこともなかった！

第四章　事故った無自覚魔女の呪い

突撃隣の庭でのお茶会を終えて数日。なんだかちょっとおかしい。

何がおかしいって、殿下でもお兄さまでも侍女でもなく、私がおかしい。

……やっと気付いたのかとかそんなどういう意味ですかね？　そうではなくてですね？　言われるほど私おかしくもないはずですし！　おかしくないですよねお兄さま⁉

脱線しました。

とにかくおかしい。

より正確に言えば、私の足元がおかしい。

最近私の足元にバナナの皮とか落ちているんですが？　王宮でバナナとかどういうこと？

しかもさっと現れる。侍女が先導し、私が続き、お兄さまが殿《しんがり》を務める。その隊列の真ん中にいる私を狙いすましてバナナの皮が現れる。

普通の令嬢ならば、踏み出した先にバナナの皮があれば踏んで滑って転んでしまうだろう。

けれどベルンシュタイン産の令嬢である私は違う。たとえ瞬きの間に現れたバナナの皮だろうと、踏みつけることなく軽やかに回避が可能だ。後方のお兄さまだって難なく避ける。突然のバナナトラップに戸惑うことは何もない。いや、なぜ突然バナナ？　とは戸惑っているけども。足捌きに問題はない。戸惑うけども。

周囲も戸惑っている。掃除の行き届いた王宮で突然のバナナ。どこから生えてきたの？

私もお兄さまも問題なかったけれど、他の人はそうでもなかった。そもそもここは王宮。足元にごみ一つあるはずがない場所である。

偶然通りかかった文官風のおじさまが気付かず踏みつけてすってんころり。急ぎ足だったし障害のあるはずがない場所。完全に油断していた。キレイに前方にころりした。

その拍子に頭部《ソレ》が勢いよく前方に吹っ飛ぶ。

飛来物《ソレ》が何なのか理解した私は慌てて空中でキャッチを決めて元あった場所に即リリース《投擲》。おじさまを助け起こすふりで近づいたお兄さまがキャッチして元あった場所に返却《着地》。この間二秒。

周囲はそっと目を伏せた。心の中では神業に拍手喝采だけれど、それを表に出すのは憚られた。王宮ですので。

おじさまに縋るような目で見られましたが何のことでしょう。私は何も見ていません。はい、バナナの皮で転んでしまっただけです。お兄さまもそれを助け起こしただけです。それ以外の何かなど何も。ええ、ええ、もちろん何もなかったです。はい。

……このおじさまどっかで見た記憶がありますが誰だっけ……知り合いに似ている気が……貴族名簿で見た気が……復習が出来てない。これは見直さなければ。

そしてこんなことが一度で終わらない。

息抜きで散歩に出た庭では雨も降っていないのにぬかるんだ足元で転びそうになり、お兄さまに支えられました。逞しい胸筋。添えるだけの腕橈骨筋《わんとうこつきん》。素敵ですお兄さま！

……反省します。自分で体勢を立て直せたのにわざと転びました。お兄さまが受け止めてくださる気がしたので。ゴロゴロ擦り寄って怒られました。しょぼん。

または王宮図書館に向かう途中（鍛錬にも勉強にもなるので続けてます）掃除中の侍女と遭遇し、うっかり私の足元に水を零しそうになった……ので水桶を受け止め、倒れかけた侍女の腰を支えて回避。蒼白と赤面を繰り返す侍女を他の侍女に任せ、何事もなかったように王宮図書館に入った。背後で悲鳴が響きましたが楽しそうな声だったので問題が起きたわけではなさそうです。

この時お兄さまは空気。相手が敵意のない女性だったので！　お兄さまが動くより先に私が動きました！　お兄さまに助けられたら惚れちゃいますもん！　惚れちゃいますもん！　……お兄さま、なぜそんな目で私を見るのです？

本来ならば掃除中の侍女と遭遇することからしておかしいのだけれど、やたらと連続するおかしな事象と比べれば些事《さじ》です。

王宮図書館では床に不自然に積まれた本が足元に崩れてきた……ところを背後のお兄さまが私を持ち上げて回避。棚の上からも本が崩れたけど、お兄さまが片手でいなした。崩れてきた本の山はお兄さまがまとめて司書に返却。傷があったら大変なので。

王宮図書館。王宮図書館で、床や棚の上に本が積まれるわけがない。本来ならあり得ないことだけど、今の私の前では些事です。

何せ、最近よくあることなので。

ね？　私の足元がおかしいでしょう？

こんなことが続けば、足元に気を付けて行動するのは当然のこと。

だからその人を見つけたのは必然と言えた。

足元の異常は認識していたけれど懲りもせず散歩で向かった庭園。

気を付けながら足を向けた先――茂みの影に這いつくばるように隠れた人影。

「ロレッタ嬢？」

このところ一切話を聞かなくなった、周囲に魅了の呪いをかけた張本人。

ロレッタ・アップルトン嬢がいた。

彼女はなぜか這いつくばりながら……いや、え、なぜ？　何をしておいでで？

庭に這いつくばるなど、まず貴族はしないよ？　平民でも幼子ぐらいでしょ？　お嬢さん何しているの？　なぜそんな蒼白な顔色でわなわなと唇を震わせているの？

私が彼女を名前で呼ぶと、きゅっと眉が寄り……ぶわっと、大粒の涙を零れさせた。勢いよく、這いつくばったままその場で頭を抱えて金の髪を振り乱す。

「ああああああああ皆さんわたしの顔を覚えていらっしゃるうううう忘れてえええええええええ!!　わたしを忘れてええええええ!!　出来れば存在ごと忘れてええええええ!!」

「うぇぇぇ……!?」

どうしたロレッタ嬢――!?

……………✦♡✦♡✦♡✦…………

ロレッタ・アップルトンは、八百屋の一人娘だ。

優しい祖母と穏やかなお母さん、ちょっと気が弱いお父さんの四人家族。

曽祖父の代から続く八百屋は、そこそこ繁盛していた。地元馴染《なじ》みの八百屋で、安いし美味しいし顔見知りだしの信頼関係で顧客との関係は安定していた。昔からあるお店はやっぱり馴染み深いからこそ常連さんが多数存在する。ロレッタが生まれた時から通ってくれている客もたくさんいた。

幼いロレッタは父の隣で明るくいらっしゃいませーっと愛らしい声を道行く人たちにかけ続けた。その甲斐あって、ご近所では八百屋の可愛い売り子さんとして覚えられた。時々お菓子をくれるお客もいて、ロレッタは店番の手伝いが好きだった。

だけど、構ってくれる客は常連客。ロレッタを可愛いと言ってくれる通りすがりの人はいても、野菜を買っていく新規客は増えなかった。

何より若い人ほど野菜を買わない。深刻な若者の野菜離れ。幼いロレッタはこんなに野菜大好きなのに。これは由々しき問題。

これはいかんと立ち上がったロレッタは、長年売り子をしている祖母にその極意を教わった。

その頃祖母は腰を悪くしていて、母が介護のために付きっきりだった。八百屋の運命は父と幼いロレッタに託されたと言っても過言ではない。

どうすれば野菜が売れるのかと相談する孫に、祖母は優しい笑顔でこう言った。

「魅力的な売り子がいれば通行人の足も止まる。ロレッタが可愛ければおのずと野菜も売れるさ」

孫馬鹿だった。

そして孫はそれを本気《馬鹿だった》にした。

（わたしが可愛ければ野菜が売れる。野菜が売れれば家族は喜ぶ。わたしがもっと可愛くなれば全部解決する！）

ロレッタは可愛くなるために祖母が冗談交じりに教えてくれた「魅力的になれる」お呪いを本気で繰り返した。

「らぶりー♡　きゅーてぃー♡　はーとにずっきゅん！☆」

教えられた通り忠実に、鏡を見ながら指でハートを作り、奇怪なステップを踏んで最後に決めポーズ。片足立ちしながら突き出した手を、上に！　上に！

（完璧だ！　わたし可愛い！）

調子に乗ってウインクを決めようとしたが両目をつぶって失敗した。

もちろんお呪いだけでなく、可愛いと言われるためにバランスの良い野菜生活を送った。何のための八百屋か。この時のための八百屋だ。ロレッタは八百屋の娘として可愛くなければならないのだ。毎日真剣にステップを踏み、充実した野菜生活を送った。

わたしが可愛いのは野菜生活で健康的だから。つまり可愛いは野菜。敵はマヨネーズ。一度知れば止められない止まらない罪の味。何気に奇怪なステップが良い運動。足腰が引き締まったのは毎日のひねりのおかげ。決めポーズ！

ロレッタは毎日これを繰り返した。数か月は続けた。今では滑らかにステップを踏みウインクを決める余裕も出てきた。きっとおまじない中のロレッタからはパステルカラーのハートや星が出ているに違いない。だってわたしは可愛い。らぶりー！

野菜は飛ぶように売れた。新規客は若い男性が多かったが、ロレッタは不思議に思わなかった。むしろ野菜生活の効果を確信した。ロレッタが可愛いから男性客が増えたのだ。

（わたし可愛い。野菜が売れているから間違いない）

ロレッタには妙な自信がついた。その日も軽快に奇っ怪にステップを踏んだ。キリッ！

結果、売り子《ロレッタ》が売れた。

非売品です――――っ！　と泣き叫ぶ両親に、腰を折り曲げながら大根を両手で振り回す祖母。

しかし相手は貴族。八百屋の娘のロレッタは泡を噴きそうになったがまだ話のわかる貴族だった。買われそうになったけど。

男爵らしいその人はロレッタを気に入り、自宅に持ち帰れないのなら代わりに教養を身に付けさせたいと言ってきた。可愛いのに無教養とかもったいない。援助するからチャンル学園に入学しなさいとロレッタに命じた。あれはお願いでなく命令だったと思う。さすが貴族。拒否権を与えない。

八百屋の娘なので正直、貴族の教養など必要ではない。だけどこのままではご購入されてしまいそうだったので、ありがたく援助してもらいチャンル学園へ入学した。

入学してからおっとこれはお買い上げされたのと変わりないのでは……？ と気付いたけれど後の祭り。男爵の金で学園生活が始まっていた。これってお買い上げ前の前払いってやつでは。

（これは逃げられない！ わたしが可愛いばっかりに!! きゅーてぃー！）

焦るロレッタだが、この悲劇が彼女にとって今後の展開を決めるスパイスの一つとなってしまった。

チャンル学園の生徒はほぼ貴族。平民など希少種レベルで存在しない。その希少種がロレッタである。自覚していたからこそ、ロレッタは貴族に虐められるのではないかと割とびくびくしていた。

しかし蓋を開けてみれば、貴族は皆優しかった。世界が違うと感じることは多いが、それでもロレッタを馬鹿にするような態度を取る者は少なかった。全くいないわけではないが、大半がロレッタを気遣ってくれた。

追いつけない勉強を親身に教えてくれて、本一つ読むのも遅いロレッタを急かさずに、優雅なお茶会で労りながら勉強のアドバイスをしてくれた。

特に世話になったのが勉強を教えてくれたマーヴィンさん。学園のちょっとした決まりや裏情報を教えてくれたシオドア君。どんくさいと文句を言いながら傍にいてくれたレイモンドさん。

彼らの洗礼された動作は近所の悪ガキとは比べものにならず、少年らしさを垣間見せるのにロレッタの知る男の子とは全く別の生き物だった。

同じ品種なのに育ちが良すぎる。環境が……そう、土が違う。土壌が豊かか貧しいかで野菜の育ちは決まる。もちろんそこから知恵を武器に人の手が入るわけだが、土台が違うとはまさにこの事。そう、土台《畑》が違う。ロレッタの過ごしていた世界と全く違う。

はわわ、なんてエレガントな世界。ロレッタは貴族に優しくされる学園生活が本当に現実なのかわからなくなった。

その筆頭が、アルバート殿下の存在だった。

入学してしばらく、「わからないことも多いだろう。不安に感じたことはなんでも私に伝えてくれ」と言われた瞬間、ロレッタの中でふぉおおおおおおっという謎の高揚感が芽生えた。

わたし、いま、おうじさまとおはなししている……？

むしろ、おうじさまから、はなしかけてきた……？

わたし、へいみんなのに？

なんで……なんで…………わ、わたしがかわいいから……？

八百屋の売り子ロレッタに話しかけてくる者たちは皆お客様だったが、大多数が「可愛いからおしゃべりしたい」という下心があった。八百屋の売り子に積極的に話しかける客は大抵そうだ。だからロレッタは可愛いを磨くのだ。

だがここはチャンル学園。ロレッタは八百屋の売り子ではなくただのロレッタ。何も持たないロレッタに王子様が声をかけてくる理由とは何ぞ？　ずっきゅん？

ロレッタはチャンル学園の伝統も、貴族の義務《ノーブレス・オブリージュ》も、何も知らなかった。

そして駆け巡る八百屋で売り子をしていた時の記憶。

可愛いとお菓子をくれた客。君に会いに来たと人参片手に頬を染めた客。購入させてくれと迫ってきた男爵。優しくしてくれる貴族の令息たち。極めつけに殿上人のアルバート殿下《わたしの王子様》。

ロレッタは確信した。

てぃんっと来た。

そう、来た！

モテ期が、来た！

（わたしの時代が来た!!　ヒャッハー！　モテ期だ！）

来てる！　わたしの時代が来てる！　皆がわたしに優しくしてくれる！　気遣ってくれる！

ちやほやしてくれる！　なにこれ天国!?　物語の中のお姫様になったみたい！　ヒャッホーウ！

お菓子美味しい！

凄い！　貴族の人たちってば口説き文句まで上品！　上品すぎて何言っているかわからない！

異文化交流だ！　詩的すぎて解読出来ないから古《いにしえ》の言葉に違いない！　わたし現代語しかわかりません！　でも適当に笑顔で頷いておこう！　基本貴族様に逆らっちゃいけないってよく聞くし！　わたしが笑うと相手も笑ってくれるから多分正解！　笑顔笑顔笑顔が大事よね売り子は笑顔が命です！

きゃー私の天使《アンジュ》とか言われちゃった言われちゃった！　王子様ってばきっざぁ！　やっぱり物語みたい夢みたい！　らあああぶりいいいい！

でも事あるごとにお茶会のお誘いがあるのは何で？　美味しいものが食べられて嬉しいけど！　学園なのに授業は？　わたしといたいから気にしなくていい？　それっていいの？　ダメなの？　なんだかふわふわする！　夢見心地！　そうよね今が楽しければいいわよね、きゅーてぃーきゅーてぃーー！

よくわからないけどいいわ。だってわたし、貴族の常識とか知りたくないし！　八百屋継ぎたいし！　男爵から何とか逃げなきゃだし……あ、サボりまくれば貴族に相応しくないってことでご購入諦めてくれないかしら？　うん、きっとそれがいいわね！　よっしゃーサボるぞお茶会するぞー！

って待ってー！　アクセサリーとか宝石とかいらないから！　お高いものはいらないから！　八百屋そんな高価なもの置いとく場所ないから！　不安になる！　八百屋に高価なネックレスとかブローチがあると思うと不安になるからやめて！　じゃあ何が欲しいって……この時間がもっと欲しいかな？　わたしが可愛いって実感出来るし！　ずっきゅんずっきゅん！

わたしは物語の中のお姫様。

隣には綺麗で素敵な王子様。

祝福してくれる学友たち。

なんて素敵な夢見心地。

もちろん現実でこんなことあり得ないのはわかっている。

だからこそこれは夢。男爵から逃げたいわたしが見ている夢に違いない。なんかふわふわ興奮するもんね！


だからこれも、舞台の一幕でしょ？


お姫様みたいなご令嬢が、わたしに冤罪を吹っかけてくる。

魅了の呪いって何？　わたしは魔女じゃないんだから、そんなこと出来ないわ。

可愛くなる努力はしたけど、呪いなんて知らない。

わたしは彼女を悪役だと思った。お姫様みたいだけど、きっと悪いお姫様。物語に必要不可欠な、物語を加速させるために登場する、試練を与えるための存在だと。

だから物語の進行上、きっとこれが正解だわ。わたしは意気揚々と悪いお姫様を倒すため飛びかかった。

ここが舞台上だと思えば動きが大袈裟になって、びっくりした顔の相手に振り払われたらすぐバランスを崩した。あれおかしいな、わたしってお姫様に負けるくらい弱かった？

背後は階段で、そういえばここは舞台じゃなくて学園だったとふと思った瞬間——手を、握られた。

愛でるように柔らかく包まれる熱ではない。

それは手加減も容赦もなく、夢見心地だったわたしの手を握って。


力強く現実へと引き戻した。


ぐるりと、その人と立ち位置が入れ替わる。

やけにクリアになった視界。

きょとんと瞬きした先には、知らない女の子。

そういえば観客として周りにいたのを見たことがあるかもしれない、その程度の認識の。

耳の下で二つに結われた、青みのかかった黒髪が、尾を引くように宙を靡《なび》いて——視界から消えた。

あれ。

嘘でしょ。

だってここ、舞台の上——違う、階段だ。ここ、階段の踊り場。

今そこから女の子が。

嘘でしょ。

甲高い悲鳴が聞こえてぞわっと内臓がひっくり返って鳥肌が立った。

わたしの代わりに落ちた女の子。

観客だと思っていた一人。

自分に向かい合った人だけを、役者だと思い込んで。

自分こそが主役と思い込んで。

その他を観客だと思って、その他大勢を認識していなかった。

いつからか、おかしくなった周囲に全く気付かなかった。気付こうともしなかった。だってわたし自身がおかしかったから。

「殿下の呪いが解けた……？」

やけに近くで、聞いたことのない男の声が響く。

呆然と見下ろした階下で、キラキラと不思議な光が舞うのが見えた。

ぞわぞわと鳥肌が止まらない。

悪役のお姫様が言っていたことが本当だなんて思いもしなかった。

いや、違う。わたしは呪いなんかかけられない。かけた覚えもない。出来てお呪いが精々。そのお呪いだって可愛くなるためのもので、魅了だなんて……。

階下で、わたしの代わりに落ちた女の子が、見たこともないとろける笑顔の殿下と見つめ合っている。

まるであそこだけ、スポットライトが当たったみたいで——そう、この瞬間、主役は彼らだった。

わたしじゃない。

そもそもその人の人生、誰もが主役と脇役と観客を繰り返して生きている。わたしだって誰かの人生の脇役で、観客で、時に主役だったはずだ。

八百屋の娘として生きながら、当たり前に認識していたはずなのに、わたしは何で自分だけの世界で生きているみたいな言動を繰り返したんだろう。

　これじゃあまるで……。

　わたしが……。

「そんな……嘘よ……こんなはずじゃ……」

　震えた声が漏れた。

　間違いなくわたしは震えている。だって自覚してしまった。

　これは、これは、これはつまり――……つまりわたしが、ヤベェ奴だ。

　やべえ奴だ。

　わたしってば調子に乗ったただの勘違い娘じゃない!!

　いやあああああああ嘘よおおおおこんな大規模に他人を巻き込んで思春期の病気《黒歴史》を撒き散らすなんてえええええええええ!!

　可愛くなりたかったけど！　可愛くなりたかったけどぉ!!　違う、こんなの望んでないわ!!

　わたしの八百屋《売り子》人生！　こんなはずじゃなかったのに！

　ロレッタ・アップルトン。

彼女がかけた魅了の呪いが解けた時……。

自分が周囲を巻き込んで「わたしが世界で一番お姫様☆」と調子ぶっこいていたことを自覚し、その場で爆発四散したくてしたくて震えた。


やめて見ないで皆わたしを忘れてえええええ!!

……………✦♡✦♡✦♡✦………………


目の前には涙ながらに這いつくばって取り乱す少女――ロレッタ・アップルトン嬢。

要注意かつ危険人物認定されている、何なら犯罪者として隔離されていたはずの彼女が、なぜ王宮の庭園で這いつくばっていたのか。この取り乱しようは何なのか。

私はお兄さまが彼女を取り押さえて肩に担ぎお米様抱っこで持ち運ぼうとしたのに待ったをかけて、東屋に運んでもらい何とか話を聞くことに成功した。

……褒められたことではないとわかっていますがね？　殿下に魅了の呪いをかけた魔女と、解呪した私は相性が最悪。ロレッタ嬢が殿下に想いを残しているなら、私に危害を与える可能性がとても高い。

だから私はロレッタ嬢を見なかったふりをして、散歩もしくは部屋に戻るのが正解の行動のはず。わかっています。はい。残念令嬢ですが、これからは立場ある女性として、身の安全を第一に行動しなければならないことはわかっています。

わかっちゃいるけど、ぶっちゃけロレッタ嬢に負ける気がしないんですよね……。

押し倒されてマウント取られてもひっくり返せる自信があります。攻撃態勢に入った瞬間制圧出来る未来しか見えません。

いやこれもダメな思考だけども。何のための護衛かと怒られますけども。お兄さまもむしろ私が自衛出来ることを前提に付けられたたった一人の専属護衛でして……いや他にもいますけどね多分。私の見えない位置とかに。さすがに、本当にお兄さま一人が担当しているとは思っちゃいません。わかっているなら関わるなって話だけど……なんというか。

穴という穴から液体を垂れ流しながら額を地面に打ち付ける美少女（？）を放っておくことが出来ませんでした。

目の前で子供みたいにあーんあんあんあんと泣き喚《わめ》かれたら、手を差し伸べずにはいられなかった……！　何があったロレッタ嬢……！

というわけで、ついついお兄さまにお願いして東屋でお話を聞いたわけですが。

興奮状態のロレッタ嬢から零れる言葉は要領を得ず、感情のまま話題はあっちへ行ったりこっちへ行ったり、八百屋の両親に詫びる言葉だったり祖母への疑問だったり記憶の抹消を懇願したり……調子ぶっこいた過去の自分への慟哭《どうこく》だったり。

「舞い上がっちゃったのよぉおおお……！　だって上流階級の人たちって身嗜《みだしな》みも顔立ちもキレイだったんだもの！　絶対ぶつ切りじゃなくて飾り切りよ！　泥まみれの出荷前と違って綺麗に洗われて最前列に陳列された購入直前《約束された勝利》に決まってるわ！　そんな選ばれし者に優しくされて甘やかされて口説かれて調子に乗ったのよ！　そうよわたしはお調子者よ！　それも致命的なお調子者よ！」

わっと両手で顔を覆って大泣きするロレッタ嬢は大興奮。多分私に訴えているつもりはないのだろう、口調も大分崩れて彼女の素が見える。言うほど彼女のことは知らないけど。私は彼女が令息たちに囲まれてお茶会しながらキャッキャ笑っている様子しか知らない。

つまり愛らしい様子しか知らない。その愛らしい顔は今ちょっとお見せ出来ない。

「でも私のアンジュって言いながら手にキスされたら自分特別だって思うじゃない王子様よ!?　見た目だけじゃなくて本物の王子様がしてくれるのよ!?　自分特別だって思うじゃない！　思っちゃったのよ！　私チョロイからそう思っちゃったのよぉおおお!!」

わ、わかる――――!!

私は思わず心の中で盛大に頷いた。わかる。私もチョロイからわかる。

私しか見えていませんって顔で熱烈に口説かれたら自分がその人の特別だって舞い上がる気持ち、凄くわかる！

「優良物件が好意丸出しで近寄ってきたら舞い上がるに決まってるじゃない！　舞い上がったわよ木に登ったわよ天まで昇ったわよ調子に乗ったわよ、ええ！　調子に乗って！　わたしってばワタシカワイイカラミンナニアイサレテルーってうっきうきだったわよ！　お猿さんだったわよ！　調子に乗りすぎて天から木から転がり落ちたの！　ああああああ恥ずかしい黒歴史いいいいいいいいい!!」

ロレッタ嬢はうおおおおと頭を抱えてのたうち回った。し、鎮まり給え！　地面を転がってはいけない！

何とか宥めてコロシテ……イッソコロシテ……とべそべそ泣き続けるロレッタ嬢の背中を撫でる。学園で遠目に見た、お茶会でキャッキャしていた様子が嘘のように、愛らしい顔がべちょべちょだ。渡したハンカチは二枚目である。べちょんべちょんの一枚目はお兄さまがさっと回収してちょっと離れた侍女さんに託した。さすがの早業ですお兄さま！

しかし、なるほど……ロレッタ嬢は本当に、無自覚で魅了の呪いをかけていたらしい。もちろん彼女の言葉を信じるなら、と注釈は付く。

でも、これが演技だとしたら殿下に続く女優賞を授与するレベル。いえ殿下も演技ではないはずだけど、それだけ疑わしいけど本気だろうという意味で……物悲し気な殿下が脳裏を過《よぎ》って思わず弁明してしまった。し、信じますとも……！　信じないとちゅっちゅされる……！　あっれぇ殿下の物悲しい顔は一体どこへ！　イマジナリー殿下とても強《したた》かだな！

とにかく、ロレッタ嬢は嘘をついていないだろう。

そもそも呪いとは何なのか。実を言うと詳しく解明されていない。

ぼんやりと「呪う力」というものがあって、目に見えないそれは何らかの儀式や、手順を踏むことで効果を発揮することが出来た。

その「呪う力」は目に見えず、保持している人としていない人がいる。どうやら遺伝するわけでもないようで、「呪う力」はいまだ研究が続けられる不思議な力だ。

他国ではこれを「魔力」「霊力」「神通力」などいろんな呼び方をしている。この力を持つ人たちの呼び方もたくさんあるが、我が国では女性を「魔女」男性を「呪い師」と呼称していた。

昔は男女統一して呪い師と呼んだのだけれど、他国から流れてきた人が「よくわからない力を持つ女は魔女だ」と発言したのがいつの間にか浸透し、定着した結果呪う力を持つ女性は魔女と呼ばれるようになった。

しかし魔女とは、マイナスの意味を持つ印象が強い。この国は童話を愛し、真実の愛の奇跡を信じる国民性である影響も強かった。呪いを解くのは愛だが、呪いをかけるのは悪い魔女なのが通説だ。

だから魔女を呼称する時は「善き魔女」「悪い魔女」と前置きされることが多い。男女関係なく「呪い師」で統一してしまえば良いのに、こだわりでもあるのかややこしい使い分けがされていた。

つまり魔女も呪い師も、同じ畑の同じ品種の野菜だ。ただ地方によって呼び方が違うだけで本質は同じ……ってなぜか野菜を例えに出してしまった。ロレッタ嬢につられた。

解明されていない力だけど、全てわからないわけでもない。

呪いの力を制御する呪い封じなども開発されているし、呪いの力があるか測定するための小さな呪いの手順なども確立している。呪いの力は自覚症状がないため、測定するか呪いを試すかしないと保持していることに気付けない。

気付けないが、我が国では魔女も呪い師もそこまで多くなくて、軽く調査可能な貴族はともかく平民たちはそんな測定を行わない。調査は義務化されておらず、魔女や呪い師を名乗る者にだけ真偽の査定で行う形が多いそうだ。詐欺師はどこにでもいるので。

だからぼんやりとした呪いの力を自覚しないまま生活している人間は、とても多い。

人は自分が持たない力を恐れるが、誰もが持っている可能性があり、誰もが持っていない可能性を持つ「呪いの力」は、運動神経や反射神経、記憶力や手先の器用さの一つとして考えられていた。

何より呪いの力は手順を踏まない限りないものと同じだから、自覚しなくても何の問題もないけれど――――ひとたび自覚のない人間が、悪戯心で手順を踏んで誰かを呪えば。

「こんなはずじゃ……こんなはずじゃなかったのよぉお……」

こんな感じになる。

これ、庶民では稀《まれ》によくある事故である。

ちょっとした「おまじない」を「のろい」と知らず発動させ、意図せず誰かを呪ってしまう。呪う力を自覚していない者が多い庶民たち。そういった事故は、数年に一回は噂になるレベルで起こり得る。

稀だけど、よくある事故である。領地にもいました。うっかり呪って穴があれば入りたいって泣き喚いた子。

ちなみに貴族では早々に測定調査を行うので滅多に起こらない。私も小さい頃に測定しました。結果、呪う力はこれっぽっちもありませんでした。すっからかん！　なので、私がどんな手順を踏んでも呪いが発動することはあり得ません。

残念なことに、呪いの儀式はけっこう遊び感覚で出来てしまうものが多い。

呪う力を持つ者は自覚していない者が多いせいか、数自体は少ないと言われている。呪う力を持っていない者が多いので、効力を発揮しない儀式の手順はただのお呪いとして各地で浸透していることが多いそうだ。お呪いは出鱈目なものが多いので、呪いなのかお呪いなのかの精査はなかなか進んでいない。

そもそもそういった出鱈目な呪いは効力が低く、呪いと判断されることもない。一つの儀式で一度の呪い。小さい効果が一度だけなら、運が悪かったと判断する人がほとんどだ。呪われたと思う方がおかしい。

しかし呪いとは重ねがけすることでより強力になるらしく、塵も積もればなんとやら。

効果が出るまで根気強く儀式を続ける人間は本当に稀だし、執念深く続けても呪う力を持っていなければ意味がない。それでも呪う力がある者が目に見える効果があるまで繰り返せば、結果がしっかり付いてくる。

もちろん心の底から呪ってやるぞと実行に移す者もいるだろうが、どうせ効果はないのだしとストレス発散で儀式を行う者もいる。そういった者が呪う力を持っていたら……うっかりしっかり相手は呪われる。

呪う力が実在すると知っていても、自分がそれを持っていると自覚している人間は少ない。

ゆえに、自分が相手を呪うことはないと本気で思っている人間は、割といる。

だからこんなつもりじゃなかった。そんなつもりじゃなかったと打ちひしがれる人が現れるのだ。呪いとお呪いの違いが、明確でないからこそ。

……どんな感覚だろうと誰かを呪った結果なので、自業自得というか人を呪わば穴二つ。効果が現れるだけ呪いを繰り返したということだから、そんなつもりじゃなかったと言われても説得力がないけれど。

ただ今回の件は、不明な点が多い。

私が知らされていないだけで、殿下などはわかっているかもしれないけれど……よくある事故と言って片づけるには、不確かな部分が多すぎる。

チャンル学園へ推薦されれば、推薦した貴族が後見人となり身元保証人となる。なるのだから当然、呪う力の測定調査だってその貴族が行う。そのための書類もあったし、王族の在籍する学園だ。そのあたりの安全対策はしっかりしていた。

だからロレッタ嬢に呪う力があると学園関係者はわかっていた。このあたりは別に、珍しいことではない。貴族は大体が測定調査を行うので、ロレッタ嬢以外にも呪う力を持つ魔女候補はたくさんいた。

それなのになぜ、異常なまでのロレッタ嬢への可愛がりが魅了の呪いと判断されなかったのか。

学園の伝統や貴族の義務《ノーブレス・オブリージュ》、若い恋との誤解などもあったけれど、そもそも人の感情を操作するような呪いは、効力の小さい遊び感覚で出来る呪いと違い、何の犠牲もなく出来るようなものではないからだ。

それこそお伽噺に出てくるような、人を別の生き物や無機物に変化させたり感情を操作したりする呪いは、一度の儀式で大きな効力を持つだけあってとても複雑な儀式が必要となる。お遊び感覚で出来てしまう呪いとは違い、手順も犠牲も厳しい条件があるらしい。

さすがにただのお呪いとして浸透する類のものではなく、そういった呪いの手順は国が危険指定して管理していると聞いたことがある。

目に見えて呪われ、解呪が必要となる呪い。呪った側が解呪するか、それこそ真実の愛の口付けがないと解けないタイプのもの。呪いによって起こる心身の変化は呪いでしか元に戻せない。強力だからこそ一度綻べば瓦解すると聞くけれど。

呪いについてはぼやぼや知識なのに真実の愛の口付けで呪いが解けることが共通なのは何で……？　って思うけど昔の人が頑張って解呪方法を、お伽噺を使って浸透させたことしかわからない。

とにかくチューしろ！　って言われても真実とは？　ってなるから実際に実行した人は……そもそもそこまで大きな呪いが現実で起こるなんてなかった。いや起きたんですけどね目の前で！　魅了の呪いが！　凄く難しくてやばい儀式で国が方法を管理するくらいの呪いが！

管理されるくらいヤバイ呪い。

魅了の呪いもその中に含まれている。

私はそれがどのような儀式なのか知らないが、ロレッタ嬢が一人で行えるようなものではないらしい。だから魅了の呪いが発覚してすぐ彼女を推奨した男爵も被害者ではなく容疑者として疑われたし、呪いなどしていないと否定するロレッタ嬢もすぐ解放されなかった。

魅了の呪いは、お呪いと判断出来ないほどの儀式を必要とする、疑いようのない明らかな呪いだったから。

だけどロレッタ嬢は本当に無自覚にお呪いだと思って、魅了の呪いを繰り返していた。

小さい呪いも繰り返せば強力な効果を発揮する。ただでさえ強い効果を持つ魅了の呪いを繰り返せば、あれだけの令息を魅了出来たのも頷ける。

どうしてお呪い感覚で行った魅了の呪いが強い効果を発揮したのかわからないけれど、殿下の様子を見ればどれだけ強力な魅了だったのかは一目瞭然だ。

そう、殿下。

殿下です。

ロレッタ嬢がなぜ強い魅了が行えたのかは、私にはさっぱりなのでいったん横に置いといて。

……私は正直、ロレッタ嬢が調子に乗ってしまった気持ちがよくわかる。

とてもよくわかる。

むしろわからいでか。

ロックオンした相手への溺愛が半端ないです殿下あああああ!!

僕の！　天使《アンジュ》って！　なに⁉

こっちが溶かされそうなほどの熱量を目線に込めるってどういうこと⁉

でろんでろんに溶かされてしまいそうです助けてお兄さま――――！　あ、お兄さま！　そんな呆《あき》れた目で傍観しないでください！　さっきまで真面目だったのにとか目で訴えないでください！　私が何を考えているか通じているんですね嬉しいです！

褒められたことではないけれど、貴族社会に放り込まれた少女が王子様に優しくされて甘く口説かれて調子に乗るなって言う方が難しいと思うのです。

本来なら近しい令嬢たちがそっと軌道修正するのですが……今回は魅了の呪い効果もあり、ただひたすら突っ走る結果となったのでしょう。

何せ、恋は少女を良くも悪くも強くする。お伽噺の鉄板です。

……。……ロレッタ嬢は恋を、した、んですよね……？　多分。

殿下にラブだったわけですよね？　ロレッタ嬢。

身分差がぼやけるほど、愛されていると信じて突っ走って……自分の過失で恋しい相手を魅了していたと知って、愕然として。

頭を抱えて……どう、思ったのでしょう。

思わずそわっとします。

何せ私は横から殿下をかっさらっていったと言われても過言ではない、真実の愛の口付けという名の事故チューをかました詐欺女。詐欺師ってどこにでもいますね……いえ呪いが解けたので詐欺ではないんですが、全くそのつもりがなかったので詐欺を仕掛けた心境がいまだ拭えません。助けてお兄さま。お兄さまに視線で訴えても静かに見つめ返されるだけでした。揺るがぬこと山の如し。素敵ですお兄さま。

それにしても、誰もが私とロレッタ嬢を遭遇させまいとしていただろうに、わざわざ東屋にまで付き添う私。ロレッタ嬢の涙に濡れたハンカチは三枚目。

これって恋敵に塩を送っていることになるのでしょうか？　それとも傷口に塩を塗り込んでいることになるのでしょうか？

どちらにせよ私の片手には塩があります。

自分で選んだことですが、これからどうしましょう……私はこの塩をどうすれば……。

……決闘……？　いっそ決闘すればいい……？　塩の代わりに手袋を投げつけるべきですか？

塩まみれの手袋を？　実際に塩を持っていませんが気分的にこの手袋は塩まみれです。

「イヴ。そいつを探している奴がいる」

手袋を脱いで投げつけるべきか迷っていたら、お兄さまがそっと耳打ち……ひょえっ良い声ですお兄さま！　吐息ヴォイスありがとうございます！　普段腹式呼吸で発声する人の潜めた声って掠《かす》れた色気を感じませんか!?　私はお兄さま限定で感じています！　素敵ですお兄さま!!

って危ない。折角お兄さまが耳打ちしてくださったのに内容を忘れるところだった。

え、ロレッタ嬢を探している人？　……あ、いるね。

下品にならない程度、声を潜めてロレッタ嬢を呼びながら歩いている人がどんどん近付いて来る音がする。姿は見えないけれど、近くにいる。

普段はもっと早く気付くのに、ロレッタ嬢の様子に気を取られすぎてしまった。反省。

その点お兄さまはさすがです。さすが本業！　警戒心を怠らぬ姿勢、実に優秀！　有能！　どこまでも付いていきます！

とりあえずここは、侍女さんにお願いしてその人を誘導してもらう。燃え尽きているロレッタ嬢を刺激しないようにそっと指示を出す。気配なく移動した侍女さんを見送って数秒。

秒で来た。

秒で来た⁉　確かに近くにいたけども‼

侍女さんに連れられてやって来たのは、若草色のローブを纏った塩顔の青年だった。中肉中背の、大地色の髪に琥珀《こはく》色の目をした……あれ？　どっかで見たことがあるような……？

青年は侍女さんに連れられて来てみれば私がいるのに驚いて、深々と頭を下げた。うん、私を一目見てその立場を理解しているとなると……割と候補が多すぎるかな⁉　何せ一躍有名人だったから王宮勤めの人は一回くらい私を確認しに来ているはず。それこそ大注目だったので！

なので、私からは彼がどういった立場の人なのかさっぱりだった。見たことがあるような気がしたけれど、見たことがあると思わせるタイプの顔にも見える。群集に埋もれがちな特徴のなさ。あえて主張しないようにしているというか……埋没してこそ本領発揮というか。

あれそれってもしかして……？

答えを見つけそうになったところで、青年が自己紹介。なんでもロレッタ嬢の監視員の見習い呪い師だそうだ。

監視員……そもそもどうしてロレッタ嬢がここにいたのかわかってないなそういえば。でも周囲の対応的に、侵入者とかそういうものではなさそう。真っ白に燃え尽きているし、これ以上事情を掘り返すのも可哀想だ。

いや本当に、可哀想。思わず私が落ち着くくらい取り乱している。なるほどこれが、自分より混乱している人がいると落ち着く現象。

今の私は比較的冷静だと思う。

「凄い……本物だ……殿下の呪いを一瞬で解いた伝説の……」

みゃ――――――――――っっ!!

冷静さがぶっ飛びましたよ凄い珍しかった私の冷静さがぶっ飛びました!!

すっごい小さい声だけど聞こえていますよ監視員さん！　やめて頬を染めてキラキラした目で窺い見ないで！　憧れの上級生に初めて出会った下級生みたいな反応しないで！　騎士志望の下級生が時々私をそんな目で見てきた覚えがあります！　ベルンシュタインですので……ってああああ思い出したこの人ぉおおおおお！

学園にいた！　チャンル学園にいた！

あの日あの時あの階段にいた!!

殿下の呪いが解けたって明言した見習い呪い師!!

いやああああああああ目撃者がいらっしゃる目の前に目撃者が！　伝説の事故チューの目撃者が

いらっしゃる何であれを目撃して皆キセキダーッって言えるんです⁉　どう見てもあれは事故チューでは⁉　飛び込み事故ですよ滑り込み事故ですよ⁉　どうして皆さん前後の記憶が飛んでいるんですか⁉

やめてください奇跡でも伝説でもお伽噺の到来でもないんです！　あれは！　事故チューなんです！　私がやりました！　事故です！　献身的な愛情とかじゃないんですぅ――‼

ああああロレッタ嬢お気持ち祭して余りある！　私も一緒に転がりたい！　頭を抱えて転がりたい！　何ならこの庭園の端から端まで転がりたい！　やめて見ないで私をそんな目で見ないで助けてお兄さまああああああ‼

その後記憶にないけれど、燃え尽きたロレッタ嬢を見習い呪い師が。笑顔で固まった私をお兄さまが回収してお部屋に戻っていました。

さすがお兄さまありがとうございますお膝お借りしますねえええええうわあああああん違うもんあれは事故チューだもんんんんん！

私はお兄さまのお膝でえぐえぐ泣いた。

………………◆♡◆♡◆♡◆………………

「まったく、気持ちはわかるがすぐ暴走する癖を何とかしろ。お会いしたのがお優しいベルンシュタイン様でなかったらどうなっていたことか……」

グチグチと説教を垂れる監視役《世話》の声を聞きながら、比較的落ち着いたロレッタはグスグス鼻を鳴らしながら庭園で遭遇した女性を思い返した。

すぐには気付けなかったが間違いない。あの日あの時あの階段で、ロレッタを助けて落ちた少女だ。

（あの人がイヴ・ベルンシュタイン……アルバート殿下の運命の相手で、真実の愛の口付けで呪いを解いた奇跡の乙女）

階段でロレッタを助けたことからわかっていたが、優しい人だった。不審者でしかない泣き崩れたロレッタを放置せず、子供のように要領を得ない訴えに付き合って、ずっと隣で話を聞いていてくれた。

ロレッタが尊い方たちに呪いをかけていたと発覚してから、周囲はロレッタに厳しい。仕方がないとわかっていても、心無い視線や嘲《あざけ》りの言葉には傷つく。ロレッタがどれだけそんなつもりはなかったのだと訴えても信じてもらえない。信じてもらえてもわざとでないからといって許されるわけでもない。

だから奇跡の乙女と名高いイヴにも、ロレッタは糾弾されると思っていた。だってロレッタは、事故だとしても彼女が愛しているアルバート殿下に呪いをかけて、彼の評判を地に落とすような真似をしたから。

しかしイヴはそんな心の狭い真似をせず、ロレッタが悪さをした魔女だと知っていながら寄り添ってくれた。

（女神かな）

いや、天使かもしれない。アルバート殿下がそう呼んでいたし。あの方、愛する人を天使と呼ぶ呪いにかかっていると思う。何度調べても呪いはかかっていないけど。

とにかく奇跡の乙女と呼ばれるに相応しいお人柄のようだ。だってロレッタの話を最後まで聞いてくれたし、否定しなかったし、涙と鼻水や涎《よだれ》で酷い顔のロレッタを拒絶せずハンカチを三枚も渡してくれた。三枚目は返しそびれてロレッタの手元にある。

泣き崩れながらも途中で相手に気付き、後ろめたすぎて顔を見ることが出来ずずっと俯いていた。そんな失礼なロレッタをイヴはずっと宥めてくれた。足元ばかり見ていたロレッタの背中を優しく撫でてくれた。

足元ばかり見ていたロレッタを……。

「あれ……？」

「アップルトン？　聞いているのか？」

お説教には反応せず、先ほどまでの光景を反芻する。強烈な羞恥と罪悪感と混乱でちゃんと覚えていないが、とんでもないものがあった気がした。

「見たくない……でも確かに存在を感じる……見えなくてもうっすら気配がある……そのうっすらの強烈さよ……強烈な親近感と羞恥心を一気に覚える……」

そう、羞恥心を覚えるから見たくない。だけど身悶えたくなるほど恥ずかしくても思い出してしまう過去。見たくなくて目を塞いだけれど、塞いじゃ駄目な時もある。それが今。

「アップルトン、どこを見ている？」

「否応なく思い出す黒歴史《トラウマ》……知らないふりが出来ない心当たりしか抱けないいっそ実家のような郷愁……そう、あれは」

涙で滲んだ視界。気のせいだと言い聞かせたかったけれど、あれは確実に現実。

イヴの足元に、黒歴史《呪い》が絡みついていた。


…………◆♡◆♡◆♡◆…………


お兄さまのお膝でえぐえぐ泣いた日の夜、訪れた殿下はダンスレッスンではなくガッツリ雑談を選択なさった。

そんな気はしていました。ロレッタ嬢の件、報告が入ったはずですもんね。王宮内の出来事でしたからね！

レッスン室ではなく、私室となった客室でお茶の準備。部屋は婚約式をしてから移動だって言われていますが、もうここ私の部屋ですから！　最初の軟禁生活が懐かしいですね！　やけっぱち！

殿下が入室されたので、護衛のお兄さまは私から離れて壁の花になってしまう。寂しいですお兄さま！　あ、こんばんは殿下そこに座るんです？　隙間もないほど近くに座られますね。ちか、近い。肩がくっついていますよ。あ、恋人の距離ですね理解。お兄さまと同じ距離はまだ慣れませんが頑張りますよ！　最終目標は殿下のお膝に座ることです！

なんて目標は置いておき、本題です。

話題はもちろん、ロレッタ嬢のこと。

……周囲が気を遣ってくださったことはわかっていますが、私は知っておかなくちゃいけないと思うんですよね彼女のこと。王宮にいるならなおさらに。

そう、ロレッタ嬢が王宮にいるのなら。

私ってば彼女はとっくの昔にお家に帰されたものとばかり思っていました。全く話を聞かなかったので、すっかり忘れていたとも言います。

薄情とか危機感がないとかではなく、それどころじゃなかったので……覚えることが多すぎて。ですが、そうとも言っていられません。

なぜ、魅了の呪いを（偶然とはいえ）かけたロレッタ嬢が、いまだ王宮に留まり（監視員がいるとはいえ）自由に歩き回っていたのか。

「彼女は被験者として研究所に在籍しているんだ」

「はい？」

なんて？　今さらっと恐ろしい単語を発音しませんでした？

目が点になる私を窺いながら、殿下は簡単に事情を説明してくださいました。

ロレッタ嬢が起こした事件が事故であると判断されてすぐのこと。

事故だとしても過失。何のお咎《とが》めもなく解放することは出来ない。何より真実の愛の奇跡と一緒に、王子を魅了した悪い魔女として存在が流布されてしまったロレッタ嬢は、そのまま実家に帰るのは危険と判断された。今回の事故は物語のように民衆に広まったので、悪役として「悪い魔女」の立ち位置にあるロレッタ嬢のことも、悪い意味で有名になってしまっていた。

幸いなことに、ロレッタ嬢の実家は特定されていない。実家のご近所で八百屋の看板娘《ロレッタ嬢》は貴族に買われてしまったと噂になっているが、その娘がチャンル学園に入学したなどという噂は流れていない。そして悲しいことに、貴族に見初められて買われる平民の女性は少なくない。ロレッタ嬢が噂の魔女だと知るものはいなかった。

けれどこのまま実家に帰ればばれてしまう。ばれてしまえば家族もろとも義憤《ぎふん》に駆られた民衆の餌食になりかねないので、情報操作とロレッタ嬢の帰省禁止令が発令された。これに関しては、ロレッタ嬢も納得していることらしい。

そんなわけで実家に帰れないロレッタ嬢は、呪う力を研究する施設の被験者となることになった。

なんて？

「彼女がどうやって魅了の呪いをかけていたのか聞いたかい？」

「譫言《うわごと》のようにらぶりーきゅーてぃーと言っているのは……あと何でしたっけ、ずっきゅん？」

不思議なポーズも必要らしい。人差し指だけ立てて仁王立ち、軽快なステップを踏みながら腕を地面と平行に突き出して「ずっきゅん」の「きゅん」あたりで肘を曲げ、指を上に……不思議な動きです。ウインクは任意。してもしなくても良いらしいですがする意味とは。ちょっと動作を真似てみますが、合っているのか不明です。

ところで隣に座っているのに対面になっている殿下が心臓を押さえているんですがどうなさいました？　座ったまま腕の動きだけ再現しましたがぶつかりました？　でも突き出した指は当たっていなかったと思います。刺してないと思います。

「イヴ……僕に魅了の呪いをかけなくても、僕は常に君に魅せられているよ」

「呪っていませんが⁉」

私に呪う力はございませんぜ⁉　調査員が笑ってしまうほどありませんでしたぜ⁉

「とにかく、簡単に誰にでも出来る【お呪い】の形式になっている。通常【お呪い】と思われる呪いは、効力がとても小さい。たとえこれが魅了の呪いだったとしても、視線が引き寄せられる程度で爆発的に異性を惹き付ける効果は出ないはずなんだ」

「そうですね。そう聞いています。これは国で管理している魅了の呪いの儀式と、形が違うのです？」

「僕は確認出来ないが、全く違う出鱈目な儀式らしい。それなのに、ここまで周囲に影響を与えたのは彼女に何らかの秘密……今までの人とは違う、特異性があるのではないかと思われている」

運動神経が良いと一言にまとめても、足が速いのかバランス感覚がいいのか身軽なのか、分類は多岐に渡る。呪う力も同様に、種類があるのではないかと考えられているらしい。

そもそも呪う力の調査測定で出来るのは呪う力の「量」であり「質」ではない。ロレッタ嬢の呪う力は平均値だったことから、呪う力にも「質」の違いがあるのではないかと研究員たちが色めき立っているらしい。

事件事故を起こした罰として、ロレッタ嬢は呪う力の研究に被験者という形で王国に貢献することになった、ようだ。

それって研究材料《モルモット》として引き取られたというのでは……？

「……そもそもロレッタ嬢が行っていた動作は【呪い】なんです？」

「それだけど、国の魔女が真似てみた結果何も起こらなかったらしい。だからこれは出鱈目な【お呪い】だよ」

え。効果がない……？　ロレッタ嬢だと効果があるのに？

ロレッタ嬢は魔女。呪う力を持つ女性。でも同じ魔女が同じ儀式を行っても効果は出なかった。

それはどういうことだろう？　ロレッタ嬢が使用した儀式が【お呪い】なら、魅了の呪いなど発生しなかったはずなのに。

国の魔女にとっては【お呪い】だったのに、ロレッタ嬢がすれば【呪い】だった理由とは？

……ええと、だからこその研究対象なのでしょうが……もしかしてもっと決定的なのありま
す？

「ちなみに、ロレッタ嬢が他の【お呪い】を実行したらどうなるんです……？」

す。


「実行した結果、【呪い】に変質したらしい」

ア――――ッ決定的なのありました！

【お呪い】を【呪い】に変える特異性が発見されております！

「彼女はとても優秀な魔女の素質があるようだね。研究員たちが喜んでいたよ」

ロレッタ嬢半端ないですわ。

研究員から盛大にモテているらしい。今度こそ本当にモテ期到来ですね。とても嫌なモテ期です。

しかしロレッタ嬢という前例が出てしまったなら、本腰を入れて呪う力を研究し、浸透しているお呪いを規制しなければならない。

今までそれが十分に出来なかったのは……先々代が国を越えて大暴れしていた後始末のせい、ですかね……。

目に見えない力を使われるより先に殴れ、殲滅《せんめつ》しろって感じだったらしいし……。大きな呪いは準備期間も長いので、儀式をされる前に壊せって大変脳筋だったようです。わかる。力こそパワー。筋肉が全てを凌駕《りょうが》する。何より、呪いはしょぼいのが多いので、本当に成功しているか確認するのも馬鹿らしかったというか……。

おっと、過去の話は置いといて。ロレッタ嬢です。

モテ期到来中のロレッタ嬢がなぜ王宮の庭園で這いつくばっていたのかと言うと。

意図せずたくさんの殿方を魅了した結果、学生生活の日々が黒歴史《トラウマ》になり、思い出しては頭を

抱えて転がりたくなるようで、あの日も頭を抱えて転がったら何の弾みか庭園まで転がってしま
ったそうな。

いやそれ無理がないかな!?　どれだけ転がり回ったんです!?

「庭園から見える塔が研究施設だから、あり得ないことじゃないね」

「あり得ないことじゃないんですか！」

ガチで塔から転がり込んだらしいロレッタ嬢。タフですね！

というか庭園のオブジェの一部と化していた塔って研究所だったんですか！　風景の一部というかオブジェにしか見えませんでした！　王宮内にあるんですね研究所！

「ちなみに僕を見ると一緒に黒歴史《トラウマ》も思い出されるようで、あれからまともに顔を合わせることが出来ていないね」

「あり得ないことじゃないですね！」

わかる気がします！　私もしばらく殿下を見ると事故チューしか思い出せない時期がありました！　ある意味今もそうです！

ロレッタ嬢の場合、殿下の解呪と同時に到来した黒歴史の自覚なので、殿下を見るとその時の衝撃と羞恥心が甦《よみがえ》ってくるらしい。魅了の呪いが完全に解けているかの確認のために何度か顔を合わせたけれど、その度に頭を抱えて額を地面に叩きつける勢いのある土下座を披露されたとか。

わ、割れませんかロレッタ嬢の額……！　タフすぎます！

「僕と顔を合わせると実験対象が興奮状態になるからと注意されて、それからは会っていないよ。

会う必要性もないしね」

今、実験対象とはっきり言いましたね？　言っちゃいましたね？

ええと、殿下としては、魅了してきた相手と顔を合わせても何も感じなかったので解呪は出来ていると判断し、もう会って確認する必要はない、と……。

でもってロレッタ嬢も、恋心とかいう前に黒歴史《トラウマ》の後悔が押し寄せてきてそれどころではない、か……。

つまり今現在二人の間には何もない、ということ、なのかな？

そ、そうか。

へぇー……。

ふぅん……。

うぅーん……？

……なんとなくそわそわしてしまったのが恥ずかしくてもじもじする。ううん、なんだろこれ。

幸い殿下は気付かずに……いえ殿下が至近距離にいてそわそわしなかったことがないから通常運転だと思われていますね！　ハイ異常ありません！　このまま運転を続けます！

「彼女、よほど後悔しているらしくて、呪いの気配に敏感になってね。彼女は道具なしで呪いの有無が探知出来るんだ」

まさかの歩く呪い探知機。

今回の件でも活躍したらしい、呪われているか調べるための道具がある。

なんでも、当人の呪う力は身体の内側。誰かに呪われている時は身体の外側に呪う力があるので、その探知機で呪う力が纏わりついていないか確認するらしい。ちなみに呪う力測定調査の道具とはまた違うようです。あれは内側を調べますので、ガラス玉に指で触れて接触する必要があります。

精度が低いのでこれも研究中らしく、ロレッタ嬢の探知機としての能力もまた研究所で大歓迎されたらしい。ロレッタ嬢に嫌なモテ期がガチで到来している。これは逃げられない。

でもってそんな研究所期待の星であるロレッタ嬢が言うには……私《イヴ》が、呪われているらしい。

嘘やんぴんぴんしてますよ？　今日も元気にお兄さまとこっそり訓練しましたよ？　早朝が狙い目です。

何かと注目を浴びる王族は、妬《ねた》み嫉《そね》みからうっかり呪われることもあるので、小さい呪い程度は跳ね返すことの出来る呪い返しの石などというものを所持している。私もアクセサリーの一つとして渡された。ちょっと前まで気休め程度に思われていた身を守るための呪いです。

呪う力が未知の割に跳ね返す道具や見つける道具が豊富なのは、お呪いが浸透しているのと同じ理由だったりする。身を守るお呪いとかも多種多様で、いい魔女や呪い師が誰かを呪うのは守るための呪いだ。

まあどでかいのは防げないんですけどね！　そもそもどでかい呪いをかけられることが稀なんですけど！　小さい呪いなら余裕で呪い返すお守りです！

その呪いすら避けてくる呪いとは……？　というか身に覚えがない。私呪われている……？

本気でわからず首を傾げる私に、殿下が苦笑する。何で？

思わず壁の花になっているお兄さまと、侍女さんを確認する。お兄さまは無表情だけど目が、目が呆れています！　侍女さんは頑なに視線を合わせてくれませんがまじかよこいつって空気を察知。なぜです！　心当たりありませんよ！

愕然と視線を殿下に戻せば、仕方がないなぁと愛おし気に微笑まれた。なぜです!!

「最近よく転びそうになるだろう？」

「なりますね」

「恐らくそれが呪いの効果だろうね」

「ちゃちくないですか」

ちゃっちい。

しかし通常、呪いとはそんなものだ。そんなものなので呪った方も呪われた方も効果を実感しにくい。

……あ、つまり私ってば本当に呪われています？

「守りをすり抜けるくらいの技術があって、足元が不確かになる呪い……高度な分、効力が弱いのが気になるね。確かに王族の一員として、例えば式典なんかで転ぶのは醜態の一つになるけれど」

「思った以上に重大でした」

そうか、そうですね。王族の一員として考えれば、転ぶってだけでも重大でした。ちょっとしたミスが醜聞扱いされるのが王族です。難易度高い！

呪った側からすれば、守りの呪いを掻い潜れば小さな効力でも問題ないということなんだろうか。それとも、呪いは数を重ねるだけ強くなる……相手側はこの小さな呪いを何度も何度も繰り返して、いずれ取り返しのつかない転倒をさせる気なんだろうか。

……なんだろう、取り返しのつかない転倒って。ちょっと思いつかない。どこで転んでも体勢を整えられる自信があるだけにわからない。階段だって怖くないです。

でもって、確かに最近よく転びそうになるとは思ったけど……どれもが低レベルなもので悪化しているとは考えていなかった。最近足元おかしいなって思う程度で、実害を感じなかった。むしろ私より周囲に被害が出ている気がする。呪われている感覚は一切しなかった。

でも、歩く呪い探知機《ロレッタ嬢》は私が呪われていると言うらしいし……。

うーん……？

考えて、はっと気づいた。

……私が殿下の婚約者になった、そもそもの理由。

殿下の呪いを解いたから。

呪いを解いたから。

呪いを、解いたから。

真実の愛の口付けで殿下の呪いが解けるなら、私にかかった呪いだって殿下とのうにゃららで解けるじゃん……！　と。

つまり一日一回のちゅっちゅでその日二人にかかった呪いはリセットされていく……！

ふぁ、ふぁ――――!?　そういうこと!?　そういうことです!?　私ってばまた無自覚にやらかして!?　いやこれはやらかしではないけど無自覚に解呪されて!?　一日一回のリセットチューが無自覚に!?　この場合私はされた方だから無実です！

あわ、あわわわわ。なんだこれは恥ずかしいぞ！　わかっていたけどわかっていたけど、事故チューだった一回目と違ってそれから何度もチューはしたけど、それが全部真実の愛の口付けに分類されていたとなるとなると、なると……！

おんぎゃあああああ私すっごく殿下好きじゃあああああん！　うわあああああんそれなのに自覚ないとかどれだけ鈍いの私！　自覚がないことを自覚しすぎだよ！　おかしくない!?

あ、あ、でも最近はちょっとこう……可愛いなぁとか思うし殿下のためにいろいろしたいと思うように……恋人として出来ることを考え……私にしか出来ないこと……解呪……？　そこじゃなくて！　ロレッタ嬢より愛らしくない私に出来ること……って何を比べているのイヴ・ベルンシュタイン！　よそはよそ、比べる必要なんてないでしょう！

……ティンッとしてしまった。もしかしてロレッタ嬢に感じたそわそわ、嫉妬では……？

みゃ――――！　無自覚なのにいっぱしに嫉妬とか厚かましくないです!?　せめて自覚してから出直して来い！　そう、自覚を持て!!

……いや、えっと、言うほどの無自覚期間は過ぎているのでは？　さすがにこれは現実逃避しまくっている。自覚がないと嘆くほど、無自覚だとは思えない。

私は殿下を好き。

呪いを解いちゃうくらい好き。

別の女性に嫉妬してしまうくらい好き。

そう思うのに、なんか今一つ実感が湧かないのはなぜ。

くっつくとドキドキするしぎゅっとされると心臓が大太鼓だし、チューされるのは心臓が止まりそうになるけど嫌悪感はないんだから、疑いようもないはずなのに。お兄さまみたいに感情爆発ロケット発射愛するあの人へこの想いよ届け――ってならないのはなぜ。

「イヴ」

おめめぐるぐるし始めたら、そっと殿下の手が私の頬に添えられた。

温かい、男性的な大きな手の平。

私の意識があっちへこっちへ迷子になっていると気付いたのだろう。無言で、こっちを見てと手のひらで誘導された。

ぎょふっ。ちょっと拗ねたような言葉少なな態度が私に突き刺さる。おやめになって今二人のことを真剣に考えているんです！　考えているんです！

……でも、呪いの考察中でした。反省。真剣だからって今することでもなかったかもです。とりあえず気付いてしまった衝撃の事実をお伝えしないと。恥ずかしいけれどお伝えしないと。

「ええと、守りの呪いを潜り抜ける呪いは、効力が小さくても時と場合によっては脅威ですが……これ以上強くなる心配はないかな、と」

「それはなぜ？」

「ううぇ、えっと、そのぉ……」

「確信があるなら言って欲しいな」

「わ、わ、わ、私と殿下はその、しんじ、つの、チューがあるので……っ」

びゃあああああああ自分で言うのって凄く恥ずかしいいいいい！

自分で真実の愛の口付けって言うの恥ずかしい！　なんて恥ずかしいやつだ！　自意識過剰と言われるやつだ！　でも残念私たちの場合国家公認真実の愛の口付け！　疑いようのない真実の愛!!

だからって羞恥心は薄れませんわ！　むしろ上がりますわ！　アゲアゲですわぁ！　溶けてしまいます助けてお兄さまぁ！

真っ赤になって涙目でプルプル震える私に、殿下は優しく微笑んだ。相変わらず夜空のような瞳は、星を散らしたようにキラキラしている。

「僕の天使《アンジュ》」

すみません人間です！

「僕には君が、君には僕がいれば、いつだって呪いを跳ね除けられる……僕の守護天使《アンジュガルディヤン》。そんな君を僕も守れているならば、これ以上ないほど愛おしさが深まるよ」

現在の深度おいくつ!?　これ以上深まるんです!?

深くなりすぎてこの星を貫かないでくださいね!?

あ、ちょ、近い近いこの流れで近いのはあのそのえっとふぁ!?

その後滅茶苦茶ちゅっちゅされました。

その接触が嫌ではないのだから、私はそろそろ往生際悪く、わからないと逃げ回ることは許されない気がする。

それから、意外なほど何事もなく時間は過ぎて。

いよいよ、婚約式の日が訪れる。


……………♡♡♡…………


「サファイア、アイオライト、アウイナイト、ベニトアイト……ブルージルコンもあるね。さて困った。同じ宝石でも色合いが異なるし……僕の天使《アンジュ》に一番近い色合いはどれだろう」

夜空の瞳を瞬かせながら青空の色を探すアルバートの横で、マーヴィンは今回集まった宝石の目録を確認した。

複数の商会が持ち寄った青系統の宝石たち。どれも最高品質であることに間違いはない。婚約式で交換する宝石の原石選びは重要だ。王族の婚約式に選ばれた宝石はその年一番人気の宝石になる。

(青系統で行くなら、サファイアだろうか。やはり価値も安定しているし、今年一番大きなサファイアが運ばれたと聞いている。王室に献上するに相応しい出来だ)

「ラピスラズリ……ブルートパーズ……ラピスラズリは紫の方が強いから違うかな……」

なんだか嫌な予感がする。

「インディゴライト、これにしよう。これが一番夏空に近い」

こいつ色合いだけで決めやがった。

インディゴライトは希少価値の高い宝石だ。この場にある宝石のほとんどがそうだが、その中でもダイヤモンドと同等の価値を持つ。

「殿下、インディゴライトは確かにベルンシュタイン嬢の瞳に近い色をしていますが売り出すには希少価値が高すぎませんか」

「別に構わないだろう。特別感が増して民衆は喜ぶさ。どうせ僕がどれを選ぼうと、今年は青と黒の石が売れるよ」

気にすることはないとアルバートが笑う。マーヴィンは苦虫を噛み締めたような顔になった。

アルバートの言い分に間違いはないが、王室効果というものを利用して利益を出すことも考えて欲しい。インディゴライトは物によってはダイヤモンドと同等の価値になる。対に選ばれた宝石がブラックダイヤモンドなので対等といえば対等だが、どちらも滅多に手に入る宝石ではない。

(他の宝石なら、今からでも採掘量を調整出来るはずだ。結婚式後に出荷調整すればそれなりの利益になるはず……)

「それに、最後には僕のところに帰ってくる石だ。僕が気に入った石を選んで問題ないだろう」

婚約式の習わしは、結婚式での習わしだ。

婚約式で交換した宝石を加工して、結婚式で贈り合う。貴方の色を生涯纏いたいという願いから、結婚相手の色を取り入れた宝石を選ぶのが恒例だ。宝石を何に加工するかによって相手へのメッセージにもなる。

問題はない。問題はないのだが。

マーヴィンはアルバートが楽しそうに宝石を選ぶ心理がよくわからなかった。

(どうせ政略結婚なんだから、他の利益を考えて選べば良いのに)

マーヴィンは愛の奇跡を信じていない。

厳密に言えば、呪いを解いた真実の愛の存在は知っている。だが愛だの恋だのを信じていなかった。真実の愛があったとして、だからなんだ。偽りなく相手を愛している？　だからなんだ？

(愛されたら、愛さないといけないのか。違うだろう)

令嬢からの口付けで魅了の呪いが解けて、醜聞をなかったことにするためにも相手の令嬢と結ばれることになったアルバート。

チャンル学園で彼と三年間過ごしたマーヴィンだからわかる。今年入学した奇跡の乙女、イヴ・ベルンシュタインとアルバートには一切の関わりがない。

確かに護衛騎士の身内ではあるようだが、そんな人間たくさんいる。エディ・ベルンシュタインは別に特別な騎士ではない。護衛騎士が何人いると思っているのだ。

(接点も何もなく、遠目に見ていただけのアルバートを本気で愛したところでなんだ。アルバートが穏やかで人当たりの良い完璧な王子様だと思っているんだろう、どうせ。人間は虚像を本気で愛することが出来るんだ。真実の愛だからなんだ。そんなの、愛したからって相手を理解しているとは限らない。自分に都合のいい「王子様」に心底惚れているだけだ）

マーヴィンは真実の愛に否定的だった。

しかしこの結婚に反対しているわけではない。パフォーマンスとして必要なことだと考えたし、ベルンシュタイン伯爵家は本当に可もなく不可もなく毒にも薬にもならない相手だった。騎士団に影響力があるが、影響力を自覚している後ろ盾が表立って絡んでこないので何の問題もない。

真実の愛という謳い文句が影響する問題はあるが、結婚自体に文句はない。

ないが、アルバートの立ち振る舞いには文句がある。

円満な結婚であると周知するため、婚約者に対して必要以上に溺愛して見せているあの態度、あの態度がよろしくない。

（アルバートが魅了されていた時みたいにイヴ・ベルンシュタインを溺愛するから、俺もあの時のことを忘れられないだろうが）

あの、魅了の呪いをかけられた日々を。

マーヴィンが問題の少女……ロレッタと遭遇したのは学園の図書室。入学してすぐ勉強に付いていけなくて頭を抱えているロレッタを見つけた。

男爵の後ろ盾を得た平民がチャンル学園に入学した話は聞いていたし、貴族として、最高学年として手助けしなくてはいけないと思っていたから目に付いたのだろう。それくらいロレッタは見るからに困っていた。お手本のように頭を抱えていた。

貴族としての使命感から勉強を見てやったのが全ての始まりだ。

声をかけられたロレッタは飛び上がって驚いたが、割とすぐ泣きついてきた。何もかもがわかりませんと泣きつかれ、呆れながらその日の課題を手伝った。課題が終わったロレッタは信じられないとノートを掲げ、満面の笑みでマーヴィンを見た。

「マーヴィンさんって本当に頭良いんですね。あ、ならお野菜を効率よく売るために何が必要かわかりますか!?」

「どう繋がったんだ」

とんでもない話題のジャンプ力に、男爵は一体彼女の何が琴線に触れて援助しているのかわからなくなる。マーヴィンから見て学力は底辺だし、特出した才能も感じられない。どこからどう見ても平民の娘だ。

まあほぼ初対面だし、そのうち見えてくるものもあるだろう。

「正解は、売り子が可愛ければたくさん売れます！　そう、わたしみたいに！」

何もないかもしれない。ただの馬鹿だ。

「そんなわけないだろ。地道に客との間に信頼を築いて品質を保てば売れる。老舗《しにせ》の店ならなおさらな」

「うわ、一般論が突き刺さる……でもでも新規のお客様を取り込むために可愛い売り子で対応するのも間違ってないですよね!?」

「八百屋がどの層を狙った対応をしているんだ……」

「わたしは世界一の八百屋になりたい！」

「馬鹿なんだな」

「酷い！」

「ロレッタさん、図書室では静かに」

「ひっ、すみませんすみませんほわっ！　あわわわわ……！」

大袈裟にショックを受けたような動作をして、図書室の司書に怒られる。慌てて立ち上がって頭を下げ、腰がテーブルにぶつかり衝撃で文房具が落下し、さらに慌てた。

とんでもなく落ち着きがない。

司書の目が厳しくて、呆れたマーヴィンが一緒にペンを拾い集めた。やけにペンが多いな。どれも趣味がバラバラで、おそらく貰い物だろう。男爵あたりが買い与えたのだろうか。

「ありがとうございます……！」

「わかったから声を落とせ。あと持ち歩くペンは三本までにしろ。また落として使えなくなったらどうする。派手なペンはつい目が行って集中力が続かないからこの三本がお勧めだ」

「いい人だ……ぜひうちに来てください。お野菜お安くしておきます」

「いや、君の店に買いに行かない」

「なぜ……？　わたしの可愛さが足りないからですか？」

「そもそも食材は使用人が購入するもので、貴族自ら買いに行くことはほぼない」

「盲点……！」

学園に通うくせに八百屋のことばかり考えるよくわからない少女。それがロレッタ・アップルトンだった。

男爵から後ろ盾を得て学園に来たのなら、それ相応の結果を出すことを求められているというのに八百屋になれる気でいる。もしかしなくてもよくわかっていないのではと心配になったが、図書室で会うロレッタはいつも笑顔だった。

「困りましたマーヴィンさん！　勉強全然わからないんですけど！　かろうじて計算が出来るくらいですよー！　売り上げ計算していたのでそこは自信あります！」

笑顔だった。

「マーヴィンさんに教えてもらった本読んだら歴史わかりました！　でも偉人の名前が覚えらんないです！　何で偉い人って同じ名前を付けちゃうんですか!?　二号店の発想ですか!?」

笑顔だった。

「お茶請け美味しいー！　野菜のお菓子だぁ！　え、調べてくれたんですかマーヴィンさん！　野菜の可能性を調べてくれたんですか！　わあ！　ありがとうございます！」

笑顔だった。

「いやいやいやいやいやいらんですよそれいらんですよ！　なんですかそのキラキラしたの！　宝石!?　宝石だ初めて見た!!　怖い怖い宝石怖いお菓子の方が良いです！　こないだのカボチャのパイを所望します!!　……お気持ちだけ受け取ります、ありがとうございますマーヴィンさん！」

笑顔だった。

「う、うわあ殿下だ殿下だ凄い綺麗、わあ！　わあ！　……ワタシハナシカケラレテル……!?」

笑顔、だった。

いつからだろう。図書室で本を読むより、頭を悩ませる彼女と会話を楽しみだしたのは。

いつからだろう。図書室だけでは我慢出来ず、校舎でロレッタを探すようになったのは。

いつからだろう。彼女が喜ぶことをしてあげたいと思うようになったのは。

いつからだろう。質素な格好ばかりの彼女を着飾らせたいと思ったのは。

いつからだろう。彼女の視線がアルバートに向かうのを面白くないと思い始めたのは。

いつから、いつから、いつから——……。

(いつから俺は、あの笑顔さえあれば良いなんて腑《ふ》抜《ぬ》けたことを思い始めていたんだ)

ある日急に、波が引いたようにマーヴィンは正気に返った。

それはアルバートが愛の奇跡を得た瞬間だったと後から知ったが、その時は現実に引き戻された感覚に血の気が引いた。

自分が自分でなかったような感覚。ぐるぐる渦巻く記憶と感情。今までの自分の言動。現実味のない浮ついた願望。簡単に思い描ける、たった一人の笑顔。

『マーヴィンさん！』

(あの笑顔が見たいと、俺は、なぜ)

恋をした？　愛しかった？　そんなはずがない。そんなはずはない。たとえそうだったとしてもなぜこんなことが出来た。なぜ、積み上げてきた信頼を壊すような真似が出来たんだ。

どれだけ苦労して、ここまで上り詰めたと思っている。

マーヴィン・ドーソンは男爵家出身の貴族だ。

裕福なわけではなかったがチャンル学園に入学し卒業するだけの蓄えはあったし、長男ではなかったので家を継がず職業を選択する自由もあった。

マーヴィンは文官を目指し、学園では学生の本分とばかりに学業に励んだ。黙々と学ぶ根気のいる作業は苦ではなかったし、学びを得るのは楽しかった。マーヴィンは嬉々として学んでいた。

何度目かのテストで、アルバート殿下と名前を並べるまでは。

(同点……だと……?)

マーヴィンもアルバートも、一位ではなかった。彼らの上にはまだ優秀な生徒がいたし、マーヴィン自身も学びが足りないと感じていた。それはいい。それはいいのだが。

(同点って、殿下に勝つより目立つ……!)

十位以内を行ったり来たりしているアルバートなので、その上にいるより同点だと表示される方が注目されて居心地が悪かった。

何より、同点になったことでアルバートの目に留まることになった。図書室で勉強するマーヴィンに、アルバートが話しかけるようになったのだ。

同学年のアルバートは穏やかな少年で、文武両道のなんでも出来るまさしく王子様だった。成績が十位以内なのだって公務があるから学園を休みがちなだけで、公務がなければ一位だって目じゃないと言われている。実際のところどうなのか興味はないが、笑顔が穏やかな人当たりのいい王子様くらいの認識しかない。

そんな穏やかな王子様が、穏やかなだけではないとわかったのは個人的に会話をした何度目のことだったか。

「マーヴィンは僕の宰相にしよう」

世間話のような気軽さで言われた言葉に、マーヴィンは淀みなく動かしていたペンを止めた。顔を上げないまま視線を上げれば、対面に座ったアルバートが頬杖を突いたまま空を見上げている。彼はマーヴィンを見ていない。

独り言として無視するのは簡単だが、無視した結果与《あずか》り知れぬところで話が進むと厄介だ。マーヴィンは声を潜めて言葉を返す。

「普通そこはお伺いを立てるところじゃないか？」

「それもそうだね。じゃあ伯爵と侯爵どっちが良い？」

「違う、選択肢を与えるところが違う。そうじゃない」

「男爵のままでも良いよ。もしかしたら君は、その方が燃える質《たち》かもしれないし」

頬杖を突きながら話すアルバートは変わらぬ笑顔だ。遠目に見れば、マーヴィンの養子先を勝手に決めようとしているなど思わないだろう。

マーヴィンは握ったペンを置いて、ゴクリと喉を鳴らした。

「……本気で言っているなら、俺は男爵のままが良い」

「家族が大事？」

「大事だが離れたくないとかそういうわけじゃなく……低い爵位のままの方が、聞こえてくる声がわかりやすい」

爵位が上がれば煩わしくないが、煩わしい声が聞こえている方がわかりやすい。

侮られている方が、相手の足元が見えやすい。相手が油断して、口が軽くなる方が動きやすい。

「その代わり、男爵で対処出来ないことはガンガン利用するからな」

「そうだね、ぜひそうしてくれ。君自ら誘蛾灯《ゆうがとう》になると言うなら僕も最善を尽くそう」

「言ってない。言ってないぞそんなこと」

マーヴィンの否定をにこりと微笑むだけで黙殺するアルバートに、穏やかで人当たりが良いから何だと彼の評価に悪態をついた。

穏やかで人当たりがいいからって、善人であるとは限らない。簡単に言えばアルバートはとてもいい性格をしていた。笑顔で悟られぬうちに外堀を埋めて相手の反抗心を折るタイプ。

マーヴィンに将来の話をした時も、すでにマーヴィンが彼の側近になること自体が決まっていた。出世することに不満はないが、アルバートの手の平の上と思うと普通に苛《いら》つく。

それから三年間、マーヴィンは学業以外にも多くを学んだ。他の側近候補とも顔を合わせ、アルバートの執務を手伝った。大人たちと顔を合わせ、少しずつ信頼関係を築いていく。卒業前に文官の試験を受けて、マーヴィンは本格的にアルバートの執務に携わっていた。

煩わしい声は多かったが、結果を出して跳ね除けた。爵位的に不利な時、アルバートはマーヴィンを見捨てるような真似はしなかった。彼の庇護下にあると自覚したからこそ、マーヴィンは彼に全力で応えようと邁進《まいしん》していた。

それなのに。

『マーヴィンさん！』

花咲く笑顔を愛しいと思った瞬間に、マーヴィンの中で優先順位が狂った。

愛とか恋とか、そんな不確かなもののせいでコツコツと積み上げた実績が瓦解《がかい》した。しかもその感情は、魅了の呪いによる偽物だという。

（ふざけるなよ……！）

愛とか恋とか、そんなものは幻想だ。そんな不確かなものに踊らされるなど許されない。魅了なんて馬鹿みたいな呪いにかかったなんて。

『マーヴィンさん！』

あの笑顔をまだ愛しいと思うなんて、そんなのは間違っている。

「マーヴィン」

呼びかけに現実へと引き戻された。

気付けば他の宝石は片づけられ、アルバートが選んだインディゴライトも書類を残して移動していた。無意識のうちに購入手続きを終えている。改めて書類を見直して、不備がないか確認するが問題なかった。

「君が心ここにあらずなのは珍しいね。さすがのマーヴィンも疲労が溜まっているかな」

「いえ、問題ありません」

「無理せず休むといい。僕も少し出てくるから」

「……婚約者のところですか……」

そういえばそろそろいつものダンスレッスンの時間だ。アルバートはいそいそと書類を整理し、退出の準備を整えていた。

(毎日会えないかもしれないなんて言いながら、毎日必ず顔を出しているマメな男を演じてご苦労なことだ)

マーヴィンとしてはその演技、仕事が一向に減らないので三日に一度くらいに調整して欲しいところだが、小言を言いづらいくらい昼間は完璧に書類を捌く。書類を一瞥《いちべつ》してすぐ必要部署に回すし、やり直しの返却書類だって必ず修正点を注意書きしてから返却する。どこが駄目なのかわかりやすく指摘してくれるからやり直しだと言われても不満が少ない。

「では少し抜けるね。君も少し休むといい」

「いえ、殿下が戻った時に処理して欲しい山を作っておきます」

「山にしなくて良いんだよ？」

山にしたくてしているわけではない。山になるから仕方がないのだ。

返事をしないマーヴィンに嘆息してからアルバートが部屋を出る。

それを見送り、扉が閉まったのを確認してから机の引き出しを引いた。桃色の封筒が顔を出す。見るからに女性が選んだ封筒。しかし色合いに反して飾り気のない手紙。マーヴィンは無言で手紙を持ち上げて、ひっくり返す。封筒には拙い文字で送り主の名前が書かれていた。

それはロレッタ・アップルトンから送られてきた謝罪の手紙だった。

この手紙が送られてきたのは、マーヴィンだけではない。シオドアにも、レイモンドにも送られてきた。魅了の呪いにかかったとされる令息には全てに送られたことだろう。

ロレッタは呪いをかけた魔女として、研究所で厳重に管理されている。呪いが解けた後、直接顔を合わせたのはアルバートだけで他の令息たちは顔を合わせていない。

それは被害者《アルバート》と顔を合わせたロレッタが興奮状態に陥ったのと、令息たちが魅了されている間にとった行動からロレッタに害をなす可能性を考慮した結果だった。

魅了の呪いをかけられている間、意図せず婚約者を疎かにした者。学業を疎かにした者。果たすべき責任を疎かにした者が多く、呪いをかけたロレッタに対して思うところがある者が多い。

呪いが解けて正気に返ったところで、過去の行動がなくなるわけではないのだ。

アルバートはロレッタに対して何も感じていない様子だが、マーヴィンは違った。とてもじゃないが顔を合わせるなど出来ない。マーヴィンだけでなく一定数の令息たちはそうだろう。ロレッタに会わせて欲しいと令息たちが言い出さないのはその証明だ。

ロレッタもそれをわかっているので、研究所から出るような真似はしていない。しかしどうしても謝罪しなければと、手紙という形で一人一人に謝罪文を送っていた。

それを読んで許すか、読まず破り捨てるか、読んでも許さないかは受け取った側に託された。

(自己満足だな)

シオドアは時間をかけて読み、レイモンドは破り捨てたと聞く。マーヴィンはまだ封を開けることもしていない。

……ロレッタと呪われていた令息たちが顔を合わせない理由は、実はもう一つある。

ロレッタが行った呪いは前代未聞のおまじないが変質したもので、国が管理している魅了の呪いと効果が異なる。呪いが解けても問題なく生活出来るか不明で、後遺症が残っている可能性もあり、何が起こるかわからないという理由で顔合わせが制限されていた。

桃色の封筒を眺めながら、マーヴィンは苦い顔になる。

(俺のこれは、後遺症か)

憤りを覚えるのに、破り捨ててしまいたいのに、存在を認めたくないのに捨てられない。

あの頃のマーヴィンは彼女に惹かれていることを自覚し、認識し、行動していた。自分の行動理由をわかったうえで優先順位を歪ませていた。

今となってはなぜそうしたのかわからないが、コツコツ積み上げた実績よりも彼女の笑顔に比重を置いていた。それが偽りだったと理解しても、心と体が行動を覚えている。

……彼女を愛しいと感じた記憶が残っている。

植え付けられた歪みが消えても、記憶はしっかり残っていた。

(忌々しい。鬱陶《うっとう》しい。こんなものに煩わされるわけにいかない)

仕事に没頭して忘れようと藻掻《もが》いても、頭の片隅にこびりつく記憶に胸の一部が燻り続けている。いつだって閃《ひらめ》くように少女の笑顔がマーヴィンの脳裏を過るのだ。

（絶対、殿下のせいだ）

魅了されていた頃のように婚約者を溺愛するから、あの態度からどうしても過去を思い出す。腑抜けているわけではないが、殿下の態度が悪い。絶対そうだ。

休憩時間を少しでも超えたらネチネチ注意してやると決めた時、執務室の扉が開いた。慌てて手紙を戻し、引き出しを閉じる。

「おや、人がいましたか」

「宰相閣下」

入室したのは宰相だった。若者たちが魅了の呪いで役に立たない間、寝る間を惜しんで働き続けた功労者だ。娘のマデリンが彼の言葉から爆走して呪いが解けたので、別の意味でも功労者と言える。娘の行動には頭を抱えていたが、この親子の行動が無ければ呪いはまだ解けていなかったかもしれない。

……その代償が頭皮に現れ、頭頂部だけが綺麗に丸刈りになり……そっと鬘で隠している。周囲は事実から目を逸らした。

その宰相が、書類の束を抱えて執務室へとやって来た。

「休憩時間なので誰もいないと思い無作法でしたな。ノックもせず申し訳ない」

「お気になさらず。追加ですか？」

「ええ、こちらに置きますね」

早速殿下の机に小さな書類の山が出来る。マーヴィンが何もしなくてもこうして山は築かれるのだ。

「しかし殿下も熱烈ですね。婚約者殿の瞳の色を求めて、あれだけの青玉を集めるとは」

「忙しいのだから一番高価な青玉で妥協して婚約者を言いくるめれば良いのに、凝り性なことです。たった一つを求めて商会を呼びつけまくって……担当者に任せておけば良かったのに」

女性が必ず宝石で喜ぶわけではないと学んだマーヴィンだが、アルバートの婚約者は伯爵令嬢だ。八百屋より宝石に触れてきただろうから、大きな宝石を出せばそれだけで喜ぶだろうと思っていた。

マーヴィンは忙しいのに仕事を増やすアルバートに呆れていたが、宰相は瞬きながらマーヴィンを見ている。

「……もしやドーソン殿は殿下の行いを演技だと思っているのですか」

「……？　ええ、宰相閣下は違うのですか」

「良い機会です。心してお聞きなさい」

戸惑うマーヴィンに、宰相閣下は真面目な顔で、いつもより低い声で言った。

「殿下のアレは、引くほどガチです」

宰相閣下の口からガチとか出てくるとは思わなかった。思わず耳を疑う。

「殿下は王妃様の性質をしっかり受け継いでおられる。欲しいものは周囲に根回しして必ず手に入れる執念。何なら相手が自ら選んだのだと錯覚させる策略。今回は計画したことではないでしょうが、本当に心を寄せていないのなら醜聞だって時間をかけて払拭し、政治的に適した女性を王妃に据えたことでしょう」

「それは……だからこそ今、ベルンシュタイン嬢が選ばれたのでは」

「冷静になってお考えなさい。愛の奇跡で政治は動きません。動いたとしても一時的なものです。そんなものに我々は一々付き合っていられますか？」

それはそう。付き合い切れない。

市民が熱狂している今だから有効なのであって、十年も経てば昔話にしかならない。たとえ仲睦まじい両陛下として君臨していても、仲睦まじさで政治が動くわけではない。

その点、例えばマデリンが王妃になったとすれば宰相という政治的後ろ盾が付いてくる。その後ろ盾は施策を通す際に役立つだろう。そのための婚約者候補だったはずなのだ。

それがわからないアルバートではないはずだ。

ならば今、アルバートがしていることは。

……醜聞を払拭するために奇跡の乙女を籠絡《ろうらく》しているのではなく、本人が奇跡の乙女に惚れ込んでいるから反論が出にくい今を逃さぬよう囲い込んでいる……？

囲い込み《やっていること》に変わりないはずなのに、行動理由が変わるだけで危険人物度が上がる。国のためか個人のためかの違いしかないが、かなり違う。

「……王妃様はその手腕で陛下に違和感なく近付き、仲を深め、翻弄し、愛の告白のタイミングまで計画し、ここまで成し遂げられました。殿下は間違いなく、王妃様似です」

生まれながらの危険人物かもしれない。

（いや、そんな馬鹿な。複数存在する婚約者候補を眺めながらどれが一番旬かななどと失礼な物言いをしていた男がまさか……）

しかし宰相の目はマジだった。ちょっと怯えが滲んでいるあたりがマジ。

「……殿下は以前、王妃に求めるのは愛より実益だとおっしゃっていましたが……」

「……愛とは、かくも人を変えるものなのです……」

こっわ。

マーヴィンは自分が魅了されている間の思考回路が理解出来ないだけに、アルバートの行動にドン引きした。

「おそらくこの勢いで確実に手に入れるつもりでしょう。ドーソン殿、殿下の想いを否定してはなりません。否定せず上手く操縦するのです。そう、婚約者殿を餌にして」

「陛下は……」

「王妃様に訴えた方が陛下は良い働きをするので……」

この国の支配者、王妃なのか。知りたくないことを知ってしまった。

宰相はくれぐれも上手くやるようにとマーヴィンに言い募り部屋を出た。残されたマーヴィンは呆然と、閉じられた扉を凝視するしかない。

愛とか恋とか、そんなものは幻想だ。この考えを変える気はない。マーヴィンは幻想に執着し傾倒する奴らが理解出来ない。

アルバートの態度は演技だと思っていたのに本気らしい。婚約者に執着するアルバートがあっという間に未知の生き物に成り果てた。元々理解出来ない部分が多かったが、さらに訳のわからない男になってしまった。

大体、アルバートと伯爵令嬢の間に接点はないはずだ。本当にない。マーヴィンが把握していない交流があったとしても顔見知り程度だ。

それなのに、呪いが解けるくらいお互い熱烈に愛し合うとはどういうことだ。

恋とは、愛とは、そんな瞬間的に爆発し燃え上がり周囲を巻き込み炎上するものなのか。

なんだそれ災害か？　恐怖しか覚えない。

（……殿下のアレを恋だの愛だのというなら、俺のはやっぱり恋じゃないな）

柔らかい部分に居座る感情。マーヴィンのそれはそこまで粘着していないし、何なら憎たらしいと思っている度合いの方が強い。

（そうだ、俺は恋などしていない）

恋など幻想だ。そんなものに夢など見ない。マーヴィンが見る夢は、この国の未来だけで良い。

（俺は、腑抜けている暇なんかないんだ）

とにかくこの婚約式は成功させなければならない。本気か演技かどうかは、マーヴィンが気にする必要はない。二人でどうにかしてくれ。

だけどしばらく、アルバートをまともに見られそうになかった。

第五章　事故か故意か恋なのか

「婚約式は護衛から外れる」

「しょんな!?」

　この世の終わりと言わんばかりの顔で兄を見上げる妹。慣れた重さを膝に感じながら、ふらりと倒れそうになる妹の肩を抱いた。とたんにふにゃふにゃ幸せそうに胸元に頬ずりするのだから、この妹は大変チョロイ。愛玩動物よりチョロイ。

　ついつい指先で喉元を擽ればくふくふと機嫌よく笑う。しかしすぐにはっ、と理性を取り戻した。

　脳内がどうなっているのか知らないが、この妹は情緒の振り幅が大きい。溶けていてもすぐ理性を取り戻すし、真面目に会話していたはずなのにすぐ爆発する。

「な、なぜです？　婚約式ほど【囮《おとり》ですよ狙ってください】という日はないでしょう？」

「何を釣り上げる気だ」

「私を呪っている誰かは釣れそうだなって……」

釣れるだろうな。

今、妹は呪われている。

出歩けば、妹の足元には転べと言わんばかりに障害物が現れる。ぬかるみや水たまりも現れる。妹はそれら全てを踊るように避けるが温室育ちの王宮勤めはそうもいかず、相変わらず妹ではなく周囲の足元が危険地帯となっていた。

観察するに、妹が転べば二次被害の奴らほどの事故は起きないだろう。身体能力の差でカバーが可能だ。むしろ周囲のためにも引っかかっておくべきだ。妹には引っかかったとしても体勢を整えて何事もなく歩けるだけの体幹がある。

引っかかっても痛くも痒くもないのだから、周囲のためにブービートラップは踏んでおいた方がいい。その方がいいとは思うエディだが、雇い主である殿下的に却下らしくいまだ口に出してはいない。

殿下は我が妹……イヴが呪いを躱す度に、周囲から尊敬のまなざしを受けることに気付いている。当然か。

魅了の呪いを解いただけでなく、たとえ呪われても呪いに屈しない姿に。呪いというものが未知であるからこそ「さすがは解呪の聖女様、奇跡の乙女」とイヴを祭り上げる者が出ているほどだ。

ちなみにイヴは一切気付いていない。王宮に上がった時から拝まれているので、まさか呪われることで信仰が上がっているとは思ってもいない。普通は呪われたら下がる。上がらない。

世間はそれだけ、真実の愛で呪いを解いたイヴを好意的に見ている。

存在そのものが奇跡だからだ。

エディには呪いの様子はわからないが、よくもまぁ魅了の呪いを解いたと有名な女に呪いをかけ続ける度胸があるなと感心している。

「もちろん、俺以外の護衛は付く。むしろいつも以上に護衛が付く」

「なぜそこにお兄さまが含まれないのです……！　たくさんの人に守られるのはわかりますがなぜ……なぜお兄さまが……お兄さまがいない……？　私の傍に護衛騎士の正式な礼服を着たお兄さまがいない……？　え、私は何を楽しみに婚約式を乗り切れば……？」

「殿下を見ろ」

一大イベントで婚約者でなく実兄を眺めるな。

「そもそもなぜ護衛から外れて……？　クビです？　あり得ませんが？」

「ベルンシュタインの伯爵代理として、婚約式に出席することになった」

「えっ」

「伯爵の父は婚約式が急すぎて出席出来ない。むしろ結婚式になんとしても出席するため仕事を圧している」

「みっ」

イヴは不思議な鳴き声を上げて顔を真っ赤に染めて黙り込んだ。相変わらず、直接的な言葉に弱い。結婚というワードも照れ要素なのか。

この婚約式が急だったこともあり、ベルンシュタイン同様伯爵代理で出席する者も多い。突発的なイベントに間に合わせてこそ一流だが、ベルンシュタインはそこまで器用じゃない。

だからこそ、結婚式に余裕を持って出席するため泣きながら仕事をしている。

ちなみに祖父は影響力が強いのでこっそり様子を窺っている。前面に出てくれれば後ろ盾としては強いのだが、その後ろ盾で婚姻を決めて欲しくないのだ。

何せベルンシュタイン伯爵家の愛娘《まなむすめ》、イヴの将来がかかっている。

正直、イヴは王妃の器ではない。これはエディだけでなく、一族としての総意だ。

イヴの気質は騎士を輩出するベルンシュタイン。戦時中ならばその肝の太さが活かされたかもしれないが、今は王家が武力を前面に出す時ではない。戦乱の激動が終わり、平和を継続するために国内の結び付きを強める時期だ。

しかしそんなイヴが今、奇跡の乙女として注目を浴びている。

ベルンシュタイン伯爵家のじゃじゃ馬姫ではなく、愛する人の呪いを解いた奇跡の乙女として、民衆から圧倒的な支持を得てしまった。

やだ我が家のお姫様が御姫様《王妃様》になっちゃう……！　父はあまりの衝撃に膝から崩れ落ちた。

祖父は軟弱者と怒鳴りながら、騒がしくなった周囲を牽制するため重い腰を上げた。しかしながら盛大に迷っていた。

王家が、そのままイヴをアルバート殿下の婚約者として、将来の王妃として取り込もうとしていたからだ。

本来ならここでイヴのためにも、情報操作をして時間を稼ぐべきだ。突然のことに仔猫のように飛び上がって驚いているのは想像に難くない。孫娘のため、愛娘のため、民衆の勢いに流されてはならない……ならないが、伯爵家は手が出せない。なぜなら相手が王家。ベルンシュタインは王家に忠誠と守護を誓った一族である。

しかし向いていない娘が王妃に選ばれても悲劇が起こるだけ。王家のため、我が家のお姫様《イヴ》のために動くべき……なのだが、そのお姫様《イヴ》のためにも動けなかった。

イヴが、殿下の呪いを、解いたということは。

イヴが、殿下を、愛しているということだ。

つまりこの婚姻は――誰にも邪魔されずスムーズにイヴが想い人と結ばれる最良の流れだった。

殿下がイヴに懸想しているだけなら向いていないと全力で邪魔したのに！　イヴが殿下を愛しているなら応援することしか出来ない……!!

父はレースのハンカチを噛み千切った。そんな父に祖父は物を大切にしろと言って鳩尾《みぞおち》を殴った。

ただイヴが殿下に懸想しているだけならば、王妃としての覚悟や不足を補うための教育や婚約者候補に連ねるためコネを有効利用するのは吝《やぶさ》かではない。もちろん淡い恋心を蹂躙《じゅうりん》するつもりで王族の一員になる責任や上に立つ者の心構えを厳しめに教育するつもりだ。ぜひ諦めてくれと言外で叫びながら教育する。そんな立場的に遠くへ嫁がないでくれ。適度に良い男を見繕うからそんな茨の道はやめてくれ。男親は娘の色恋に心臓を痛めている。ヤベェ臓器を痛めている。

しかし今回はそんな単純な、伯爵家の内部だけでどうにか出来る話ではない……王家は殿下の呪いを解いた乙女《イヴ》を、殿下の醜聞《魅了の呪い》を吹き飛ばすことの出来る婚約者《イヴ》を、必ず逃がさないだろう。

そしてそれが、愛娘《イヴ》の恋心を叶える結果となる。

どうしろっていうの〜っ!!　と父は泣き叫んだ。祖父は腹を括らんか軟弱者っ!!　と叱責を飛ばしたが涙目だった。

ベルンシュタインに出来るのは、全力で末っ子《イヴ》の味方となり支え続けることだけだ。

それが、ベルンシュタイン家の総意。王妃として未熟な娘とわかっているからこそ、王族として潰れないよう支える。それがイヴと王家を守ることになる。

エディがイヴの護衛に横流しされたのは、アルバート殿下一人の思惑以外にも祖父が睨みを利かせた結果だ。

民衆からのイメージである「奇跡の乙女」を「黒の悪夢の孫娘」に塗り替えぬよう、近付けぬ祖父が実兄であるエディをイヴの傍に置くよう嘆願《恫喝》したのだ。

しょんぼり気味だった妹がそれだけでハラショーと叫び踊るのだから、祖父も妹をよくわかっている。否、兄妹が一緒にいるところを見たことがある人間には、非常にわかりやすい妹だった。

そんなわけで、ベルンシュタイン家は沈黙しているが、放置したわけではない。

派手に動けぬ祖父の代わりに、不器用な父の代わりに、次期伯爵であるエディが伯爵代理として婚約式に出席する。その結果、殿下の婚約者の護衛の任から一時的に外れることとなる。

公式の場なので護衛は多いし、専属も必要ない。思惑あれど婚約者の実家が不参加ではいらぬ噂を呼ぶ。何より伯爵代理とはいえ次期伯爵。将来のために顔を売るにはもってこいの場だ。

言い聞かせれば事情を理解し、必要性もわかっているのだが、妹の落胆は深い。

結婚というワードで盛大に照れた後、何やら青くなったり白くなったり赤くなったり表情をくるくる変えている。令嬢として落第もいいところだが兄の膝の上だからこその無防備さだ。

何より顔に全部出ているのに、感情の回転が速すぎて何を考えているのかさっぱりわからない。表情で心理を読ませないのは成功している。速すぎて読み切れないし跳躍力がありすぎて繋がりが読めない。

赤くなった後に泣きそうな顔をするが、すぐにはっと閃いたように目を見開いた。

「つまり騎士の礼服でなく、貴族としてのお兄さまを拝見出来る何気に希少価値の高い出来事ということ……？」

「殿下を見ろ」

実兄の服装より見るものがあるだろう。

エディの言葉にわたわたと慌てだす妹を見下ろすと、何度目になるかもわからぬ疑念が胸を過った。

（――――本当に、イヴはアルバート殿下を愛しているのか）

妹から一心に愛情突進《ラブアタック》を繰り返される実兄は、ずっと疑っていた。

何せ、エディの妹は、感情を隠さない。隠せないともいう。

さすがに社交の場では取り繕うが、好意を隠すのが下手くそだ。

少しでも好意を抱いた相手にひたすら好き大好き信頼していますいます尊敬していますす心許していますと言わんばかりの笑顔を見せる。一定の好意を超えると飼い主を見つけた仔犬に進化する。今のところ、そのラインは家族限定だが、友人を見つけた妹はぱっと笑顔になり足早に駆けていく。ちなみにエディを見つけると飛び跳ねて喜んで転がるように駆けてくる。間違いなく飼い犬の反応。

そんな妹が、好意がわかりやすい妹が、無自覚だったとはいえ、その恋心が誰にも気付かれないなんてあり得るのか？

少なくともエディは一切気付かなかった……自身が朴念仁である自覚があるので、単に気付かなかっただけかもしれない。しかし通りすがりの殿下を眺める妹の視線に、敬愛はあれどそれ以上の熱を見たことはなかった。多分。きっと。おそらく。なかったはずだ。

しかし、イヴからの口付けで呪いが解けたのも、事実。

呪う力がからっきしのイヴでも出来る、解呪法。

誰でも出来る代わりに、真実の愛がなければ効果はない。

どんな呪いでも、必ず解くことが出来る最大の魔法——真実の愛の口付け。

強大な呪いにお目にかかることは稀。呪われた相手に口付けることの出来る者も稀。そもそもそこに真実の愛があるかも稀——これぞ奇跡と、大衆が盛り上がるのはわかる。

わかるが、エディはどうも、イヴがアルバート殿下に真実の愛を抱いていることに違和感を持っていた。

(見極めなければ)

ただでさえ、呪いを解いた奇跡の乙女だとか聖女だとか持ち上げられているのだ。大衆が完全にお伽噺をめでたしめでたしで完結させようとしている。王子の呪いを解いたのだから二人は結ばれると本気で思っている。何なら隠れた恋人説も浮上している。むしろ最有力説だ。まさかほぼ顔も合わせたことのない男女だったとは思うまい。

王家としても、魅了されていたという醜聞を真実の愛の奇跡で塗り潰したい。伯爵家は愛娘の恋を叶えたい。

利害は一致して、誰も二人の婚姻を妨げる気はない。

勢いのまま二人は結ばれることだろう。

(本当にそれでいいのか)

エディは、イヴから大好き大好きと擦り寄られる飼い主だ。間違えた。実兄だ。

妹の幸せを願っている――だからこそ、ここで思考を止めてはならない。父や祖父より傍にいるからこそ、見極めねばならないと思った。

呪いというものが解明され切っていないからこそ……本当に、解呪は「真実の愛の口付け」だったのか。それ以外の理由はなかったのか。イヴが本当にアルバート殿下に惚れているのか。

専属護衛として、二人を観察し続けた。

観察し続け。

気付いた。

(……殿下からイヴへの愛が重い)

おかしい。

観察し続けてわかったのは、イヴにこれといった変化がなかったこと。

対して、護衛対象であったアルバート殿下が……魅了の効果が続行しているのではないか？　と疑われるほど、イヴに対して距離が近すぎる。殿下からしてみれば、イヴは一方的に愛を告げてきた相手でしかないはずなのに。

(なぜ)

殿下の護衛としてそれなりに殿下の活動範囲を知っているエディは、実妹の行動範囲も併せて理解しているので、殿下とイヴが顔を合わせるとしたらチャンル学園でしかあり得ないことを知っている。

そしてその学園で、全く接点がないことをイヴ本人から聞かされていた。

王族として殿下は目立つ。そんな殿下にイヴが想いを寄せるのは（しっくりこないが）まだわかる。

接点もないのに殿下がイヴを認識していたかは怪しい。護衛《エディ》の親族であると認識はあったかもしれないが、普通それだけだろう。同じ境遇の人間が多数いる中で、イヴ一人を特別視するのもおかしい。

接点などない、はずなのに。

解呪された瞬間が、はじめましてと言っても過言ではない二人なのに。

イヴがこっそり恋心を育んでいるのは（全然しっくりこないが）想像出来るのに。

解呪された瞬間から、殿下がイヴに熱愛《ぞっこん》状態だった。

（なぜ）

目を合わせた瞬間好きだと気付くにしても燃え上がりすぎている。気付いた瞬間には村一つ焼けている火力だ。さすがにおかしい。惚れっぽい御方でないことは知っている。むしろ理知的で冷静に物事を推し進める御方であった。

それなのにイヴに対しては常に攻め。反撃する隙を与えぬ怒涛の攻め。包囲網がおかしい。根回しが駆け足どころか軍隊の足並みだ。どういうことだ。そう、国軍レベル。

戸惑うイヴを宥めながら、エディは王家の策略を感じていた。

殿下が魅了の呪いにかけられている間に起こった不祥事……その醜聞を誤魔化すため、呪いを解いた奇跡の乙女と「愛ある婚姻を」果たしたと大衆に印象付けるための演出かと思った。そう、あの溺愛の全ては演技。

その場合イヴの恋は騙される《実る》が幸せな生活は約束出来ない。幸い殿下は鬼畜でないので、政略結婚でも伴侶は大事にするだろう。それでもイヴを騙し切れないようなら祖父に連絡して早急に雲隠れさせねばならない。

殿下の態度からその可能性を色濃く感じたエディは、やや尖った目で二人の様子を観察したのだが。

……多分、杞憂だったのだと、思う。

護衛のため、基本的にイヴのいる空間にエディもいる。さすがに殿下が来訪した時は壁際まで移動するが、退室はしない。そう、退室はしない。

なので、毎夜殿下からイヴへの愛情表現を視認することになる。

実妹と婚約者のいちゃつきを見せつけられる実兄とは。

妹がかなりな頻度で救いを求めるようこちらを見るのだが、妹はその度にこちらを見る殿下の顔を確認すべきだ。

(俺は対抗馬に成り得ませんので牽制は必要ないです、殿下)

夜色の瞳でじとっと牽制しなくても、割り込むような野暮なことはしない。何より、エディにとってイヴは実妹でしかないので安心して欲しい。確かに普段はべったりくっつくが、エディにとって妹は妹だ。

同僚にも道を逸れたりしないか心配されたが、昔からこの距離なだけで妹とはこういうものだと思っているだけだ。安心して欲しい。

何が言いたいかというと、その同僚と同じだ。殿下もエディが実兄として道を踏み外さないか確認している。嫉妬の対象として、エディを見ていた。

実兄に嫉妬する程度には、イヴを意識しているということだ。

……ここで実兄に嫉妬？　と思ってはいけない。兄妹の距離感ではないとエディは自覚している。自覚しているが、引き離すと妹が捨てられた仔犬のような目になるのでそっと懐に戻さざるを得ない。念のため言っておくと、妹も実兄へ恋愛感情はない。重度は違えど、家族に対して似たり寄ったりな対応だ。安心してくれ、家族愛しかない。

しかしそんな視線から、殿下の心情がわずかばかり察することが出来た。

戸惑うイヴと熱烈な殿下……どう見ても、感情の比重が、殿下の方が重く感じる。

どうやら醜聞の隠蔽以外にも、殿下がイヴを望む理由があるようだ。

……正直エディは、殿下が本気でイヴを想っているのかずっと疑っていた。周囲が微笑ましく思うほど想いを伝えている様子を見ても、イヴを繋ぎとめるための演技にしか思えなかった。イヴがエディに縋るのを見つめる嫉妬の滲んだ視線でようやく殿下の想いを信じる気になったくらいだ。

何せかつての殿下は、伴侶に適性のみを求めていたようだったから。

婚約者候補を絞らず、複数存在していたことから、殿下は本当に誰でもよかった。

その時に一番適した後ろ盾と、王妃としての心構えのある女性なら誰でもよかった。

次期国王として、国のために共に肩を並べて寄り添う……言ってしまえばビジネスパートナーを選んでいるようだった。選んだ伴侶を慈しむ人ではあるが、そこに熱は込めないだろうと思っていた。

勝手ながらそう思っていた護衛対象が、まさかのエディの庇護対象にあそこまで熱量を見せるとは思わなかった。

――愛情の演技がわからなくて、魅了されていた時の態度で接しているのでは？

そんな穿《うが》った見方をしてしまうくらいには、誰かを本気で愛する姿を想像出来なかった。

それもイヴに欠かさず愛を囁き、婚約式に向かって前向きに向かっている様子を見続ければ、杞憂だったと察することが出来た。というか前向きすぎて若干引く。

顔にも態度にも出さないが、エディは殿下の勢いに引いていた。妹のイヴだけが兄の様子にひっそり気付いてガッツリ悶えていた。引き気味のお兄さまも素敵です！

とにかく……妹の心情は不明だが、殿下は間違いなくイヴを好いている。

この婚姻は王家としての事情はもちろんあるだろうが、それ以外にも理由があるならば、エディは見守ることを選択する。

イヴの情緒は相変わらず大暴走しているが、あの子も女性だ。殿下のような男に口説かれ続けて嫌悪を覚えないならすぐ陥落するだろう。大丈夫だ。なぜそうなったかわからないが、そこに愛はある。互いに愛があって周囲が認めているのだから、きっと上手くいくだろう。そもそも愛があるからこそ呪いが解けたのだし。

一体いつからイヴの中で育っていたのか、今でもわからないが……。

わからないからこそ、エディは愛を信じられない。信じられないからこそ殿下を疑った。

その熱量を信じることにしたけれど、それが正しいのかは時間が経たないとわからない。

（……そう、婚姻後どうなるかもわからない。幸い父は健勝だ……しばらくは俺が見守ろう）

幸い護衛はまだ続く。すぐ傍で見張らせてもらうこととしよう。

顔色を万華鏡のように変える妹を膝に乗せながら、対照的に動かぬ表情の下でそう結論付ける。

その間も片手は妹を宥めるため、柔らかく背中を撫で続けていた。

そんな二人の様子は、どの角度から見ても兄妹には一切見えない。飼い犬を愛でる飼い主にも似ているが二人とも人間なので、どう見ても衆目を気にしないはっちゃけた男女にしか見えなかった。

部屋の隅で控える侍女は、妹も過激なブラコンだが兄もなかなかのものだと心中で嘆息する。

エディ・ベルンシュタイン。

妹からの愛を受け止め続ける彼が、まともな兄であるわけがなく――。

彼は静かに深く、重厚感ある後方彼氏面を貫くタイプのシスコンだった。

…………✦♡✦♡✦♡✦…………

婚約式当日。

お兄さまがいません。

お兄さまがいません……！

婚約式という目出度い佳き日にお兄さまがいません……！

おはようからお休みまで傍にいたお兄さまのいない一日なんて……！

誇張しました。ごめんなさい。

ですがそれくらいの頻度で一緒だったお兄さまがいないので、私の気分は深海より底に沈んでいます。冷え切ってしまう。いえ、惑星の中心で身を焦がすと言った方がいいでしょうか。寂しさて身を焦がすかもしれません。

なんて阿呆なことを考えている私、実は現実逃避中です。

――現在私は、今まで縁のなかった豪奢なドレスを身に纏っています。

それは稽古だ訓練だ修行だと駆け回る私とは縁のない絹。絹だ絹。豆腐のように真っ白な絹。いえそれは絹違い。

背中の編み込みできゅっと絞られたウエストからふわりと広がるスカートは紫と白。丸い肩から下、二の腕と胸元を覆うのは絶妙な肌の透け感を演出する白いレース。胸元には紫と白の造花が飾られ、晒された華奢な肩と鎖骨の彫りの深さを強調している。この、身体を覆う布の大半が絹。肌を撫でる上質な布の感触に一歩も動けません。助けてお兄さま！　アッこれなんか久しぶりな気がします！

普段耳の下で二つ結びにしている青みのかかった黒髪は紫の花飾りで複雑に結い上げられている。ぎっちぎちです。ちょっと痛いし頭が重い。計算されて零れ落ちた後れ毛がくすぐったい。胸元が造花で豪華なので、大きなサファイアが一つだけ縫われたチョーカーを装備。間違えました装着。あれこれも違う？　とにかくこれを身に着けて。

紫と白の胡蝶蘭を模した淑女の出来上がり。

以上を着るのに朝から準備に追われました！　着る前の作業が多すぎる！　お風呂とかマッサージとかオイルとか諸々！　お化粧とかね！　命かかってるのかかってくらい鬼気迫るものを感じます！　あーっ侍女さんたち的には命かかってる！　お仕事でしたすみません！

お花……お花を模したドレスとか着たことはありますけど、胡蝶蘭……豪奢……はわわ、お胸の造花が造花じゃない。生きている。生きてないけど生きています。近くで見ても生きているから遠くから見ても生きている。造花とは？

ちなみに胡蝶蘭とはよそのお国のお花です。我が国では気候が合わず育てるのに厳しいお花さん。ですが他国で幸福を招く花として有名で、祭事には他国から取り寄せて飾ることが多いです。

今回、生花はさすがに間に合わず造花で対処することに。結婚式には間に合うよう手配しているそうです。やっぱり三か月とか怒涛の勢い！　お手紙書くことから始めるんですからそりゃ間に合いませんって量もあるんだから！　花の時期とかも考えて予定を立てないといけないのに！

もう本日婚約式ですよわーぁん！

凄い勢いで間に合わせたドレス。とても素敵ですが、素敵すぎて着られている感が半端ないですお兄さま……。

でもってこちら婚約式用のドレス。婚約披露宴ではまた違うドレスになります。

変える意味とは……いえ淑女なのでわかります。ちゃんとわかっています。普段着のドレスと夜会用のドレスが違うように、夜会用でもその趣旨に合わせたドレスがあることだってわかっています。

でも着替えるだけですよね？　さっきやった行程をもう一回とかないですよね？　ないよね？

侍女さん微笑むだけですかお返事ください知っているけど予定知っているけれども！　ちゃんと把握しています一日の予定！　省略されるけどもう一回なんですよねーデスヨネー！

幸いなのは、婚約披露宴はダンスパーティーに近いので動きやすいドレスだってことくらい。現在着用しているドレスは裾が長すぎて踊れません！　ゆったりスローテンポならワンチャンですが私の得意とするキレッキレダンスは無理です！

……なんかダンス講師が感動して私と殿下のファーストダンスは普段よりアップテンポなモノになるそうです。いいの……？　むしろ殿下が心配ですが……？

「イヴ」

おっぎゃ。

遠い目をしていたらいつの間にか殿下がいらっしゃいました！　心臓が飛び出るかと思いましたね目玉から！　不思議な現象ですがそれくらいの衝撃！

本日の殿下は、艶やかな金髪を後ろに撫でつけているのでいつもより御尊顔がよく見える。キラキラした夜色の瞳が今日も眩しいです。殿下も特別仕様……というか公式な礼服に身を包んでいらっしゃる。

基調は紺。紺色のダブルブレストのジャケットは金の縁取りがされており、太めの黒いベルトがほっそりとしたウエストを締めています。腰細いですね殿下！　ジャケットの下から伸びるパンツを臑《すね》まで覆う黒い編み上げブーツまでがスタイリッシュです！

さすが、高貴であり上品に仕上げられている。でも何より注目すべきは、その襟元。

金の縁取りをされた大きな下襟と立ち気味の上襟には宝石のようなボタンが飾られていて、その数が多いほど身分が高い表れとなる。全部で十一個。上流階級はこのボタンをいかにおしゃれにバランスよく飾るか試されていると言っても過言ではない。

身分が低くてもお金があれば大きくて豪華なボタンを飾られるし、身分が高くてもお金のない場合は小さくて質素なボタンになる。この襟元に貴族男子たちの見栄と凶事《きょうじ》が終結しているのだ。

間違えた矜持《きょうじ》。確かに人によっては凶事だけど違う。

ちなみに騎士服にこれはない。いざという時に邪魔なので。

そして王族の殿下はもちろん十一個。奇数なので割り切れませんがそれをバランスよく、上等の宝石が如きボタンが……ってこれもう宝石ですね⁉　宝石ですわ！　宝石のボタンですわさすが王族格が違う！　しかも程好く小さくて下品にならない配置！

ああ……！　目が……目が心臓みたいに脈打つぁ……！

ふらっと倒れてみたいですが殿下に負けず劣らず豪奢なドレスを着ている身でそんなこと出来ませんね！　鍛えられた足腰で耐えました。ベルンシュタイン家の淑女《私》だから耐えられましたがベルンシュタイン家以外の淑女には耐えられなかったかと思います。いえマデリン様はノーダメージな気がしますね？　こんなに麗しい殿下のお傍で動じないマデリン様本当に王妃の器では？　いまさらですが本当にこのまま私と婚約式していいんです？

ちょっとオロオロしかけていると、私をじっと見つめていた殿下が照れたように微笑んだ。

……照れたように微笑んだ⁉　照れ⁉

「キレイだ」

「ぴょ……っ」

照れながら言われると照れるんですが⁉　照れって伝染するんですが⁉　空気感染ですよわかります⁉

普段さらりと褒める御方に照れながら褒められるとこう……突き刺さるダメージがあります。やめてくださいまだ戦闘前です。本番前です。瀕死にしないで。殺さないで！

殺さないでって言っているのに殿下は白い手袋に包まれた手を、私の結われた髪にそっと伸ばした。

殺さないでって言っているのに！　その動作はなんです⁉

セットが崩れないよう、触れるか触れないかの柔らかさで――殿下の手が、白い手袋に包まれた手が、揺れる。

「胡蝶蘭か。祝いの席に相応しい花だね」

「ご、豪華すぎて私にはもったいないです」

「そうかな？　君を飾るのに相応しいと思うよ」

白い手が下りてくる。いつも以上に化粧がされているためか、殿下はその手で私の顔に触れなかった。触れなかった。

触れなかった、けれど。

「胡蝶蘭の花言葉は、【幸福が飛んでくる】」

髪を、頬を、後れ毛を、首筋を。

「私にとって……僕にとっての【幸福】は君だ」

鎖骨を、胸元――に飾られた、造花を。

「【幸福】の君が僕の元に飛んできてくれた」

なぞるように、滑るように、絡めるようにその手は私に――触れていた。

「何より君に相応しい花だと、そう思えるよ」

ちゅ、と。

言いながら白い手が私の手を掬い上げ――その甲に、口付けた。

殺さないでって言ったじゃん……。

その動作だけで私は、簡単に心臓が止まりますよ……。

意識が遠のいている間に婚約式が終わりました。

いえおふざけではなく……！

殿下の何気ない攻撃《囁き》で足腰に多大なる打撃を受けた私は、ほぼ殿下に抱えられるような状態で移動しました。倒れなかったことを褒めてください意識を失いかけたんです！　記憶が残っていないので意識を失っていたと言っても過言でない気もします！　過言でした！　覚えていますよぉ！

頑張りました！　このままではいけないと飛び出した魂を何とかごっくんこしようと頑張りました！

ですが自分を立て直す前に……国王夫妻と面会することになり……。

あの、予定にないんですが。予定になかった面会なんですが。お忙しい方々ですがなぜ今そこで割り込みました？　こんにちはしました？　なぜ？　本番前になぜ度肝を抜いてきました？　試練です？　王族の一員となるための試練です？

にっこにこの王妃様となぜか憐憫《れんびん》の視線を向けてくる国王様。なぜです？　なぜそんな目で私を見るのですか陛下。なぜ……怖い……助けてお兄さま……。

お二人ともカッチコッチな私を支える殿下を見ながら「アルバートをよろしく」と去っていきましたが何ですか。よく見てください、頼む相手を間違えています。絶賛殿下にご迷惑をおかけしていたところだったのですが。私がお世話になっていたところですが。今のはなんです？　通りすがりの王族とかあり得ます？　計画的に通りすがる王族？

戻ってきた魂がまた口から抜けていきましたよほげー。

なので婚約式のパレードとか教会での署名とかバルコニーでのお披露目とかほぼ記憶にないのです……！　断片的にこびりついた記憶しかない！

ダイジェストで流れていく本日の記憶……！　私ってば何か粗相をしていませんか!?　一杯一杯で自分が何をしたのかよく覚えていません！

これはよくない傾向！　任務遂行のためにはどんな状況でも冷静であるべきで、記憶は大切な情報だからこそ見聞きしたものは忘れないようにしないといけないのに……！　忘れています！　大事な部分！　情けないわよイヴ・ベルンシュタイン！　騎士の家系として恥ずかしいわ！　でも覚えていません！　ええ、情けないことに!!

バルコニー《公衆の面前》で真実の口付け《チュー》とか覚えていませんとも!!

……お、お、覚えていないからなかったことになりませんかねなりませんねそうですね！　うわあああん助けてお兄さまぁー！　お兄さまも見守る側でしたヤダー！　ばっちり見られていました！　うわああああん！

だってあれ羞恥プレイでは⁉　大分距離はありましたがなんとなく表情を確認出来る距離ですよダメでは⁉　私も広場から教会のバルコニーで手を振る王族を見たことあります！　お爺さまに連れてきてもらったあれは幼少期、多分殿下の生誕祭でしたかね！　意外と見えるもんです！　意外と見えるもんなんですよこれがー！　そんな中でチューとか正気ですかガチですかそうですか！　そうですか……！

皆さんチューした瞬間に歓声を上げるので……上げるので……！　祝福されていることはわかりますが恥ずかしくて仕方がなかった‼

もう気合で立っていたようなモノ。しまった最初からそうでした。私に残されたのは気合のみ。気合があれば立ち上がれる。気合だ。気合だ。気合だ！

気合しかないですよ他人様のラブシーンで歓声をもらうなんて思っていませんでしたし……嘘ですわかっていました！　私だったら歓声上げますもんお伽噺の再現カップルを見たら歓声を上げます……！　気持ちが、わかってしまう……！

何せ私は、真実の愛は無敵だと信じていたので。

真実の愛があれば、どんな困難《呪い》だって乗り越えられると信じていたので……自分でそれを証明するとは思ってもみなかったんですけども！

無敵論が証明されたカップルを見れば、頭の中はお花畑童話の世界愛は世界を救うんだと感涙しながら掌を打ち鳴らしてしまう。そんな気持ちがわかってしまうので、泣きながら歓声を上げ拍手を打ち鳴らす人たちの気持ちが、痛いほどわかってしまうので……！　私は気合で倒れたり逃げ出したりしないよう微笑むしかなかったのです助けてお兄さま助けてお兄さま！　安心安全の殿下が腰を支えてくださっていましたがその殿下が溺愛行動《ときめき攻撃》を仕掛けてくるので何一つとして安心出来ないのです……！　き、気合だぁ！

ねえこれ大丈夫ですか？　私これで大丈夫ですか？　バルコニーだからガックガクな足元は見えていなかったはずですが、真っ赤に染まった顔とか丸見えだったと思うのですが。貴族のご令嬢として晒して大丈夫な顔でした⁉　いかん顔では？　早速やらかしたのでは⁉

目を回しながら教会まで辿り着き、書類にサインをした記憶がうっすら。この時ばかりはちょっと厳かだった気がしますが、会場端にロレッタ嬢がいるのを発見してそちらが気になりました。なんでも呪い対策で「目」として参加なさったとか。歩く呪い発見機は大活躍のようです。でも呪い師たちの中にちょんっと小柄なカワイコチャンがいるのはとても目立つのでそこんとこ考えた方がいいですよ！　二度見しそうになりました！

とにかくそんな感じで、なんやかんや怒涛の勢いで過ぎ去った婚約式。

……あれ私、意外と覚えていますね……？

全く記憶に残っていないと思いきや、思い返すと意外と覚えていました。

考えるな感じろ状態でしたが……大きな失敗はない、はず。ちょっと貴族令嬢として表情に出すぎな点を除けば……大丈夫だったって言ってくださいお兄さまぁ！

後にお兄さまから、貴族らしくなくてとてもよかったとお言葉をいただくことになりました。

これでも貴族ですが!?　それって駄目では!?


………◆♡◆♡◆♡◆………


イヴは知らない。

奇跡の乙女がどのような女性かわくわくしていた民衆が、愛する人に寄り添って、泣き出しそうなくらい顔を赤くしたイヴを見て、深い親近感を抱いた事。

真実の愛を示した令嬢は絶世の美女ではなかった。深窓の令嬢でもなかった。取り澄ましたところのない、小柄な少女だった。

そして祝福の声に素直に反応して真っ赤になる少女を見守る、アルバート殿下の愛おしそうな眼差し。

王族とは、パフォーマンスで民衆の前に立つことに慣れている。滅多に顔色を変えずにこやかに手を振るのが常。今までバルコニーに立ったアルバートが常に柔らかな表情であったからこそ、情熱的な様子は民衆の中にしっかり刻み込まれた。

そして少女は顔を赤くして目を回し、明らかに一生懸命頑張っている。その慣れていない表情が初心で健気だった。貴族は貴族でも高位ではないのだろうとか、本当に隠れて愛を育んでいたのだとか、寄り添い合う二人の姿に、呪われた王子と呪いを解いた奇跡の乙女の物語に思いを馳せた。イヴの知らぬ内に「愛する人のために一生懸命な奇跡の乙女」の健気さが民衆の中に浸透していた。

見る人によってはとても無様だが、貴族らしくない素直さが受け入れられた。真実の愛によって結ばれた二人だからこそ、澄まし顔で手を振る姿より、赤くなって寄り添う姿に真実味が感じられたのだ。

イヴは知らない。

時々思い切りの良いイヴが常に混乱状態になるように、アルバートからきわどいちょっかいをかけられ続けていたこと。必要以上にチュッチュされたのは貴族らしくない表情を出すイヴを民衆に印象づけたかったから。貴族令嬢としてではなく、奇跡の乙女としての印象操作が行われていたこと。

後の歴史書にしっかり、真実の愛によって結ばれた二人の仲睦まじい顔見せとして、この婚約式の様子が記載されること。

イヴは全く知らなかったし今後知ることもなかった。

………✦♡✦♡✦♡✦………

（バルコニーで顔見せをして、教会までパレードで向かって、契約書にサイン……帰りは別の道でパレードしながら帰って今ここです……）

濁流の如く流されながら婚約式を終えて、現在、衣装替え中です。

……婚約披露宴《第二の戦場》のために。

一日に何度も大がかりな着替えとか、激務では？　特に侍女さんたち。

着替えさせられている私もそこそこな疲労ですが、テキパキ働く彼女たちこそ疲労が溜まっているかと思います。入浴とかマッサージとか化粧とか、一日一回すれば贅沢だと思うんですがそこのところどうでしょう？　常に最高を保つためにはドレスに合わせた化粧が必要？　そうですか……昼と夜とで化粧を変えるから、化粧を落とす必要があるから、全身洗うんですね……実に大変です。洗われる方も洗う方も。重労働。

幸いなのは、披露宴で着るのはダンスを前提とした動きやすいドレスということでしょうか。着々と侍女さんたちの努力の結晶が出来上がっていくのは見応えがありますけど。着せられている私は鏡越しに、じっとひたすら眺めるしか出来ることがないので！

鏡に映る、披露宴用のドレス。婚約式では胡蝶蘭を模していたドレスですが、婚約披露宴は夕方から夜の時間帯だからか夜空を模しているように見えます。

宵を表す紺色の布地に、星を表してか小さな宝石が飾られています。シルエットに添うマーメイドドレスで、左肩から腰にかけて散りばめられた小さな宝石が星の洪水のようです。膝下から臑まで広がるフレアの裾なんかは、夜空に浮かぶ雲みたい。テーマは雲の上の星空、ですかね？

ダンスを踊るのでヒールは高すぎず低すぎず。耐久性のある太めのヒール。こちらはレッスン中に何度か慣れるために履いていたお馴染の靴です。白いヒールなので、余計に足元が雲のようです。

きっちりと髪をまとめるのは、三日月の形をした金色の髪飾り。昼間は計算されて落とされていた後れ毛は、顔の縁の横髪以外はきっちり結い上げられました。うん、お月さまの髪飾りということは、やっぱり夜空を模していますね。

夜空……なぜ夜空？　婚約式のお花から離れてなぜ夜空？　何かありましたっけ？　時間帯はさすがに安直ですよね。なぜでしょう。華やかな色でなく、あえてしっとりとした夜空を模すのは。

ドレスの色も婚約式の紫に続いて紺色。婚約式の紫はまだしも、紺色はちょっと重めではないでしょうか。大体の令嬢は明るい色にするって聞いていましたが……私の髪が紺色っぽいから合わせたのでしょうか。ドレスのことは王妃様に任せていたので、私ってば仮縫いの時に初めて色合いを知ったのです。その時は気にしませんでしたけど、完成品を身に纏うとこう、恐れ多くも疑問を覚えます。私のような小娘に、大人の色合いが似合いますかね？

社交に全く出たことがないわけではありません。しかし夜会に参加したことは……お茶会しか……ええと、夜会のドレスってどのように決めているんでしたっけ？　確か主役と被らないよう、かつ自分に似合う色を、パートナーとも合わせて……。

パートナー……つまり殿下の色……ぱっと思いつくのは金髪。でも金色はドレスにするとごてごてしちゃうから難しいですね。あ、もしかして髪飾り。三日月の金色ってそこからです？　いえいえお月様と言ったら金色……ですよね？　銀色？　どっちでも良し？　そこから夜空に繋げるのはちょっと無理が――。

ぽわっと浮かんだ、愛し気に私を見つめる夜空の瞳。星空を思わせる、キラキラと尊い輝き。ストンと察してしまった。

あ、殿下の目かぁ。

キラキラお星さまの夜空みたいって思うのは私だけじゃなかったということですねって殿下の目の色かぁああ――!?

頭を抱えて振り乱したくなるほどの衝撃ぃ!!　しませんけど！　侍女さんたちの努力の結晶ですもんねしませんけどぉ！　私の馬鹿ぁ！

ですよね！　パートナーの色に合わせますよね！　呑気に何でだろうって言っている場合じゃないですよ当然でしょうイヴ・ベルンシュタイン――!!　これは婚約披露宴！　二人の仲を強調するような催しがあるに決まっているでしょう呑気か！　私ってば呑気か！　かなり呑気でした!!

婚約者同士、お互いの色を思わせるドレスやアクセサリーを身に着けるのがお互いの仲を見せつける慣わしじゃないですか！　牽制とも言います！　所有証明！

と、と、ということは殿下の第二衣装にも私を思わせる何かが……？　ぐ、婚約式同様に動揺しては披露宴が成り立たない……！　良かったです気を付けて。これを不意打ちで認識した場合、本日何度目かわからない死亡をお知らせするところでした。しっかりして私の胆力。普段の図太さはどうしたの。殿下に弱すぎでしょうイヴ・ベルンシュタイン！

気合を入れ直していれば、準備が整った。

夜空を模した足捌きしやすいドレス。と言っても前が膝丈、そこから後ろにフレアで流れるスカートなだけで、思いっきり足技が出来るようなものではない。当然ですけどね！　これから行く戦場は戦場でも披露宴《せんじょう》ですから！

本来なら、ファーストダンスを踊る女性はこんなに足を出したドレスにはなりません。優雅に魅せるのがお仕事なので。もっとゆったり上品に決めます。

しかし私はこれから殿下とファーストダンスを踊るわけですが、ゆったり優雅ダンスではありません。私のキレッキレステップに惚れ込んだダンス講師が王妃様に大興奮でお伝えした結果、ファーストダンスがアップテンポでキレキレステップなものに変更になったのです。

何が起きたんでしょうね？

ダンス講師が王妃様と懇意になさっているばかりに……すっと曲が変更になりました。

いいんです？　それっていいんです？　王妃様は「何それ見たい《明るい方が楽しめるわ》」とおっしゃいましたが、本当にいいんです？　気心知れた方々ではなく格式高い方々の集まりですがいいんです？　これも試練ですか？　助けてお兄さま……。

……というかぶっちゃけ自分より殿下が心配です。アップテンポな曲に慣れているのは私の方で、殿下は大体お疲れのため足元が覚束《おぼつか》ない時もありましたから。

しかしもう当日本番目前です。変更など出来ません。殿下に恥をかかせるわけにはいかない。

ここは私が臣下として、しっかりリードして差し上げねば……！　大丈夫です、お父さまをリードし続けて慣れています！　任せてください殿下！

なんて思っていたら、殿下がご来訪です。

ちょ、はや、準備終わっていますけど心の準備は未定でしてア――――ッ！

「とてもキレイだ。僕の天使《アンジュ》は昼夜関係なく空を制する女神だね」

女神は女神でも戦女神《ヴァルキリー》を所望しますって殿下こそ夜空を統べる王かなってくらいの美麗さですがぁ!?

女性と違って男性はそこまで服飾の変化はないです。もちろんベストの形やジャケットの形状に違いはありますが、女性ほど大胆な変更はありません。殿下もその通りですが、ダンスが前提なので動きやすいよう装飾が簡素になっています。階級を表すボタンは健在ですがね！

ええとそのボタンがですね、空色のグラデーションになっています。あのその、でもって布地は紺です。深みが違いますがお揃いですね。殿下のは夜空というよりも……ええと、私の勘違いや自意識過剰でなければどちらも……私の色ですね!!

私の色を殿下が身に纏っている――――覚悟していましたが実際目撃すると半端ない打撃です！　この打撃は足腰に来る！　ぐっはぁ！

ああ――――ッ駄目かもしれません私の足腰が駄目かもしれません！　助けてお兄さま……！

……いいえ、いいえ！　しっかりしなさいイヴ・ベルンシュタイン！　殿下を無事エスコート間違えたリードしてダンスを踊ると決めているんだからここで足腰砕けている場合じゃないです！　しっかり！　しなさい！　ふんっっっ!!

「ああ、浮かれてしまっている。これで君は、僕の婚約者だ」

「ヴょえ……」

恍惚《こうこつ》とした表情で、ずいっと殿下が私に迫る。腰を折った侍女たちがサササッと私の傍から身を引いた。流れるような退避さすがです……！　とか言っている間もなく、眼前には空色の宝石。

私の目の色。

みゅ。

口がきゅっとなった。

恐る恐る見上げれば、そこにはきらきらした夜空。うん、間違いなく私のドレスはこれを表している……殿上人の目の色を……！　ぐにゅううう――！　私ってば本当にこの方の婚約者なんですねぇぇ――！　目に見える形で出されるとこうグワッとくるものが……！

「やっと……」

「で、殿下？」

しみじみ呟かれた殿下が、私を抱きしめようと手を伸ばして……戒めるよう下がった。うん、完璧に仕立て上げられた私です。会場への入場を控えているので、どこかしら崩れたら困りますものね。でもぎゅっと抱きしめたかったんですね。ぎゅっと握られた拳が殿下の葛藤を表していますす。葛藤を目撃して殿下の心情を理解してしまった私は言いようのない感情で口元が緩みそうになり、必死に口元に力を込めた。ぐ、ぐにゅ……。

殿下は行き場に迷った拳を自分の口元へ移動させ、手の甲を押し付け、深く息を吐いた。

「ダメだ。まだ安心出来ないのに、一区切りついたから気が緩んでいる……まだ、やるべきことは残っているのに。ごめんね」

「そうです婚約披露宴があります！　休むのはそれが終わってからですよ、気を引き締めていきましょう！」

「僕の天使《アンジュ》は勇ましいね。それでこそ君だ」

い、言われるほどのお転婆を見せつけましたっけ……？　ちょっとあわあわしてしまう。

「本当は、誰にも見せずにしまっておきたいのだけれど……」

「殿下？」

何事か小さく呟かれた様子ですが、よく聞き取れませんでした。

殿下は微笑を湛《たた》えたまま、私へ腕を差し伸べた。

「それじゃあそろそろ、君を僕のだと見せびらかしに行こう」

もちろん、僕も君のだと見せつけないと。

そう言って、殿下は反対の手で空色の宝石を一つ撫でた。

……すぐそういうことを……する……！

膝から崩れ落ちそうになったのは呪いとか関係なく殿下のせいだと思われる！

私の足腰には呪いより殿下が効きます！　これは今後のためにも真面目に対策を練るべき問題です！　呪いなんて目じゃないですよ!?

……って、私まだ呪われているんですかね？

殿下のせいで覚束ない足元を少し意識して、けれど何の不具合も感じず、そのまま一歩を踏み出した。


………◆♡◆♡◆♡◆………


色とりどりのドレス。美味しそうなお菓子と料理。天上の音楽に、上品に囁き合う男女。

それは、平民のロレッタが思い描いていた「貴族の催し《パーティー》」の姿だ。

でもキラキラというかギラギラしてる……。

(想像以上だぁ……)

高い天井で輝くシャンデリアはそれ自体が宝石のようだし、ご近所さん全員連れてきてもあり余るホールは柱から壁までびっしり装飾が施されており、塵《ちり》一つない。

綺麗なドレスに身を包んだ女性がたくさんいて、ピシッと決めた礼服の男性もたくさんいる。

基本的にパートナーと一緒。男女でセット。家族の場合もあるし、婚約者の場合もある。後ろ盾という意味で、時々とんでもない大物がエスコートすることもあるそうだ。今回は、主役のはっきりしている催しなのでそういうこともないらしいけれど。

とにかく人が多いのに、動作も口調も上品で声を荒げる人など一人もいない。

こんなに人が集まったら一人二人と気が大きくなって、大声で笑ったりしそうなのに全然ない。

うふふおほほと笑い声は聞こえるが、例えるならさわさわとさざ波のようだ。がやがやと陽気な酒場の空気とは全く違う。

酒が入っているのは同じだというのに。品の違いを見せつけられている。

立食形式の軽食スペースには見応えあるお菓子や料理が並び、そのどれもがロレッタが見たことのない上等なものだ。何あれホントウニタベレルノ？

（凄い……目が回る……）

どこを見てもギラギラしている。ギンギラギンに輝いている。装飾も人も食べ物もギンギラギンに張り合っている。

どこか主張を控えめに出来ない？　一流！　一流!!　って主張が激しくてどこを見たらいいかわからない。なんか凄いことだけがわかる。むしろ凄いということしかわからない。

そんなロレッタは現在、愛らしいドレスに身を包んで壁の花になっていた。

（いいえ、わたしは壁です。花ではありません壁です。むしろ空気です）

実際、ロレッタは今壁になっていると言っても過言ではない。ここに存在しているが、背景に同化する呪いがかけられている。なんだそれと思うが、隠れて護衛する時や尾行する時に活用される呪いらしい。もっとも効果の程は低く、音や気配を遮断出来るわけではない。現在のロレッタのようにじっとしている状態でないと適した効果が現れない小さな呪いだ。

ロレッタがいるのは貴族たちが集まる披露宴《パーティー》なので、うっかり魅了の呪い被害者と遭遇しないよう取られた処置だ。お互い傷は浅くなく、まだ直接顔を合わせたら何が起きるかわからない。

お互いの平穏のため、接触は禁じられていた。これは顔を合わせないための呪いである。

しかしロレッタからは令息たちが認識可能なので、何度か胃がキリキリする思いを味わっている。遠目に見える令息の七割、いろいろと、覚えがある。

(あああ……マーヴィンさんとかシオドア君とかがいるう……その他にもちらほら知った顔が、知った顔が……ごめんなさいごめんなさいごめんなさい本当にごめんなさい……合わせる顔がないから、本当にないから……!)

どんな顔をしても目立たない状態だとわかっているので、遠慮なくしわくちゃな顔をして令息たちが通り過ぎるのを待った。

なぜそうまでしてロレッタがここにいるのか。それは王家の皆様の御慈悲……ではなく、ロレッタの呪い探知機としての性能調査の一環である。

婚約式の端っこにいたのもそれが理由で、披露宴にまで顔を出しているのは念のため。隠れて様子を見るのではなくしっかりドレスを着て参加しているのは、呪いが解けて姿が見えるようになった場合、会場でロレッタが地味なローブ姿でいる方が目立つからだ。ロレッタは平民だが、キレイなドレスを着せれば教育中の淑女にギリギリ見える。何より令嬢たちに紛れられれば目立たない。

さすがに一人で行動することは許されていないので、監視役の呪い師も一緒だ。普段のローブではなく礼服に身を包んだ監視役は、暇そうに人の流れを眺めている。

相変わらずどこにでもいそうな顔だ。そんな彼の襟元には一つのボタン。ボタン一つは男爵令息を意味する。この監視役、どこにでもいそうな顔なのに貴族だったらしい。

フォークテイル王国では襟元のボタンで階級を識別する。ボタン二つは男爵。一つは男爵令息という具合に識別される。そこから子爵、伯爵、侯爵、公爵、王族とボタンが増える。身分が高いほどボタンの数が多く、王子の胸元には十一個のボタン。ちなみに国王陛下にはボタンの代わりに十二個の宝石が輝く王冠がある。もはやボタンじゃない。

この習慣を知った時は襟に最大十一個とか豪華だと思っていたけれど、実際ボタンがそれだけ付いてたら重いだろうな。現実が見えてきたロレッタはボタン一つでも重い気がしてきた。数が少なければ隙間が空くから大きいボタンを使用しているのを見れば特に。趣味が良い人とそうでない人の差が一目でわかってしまう。

男性は襟元で身分がわかるが、女性はそうもいかない。女性の場合着ているドレスの品質の良さなどが見られるが、正直このあたりは伝手《つて》があればなんとでもなる。令嬢にどれだけ価値があるかは教養や社交性で判断されることが多い。もちろん顔を見れば誰だかわかる令嬢は身分が高いが、身分が低くても教養があれば声をかけられる機会も増える……らしい。一目で教養が高いと判断出来る基準はどこだ？　学園に入学して学びの機会を得たが、うっかり遊び惚けていたロレッタにはさっぱりわからない。う、黒歴史です。

わからないけれど、今となっては意地悪そうに見えたマデリン様がとても教養のある淑女だということがよくわか――ってあれれ～？　おかしいぞぉ～？　ロレッタは目を疑った。無作法ながら三度見はした。

まだ主役の入場していない会場で、どんと貫禄ある佇まいのマデリン様。真っ赤なドレスが大輪の薔薇のよう。そんなマデリン様のパートナーらしき男性は確か学園で見たことがあるナルシスト伯爵令息。実をいうとあまり交流のなかった男性。だって常に踊っているから……。

それに彼は自分が大好きだったのでロレッタの魅了にはかからなかった。むしろ自分に魅了されていた。その呪いは現在も解けていない。何せ自己愛という名の呪いなので。

その彼がなぜかマデリン様の隣で一人踊っている――――何でぇええ!?

まだダンスの時間ではありませんが!? なぜ一人で流れるようにステップを踏んで華麗にターンを決めているの!? パートナーらしきマデリン様がいるのに何で一人で踊っているの!? いえマデリン様と踊るのもダンスのお時間が来てからお願いします! 誘いをかけない! ああよかったマデリン様お断りしている!

でも一人で踊るのはもっとおかしい! マデリン様扇で口元を隠しているけど真顔では!? 周囲のご令嬢たちうっとりしているのはなぜ!? 顔? 顔ですか? 余計な部分を削《そ》ぎ落としたシュッとした美青年ですからね!?

常に決め顔だけども! どの角度から見ても決め顔の予感がするなんかもったいない美青年の気配しかしないけども! なぜ一人で踊るのか!

もしや呪い? と思ってガン見したけど何も感じない。

ということは、素面《しらふ》です。あれが彼にとっての正常。嘘でしょ異常。

え、え、え……なぜ誰も突っ込まないの……? なぜ淑女の視線を独占しているの……?

思わず隣の監視役を確認したけど、変化がない。人波を観察中。

え、またかって呆れる視線すらない、だと……？　貴族って突然一人で踊り出したりするものだったの……？　え、こわ……。

単純に、貴族の嗜み《ポーカーフェイス》なだけだったのだが、完璧な貴族の嗜み《ポーカーフェイス》だったため、ロレッタにはわからなかった。ロレッタは意味不明な誤解をしたが、誰もそれに気付かなかったので訂正の機会はやってこない。

訂正の利かない誤解をしたロレッタはそっとダンシング伯爵令息から視線を外した。

そして見上げるのは、王族が登場する壇上。

もちろんどこよりも立派な装飾が施されている……が、他と比べると意外なことにギラメキが少ない場所。キラメキじゃなくてギラメキだ。間違ってない……王族の者のみが立つことが許された、ホールと階段で繋がっている、階上。

――――階段。

階段の、上。

階上に立つ二人と、階下にいるロレッタ。

階上に立つロレッタと、階下にいた二人。

――――あの日と逆の立ち位置。

あの日見た、階下に広がる光景を――――。

あの日から始まったお伽噺のめでたしめでたしを、ロレッタは待っている。

『昔々あるところに、魔女に呪われた王子様がいました。

魅了の呪いをかけられた王子様は、魔女に夢中になり大切な人を忘れてしまいます。

忘れられた女の子は、変わってしまった王子様を取り戻すため、二人の愛を信じて呪いに立ち向かいます。

真実の愛の口付けで、女の子は王子様にかかっていた呪いを見事解いたのです――』

なんて物語が、もうすでに城下に流れているのをロレッタは知っていた。

語られるお話の魔女がロレッタだと知られては身の危険だと思われるほどに浸透し、城下では話を知らない人などいないのではないかと言われるほど。

ロレッタにとって殿下とのやり取りは、何というか、キラキラした思い出だったけれど……今となっては正直、羞恥に震える気持ちの方が強い。以前は柔らかく微笑まれてときめいていたけれど、それが魅了の呪いのせいだと知れば身悶えるほどの罪悪感と羞恥心で視線を合わせることが出来なくなった。やめてわたしを見ないでごめんなさいごめんなさいごめんなさい。これは他の令息たちにも言えて、皆が優しかったのは呪いのせいだったんだと申し訳なさで一杯だ。

（……魅了されて新規客が買いたくもない野菜を買って……男爵が非売品のわたしを買って……平民に興味のないはずの貴族男子がわたしに優しくなって……終いには、殿下までわたしに甘く微笑んでくれた）

恋心がなかったとは言えない……でも、勘違いだったと思える。

舞い上がって調子に乗って、素晴らしい人の一番になりたかった。そんな、幼稚な感情だったと思う。

(女の子は王子様に憧れるの)

憧れの王子様が自分に夢中だと思ったら、舞い上がって好きになってしまってもしょうがない。

ただ、それが全部勘違いだっただけの話。

腑に落ちないというか、消化しきれない想いはある。燻る想いもあるにはあるけど……。

羞恥心が勝つ。

恥ずか死ぬ。無理。

隣にいられないし顔を見られないし目を合わせたら最後。羞恥心で死んでしまう。

だからあれは、勘違い。舞い上がって夢を見た、幼い私の思い込み。

そんな思い込みをなかったことにするためにも、ロレッタは幸せな二人のめでたしめでたしが見たい。

あの日飛び出して来た、本当のヒロイン《お姫様》が幸せになるのが見たい。

――イヴ・ベルンシュタイン伯爵令嬢を、ロレッタはよく知らない。

そもそも、令嬢たちと交流がほぼなかったから、知っているのはロレッタをよく思っていない令嬢たちの睨むような視線だけだ。今思えば注意してくれた令嬢の中には親切心から忠言してくれた人もいたのだろう。それを意地悪だと思って跳ね除けたからロレッタに近付く令嬢はいなくなってしまった。直接対決をしに来たマデリン様はやっぱりちょっと猪《特殊》だった。

関わりはなかった。だから、イヴ様だってロレッタのことをよく知らないはずだった。

ロレッタはちゃんと覚えている。

自業自得、自分に酔って注意力散漫で、場所を考えず行動したからこそ――階段から落ちるのは、本当はロレッタのはずだった。

あの時、アルバート殿下の姿は見えなかった。イヴ様はアルバート殿下に助けられたけれど、本当にギリギリだった。それはイヴ様がロレッタを助けたことで起こった落下への時間差のせい《おかげ》だとしたら、もしイヴ様が助けてくれなかったら……アルバート殿下は間に合わず、ロレッタは誰にも助けてもらえなかったかもしれない。

ロレッタはあの日我に返ったけれど、もしかしたら夢から二度と醒めることが出来なかったかもしれない。

イヴ様が、助けてくれなかったら。

……ロレッタがまた無意識で呪うかもしれないので、実はイヴ様の情報はほぼ入ってこなかった。どんな女性なのか、殿下とどう過ごしているのか、ロレッタをどう思っているのか。

だから庭園で出会った時は、すぐ気付けなかったけれど本当に驚いた。やっぱり羞恥心が勝ったけれど、本当に驚いたのだ。

伯爵令嬢なのに、支離滅裂で礼儀のない泣き喚く子供のロレッタを邪険にしなかった。困った様子ではあったけれど、文句も慰めも言わなかったけれど、ずっと背中を撫でて話を聞いてくれた。ハンカチを貸してくれた。三枚目のハンカチは、綺麗に洗って返せないまま研究所にある宿舎に置かれている。ロレッタは彼女の愛するアルバート殿下を弄《呪》んだ《った》勘違い女だというのに、イヴ様は恨み言を一切言わなかった。

（やっぱり女神では？）

本当に貴族令嬢……？　恋敵にそんな対応出来る女性が実在する……？　実は女神なのでは？

後光が差していた気もするし。

そう、婚約式で使用した教会のステンドグラスから差し込む光が後光のようだった。本当にお綺麗だった。

呪い発見器としてこっそり付いていったので、恐れながらロレッタは直接拝見した。その様子は、それこそ数百年先まで語られることになるであろうほど美しかった。

ロレッタでも知っている祝いの花。

それも高価な、珍しい紫の花を模したドレス姿。

幸福を意味する花。でもそれだけではない。ドレスはイヴ様が選ばれたと聞いた。だから意味は幸福ではなくて、こちらだろう。

女の子だったら大抵は知っている、愛の花言葉。

【貴方を愛します】

その愛を持って呪いを解き、殿下の隣に立ったイヴ様らしい、真っ直ぐな宣言。

（いいなぁ、羨ましいなぁ、素敵だなぁ）

堂々と愛を示す、それなのに照れて赤くなるのが可愛い。だからこそ真実味があって、暖かくて、幸せそうに見えた。きっと、バルコニーからイヴ様を見た人たちもそう思ったはずだ。

披露宴でのドレスは、アルバート殿下が選んだと聞く。

愛に救われ、愛を示された殿下が選んだのは――ご自身の瞳を映したような、夜空を模したドレスだった。

満を持して登場した王族。

今夜の主役である二人。

アルバート殿下とエスコートされたイヴ様。

頬を染めて、初々しい様子で寄り添い合うお二人。

全部、全部偶然だった。

偶然ロレッタが一人で歩いていて。

偶然マデリン様が現れて。

偶然イヴ様が居合わせて、助けてくれて。

偶然アルバート殿下が階下にいて。

偶然、愛し合っていた二人が事故《奇跡》を起こすなんて。

(そんなのもう、運命じゃない――……)

ロレッタはあの日階段から見下ろした二人を、眩しそうに見上げ――……あれ？

あれ？

（え、おかしい。待って。何で。え、だって……）

見上げた先。国王陛下のありがたいお言葉。栄えある二人への祝福。笑顔と拍手で溢れる中、ロレッタは丸い目をさらに大きく見張って舞台上に目を凝らした。

照れているイヴ様を愛おし気に見つめるアルバート殿下。お二人は促されるままファーストダンスのために階段を下りて――白い靴が一歩一歩階段を踏みしめる。

待って。白？　違う、あれは。

黒い。

イヴ様の足元に、目に見えるほどのやばい塊がある……！

（何で!?　だってバルコニーでチューした時に消滅して……消滅していたのに!!　待って待って入場した時黒くなかった！　黒くなかったのに！）

今この瞬間に呪われるとかタイミングが悪すぎる！

隣の監視役の袖を引く。ロレッタの行動で異変に気付いた監視役が顔色を変えた。異変に気付いても間に合わない。だってもう、楽し気な音楽は流れ始めていて――。

踊り出したイヴ様の足元で、黒歴史《呪い》の気配が強まって。

イヴ様の右のヒールが、根元から折れた。

（ア――――ッ!!）

第六章　事故と思うか奇跡と思うか

折れました。

何がってヒールが折れました。

ダンス中に。しかもファーストダンス中に。

何なら踊り始めた一歩で。

婚約披露宴のファーストダンス。たくさんの貴族たちが見守る中、ぽっきりとヒールが折れました。

……んんんんんっ⁉

一応ダンス用のヒールだからピンではないんですが⁉　強度も十分なんですが⁉　履き慣れた靴でないと踊りにくいので新品ではありませんがそこまで使い古していませんが⁉

ハッ！　ま、まさか……。

ステップ踏んで折れるくらい、私ってば太りました⁉

確かに以前より鍛錬は出来ていませんが……！　太っていますかお兄さま！　お膝に乗った時

の体重は体感的に増えていましたか⁉　応答せよ応えてくださいお兄さま――!!
って駄目です太ったか太ってないかは後の課題。今の課題は体重ではありません！　なぜって
ここは婚約披露宴のダンスホール。見知らぬ貴族も見知った貴族もお世話になっている使用人も
護衛の方々も何より国王夫妻が見守る大事なファーストダンス中！　ヒールが折れたからといっ
て失敗は許されない。婚約者として成すべきことが成せないなんて――それすなわち、任務失
敗と同義！
騎士《ベルンシュタイン》の家の者として、任務失敗は許されません！
立て直しなさいイヴ・ベルンシュタイン……！　ヒールが折れた？　だからなんです！　足が
折れたわけじゃないでしょうが！　バランスが取りにくい？　そんなの――。
そんなの戦場《ぶたい》では関係ない!!
以上脳内一瞬《ひときの間》一秒です！

……………◆♡◆♡◆♡◆……………

あまりの事態にざわっと空気が揺れた。
ロレッタは叫びそうになってとっさに両手で口を押さえた。
だってあまりに不敬。下々の者たちはこの失敗を見なかったことにしないといけない。なかっ
たことにしないといけない。だから尊い方の失敗に叫んだりしては――なんて考えたわけじ

やない。考える余裕はない。ただ叫んじゃ駄目だと直感的にそう思っただけ。

イヴ様の足元で蠢《うごめ》いた呪い。悪意の塊。それが最悪の場所と時間で最悪の結果をもたらした。

アップテンポの難しいステップの曲だからイヴ様の足元は動きやすいようよく見えて、遠目にもその異変がよく見えた。だからロレッタ以外も気付いた。注目されたダンス中にヒールが折れるとかあり得る？　考える？　あり得ないし考えない！

誰もが思った。これは転ぶ――栄えある主役の婚約者が、ファーストダンス中に不幸な事故。

なんて醜態。

祝福された奇跡の少女のはずなのに、なんて運のない――。

なんて悲観的な言葉が彼らの脳裏を過った瞬間。

カッ！

鋭く、靴が鳴る。それは左の踵。そして右の爪先。

倒れ込む鈍い音でなく、アップテンポにリズミカルに、何の問題もないとばかりに靴が鳴る。

ロレッタはぎょっと目を見開いた。周囲もぎょっと目を見張る。

視線の先で、涼しい顔をしたイヴ様が何の問題もありませんと難解なステップを踏んでいた。

（え、え、え、えええええええ～～～～～～!?）

折れてますけど!?　そのヒール折れてますけどぉおおお!?

折れてますよね!?

我が目を疑い目を凝《二度見三度見》らしても、折れている。間違いない。ぽっきり折れてる。何なら折れたヒールがホールにぽつんと放置されている。

嘘でしょ。

呆然とする周囲をよそに、イヴ様は殿下と視線を合わせてにっこり笑った。何の心配もないと笑った。右のヒールが存在しないのに、積極的に高らかに靴を鳴らす。

タン、タン、タンッと鳴るステップに危うさはない。迷いもない。鋭い動作で繰り出されるターン。ぶわりと広がる夜空のスカート。

わっと歓声が上がった。

なんて体幹！　不安定な足元で、揺るぎない堂々としたダンス。踵がなくて踏ん張れないはずなのに、突然のトラブルに動じることなく対応してみせた。

メインイベントと言っても過言ではない披露宴のファーストダンス。それを失敗すれば醜聞どころの話ではなかった。

何せ祝福された奇跡の少女。祝福されるべき場での醜態《失敗》ほど、面白おかしく醜聞として広まってしまう。

絶対失敗すると思われたのに、そんな危うさを力強く跳ね除けてみせた。醜聞どころか、その高度なパフォーマンスに称賛しかない。

（イヴ様凄い……!!　まるで羽が生えているよう……やっぱり天使さまなの？　でもわたし的には女神様だと思う！）

ロレッタの中でイヴ様人外説が濃厚になった。

ヒールが折れているとは思えない複雑なステップを軽々と熟すイヴ様に、人々は魅了されていく。自然と視線が惹きつけられて、目が離せない。溌剌《はつらつ》とした笑顔のイヴ様に、上がるのは悲鳴ではなく歓声だ。あっという間に、ぽつんと残されたヒールは忘れられていく。

ロレッタはホッとして肩の力を抜き――――視界の端に見過ごせない気配を察知した。

懐かしくも覚えのある、二度と出会いたくないのに目にすれば薄ら寒い郷愁の念が芽生えずにはいられない――――モグラ叩きの如く人目につく前に叩き潰したくなる、もしくは経験者として一言もの申したくなるこの感覚は。

イヴ様の足元を凝視する。呪いがうごうご蠢いているのを感じた。

先ほどまでなかったのに、ダンス開始の瞬間に現れた呪い。そんなタイミングよく呪えるものだろうか――何より、ロレッタが感じているのは呪いそのものじゃない。呪っている誰かの存在。つまりイヴ様を呪った犯人はこの場に、ロレッタが視認出来る範囲にいる。

(全くの他人なのに、そうだとわかった瞬間には親近感と居た堪れなさを覚えるこの感じ……！ちょっとした言動がかつての自分を思い出させる、親切心と後悔から早急に、もうやめてって訴えたくなる気持ちは……！)

ロレッタは自らの感覚に従い、より居た堪れなくなる方向に首を巡らせた。誰もがイヴ様のダンスに注目している中で、周囲と違う表情の令嬢が一人。

誰もが驚愕、歓声、称賛の視線を向ける中で、憎悪に塗《まみ》れた視線を向けている令嬢。

(あの人だぁ！)

ピーンと来た。あの人が自分と同じ黒歴史を抱えている人だ。間違いない。たとえ今がそうでなくても、正気に返った未来で思い返せば確実に黒歴史驀《ばく》進《しん》中の人。間違いない！

ロレッタが監視役に訴えて行動するより早く、見られていることに気付いた令嬢がロレッタを振り返った。視線が合う。視線が合った。

（……え、あれ？　認識阻害が効いていない？）

なぜ。

同じ黒歴史を持つ者同士だから？　それ以外にも、顔を見たらなんとなく既視感を覚える。ロレッタは彼女をどこかで見た事がある。

相手はロレッタを視認して、何かに気付いた顔をした。逃げるように踵を返す。

（あ、逃げられる！）

追おうにも、ファーストダンスの真っ最中。ロレッタの位置からでは多くの貴族たちを越えていかなければならない。貴族でないロレッタがそんなことをすれば不敬だ。動けば認識阻害も解けてしまうので気付かれず移動出来ない。いや、令嬢に気付かれたのでもう認識阻害の呪いが解けている可能性もあるが、だからって大胆には動けない。ファーストダンス中の移動はよほどのことがない限り不敬だ。不敬祭りだ。ロレッタ的にもう不敬を重ねたくはない。だが逃がすわけにもいかない。

不敬祭りと相手を逃がしてしまうこと、どちらが大事か天秤《てんびん》にかけた瞬間、逃げようとした令嬢の前にすっと背の高い男性が現れる。銀の礼服に身を包んだその人は――――。

（イヴ様のお兄さま！）

………◆♡◆♡◆♡◆………

お兄さまぁあああああ素敵ですお兄さま銀の礼服なんて持っていたんですか新しく仕立てたんですか仕立てたんですね筋肉マシマシですものね！　私知ってます鍛錬で鍛えた筋肉がマシマシなの知ってます数か月前の服もちょっときついんですよね知ってますくっついているので！　常にくっつくので日々の成長を把握しております妹です！　貴方の妹です！　素敵ですお兄さま！

おっとしまった今はダンス中です。久しぶり《数時間》のお兄さまの気配に荒ぶってしまいました。

ステップはもう身体が覚えて自然と動きますが微調整《それはそれ》。右の踵がない分いつも通りの動きでは怪我の元！　いつもと違う体重のかけ方が求められます。

爪先だけで立てないことはないですがダンスとなると、ちょっと厳しいのです。出来なくはないですけどね！　ダンスダンスダンス《お任せください》！

異変に気付いた殿下がターンの時にいつも以上にリードしてくださるのも助かります。アップテンポなのでくるくるってターンではなくシュバッバッとキレのある動きが必要なので……殿下もいつも以上にキレがありますね！　本番で実力以上を発揮するタイプです？

さほど余裕はないのですが、それでも人影が動けば意識が向きます。さらにそれがお兄さまならガン見したくもなります。しませんけどしたくなります。しませんけどね！

ガン見しませんがチラ見はします。

だってファーストダンス中に動くなんてよほどのことです！　人垣の後ろの出来事ですがこちらからはよく見えますよ！　どうなさいましたお兄さま！　トラブルですか！

……曲者《トラブル》っぽい！

曲者っぽい！　しかも令嬢の曲者っぽい！　ご令嬢の前に立って逃げ場をなくしているっぽい！　お兄さまと令嬢の静かなるカバディが開催中です！

ご令嬢とカバディなんて……お兄さまは何かを察したご様子。でも確なる証拠がなく取り押さえられず、ご令嬢だから手荒な真似も出来ないのでしょう。だから逃がさないよう、逃亡先を潰している。さすがですお兄さま！

でもそれが可能なのはファーストダンス中のみ。ファーストダンスが終わって人々が動き出せば、令嬢だって人を掻い潜り逃走が可能。追いかけることは出来ますが、今この状態で確保出来るほどの証拠がないなら追いかけても意味がない。

彼女は今、怪しいだけの令嬢です。怪しさだけで確保出来る権限をお兄さまは持っていません。出来るのは足止めだけ。

――よくわかりませんが、逃がさなければいいお話ですよね！

さすがにこの流れで、全く関係のない怪しい令嬢を見つけたわけではないでしょう。存分に顔を合わせただろうから、後から話を聞くことだって出来る。だけどそれで証拠が消えれば意味はない。今証拠があるとも限りませんが。何せ私からは相手が曲者っぽいことしかわかりません。

だけどお兄さまには、怪しいだけで確保する権限はない――――ということで！

ダンス終盤。

私は勢いよく、リズムに合わせて、大胆な振り付けに見せかけて、ごく自然に、偶然爪先がぶつかったかのように……左足で折れたヒールを蹴飛ばした！

ぽつんとホールに落ちていたヒールは人垣を突き抜けて――――スコーンッとご令嬢に激突。突然の衝撃にご令嬢はその場で気を失った。

憐れなご令嬢が倒れる前に、お兄さまがさっと抱き留めて係りの者に声をかける――――……そう、気分を悪くしたご令嬢を善意で休憩室へ運んだ図！　これで速やかにご令嬢を確保して退室可能です！

幸い私の足捌きに注目している人は多いですが、飛んでいったヒールより私の踵がない右足の方が注目度も高いようです！　さらに跳ね上がったヒールはお兄さまがキャッチして回収済み。これで証拠隠滅です。ばれてもこれは事故。偶然足が当たってしまっただけの事故です！　故意ではありません！　事故です！

ですが。

さすがに不安定な足元でステップを踏みながら、踵のない右足を軸にした蹴りは無理がありました……！

あっいけないこれは転ぶ――――！

蹴りを繰り出した反動で横に倒れそうになった身体を、大きな手が支える。

そのままふわっと持ち上げられて、勢いに添ってくるりと一回転。

そのまま静かに、曲の終わりと同時に下ろされた。

見上げれば、にこりと笑む殿下。

「……」

「……」

見つめ合ってから観衆に向かって礼をすれば、わっとホールを歓声が包んだ。

……突然の危機的状況《トラブル》に気分が上昇してしまいました……反省。

私ちょっと、やりすぎましたね……。

え、本当にやりすぎましたね？


………………✦♡✦♡✦♡✦………………


（この人見たことあるわ）

衝撃のファーストダンスが終わり、興奮醒めぬまま国王夫妻のセカンドダンスが始まる。

本来ならばファーストダンスが終わった後は社交が始まるのだが、さすがにイヴ様のヒールが折れたまま歩き回ることは出来ない。しかし今回の主役が大々的に裏に引っ込むことは出来ないので、時間稼ぎと視線集めで国王夫妻が踊ることになった。

予定にないダンスだというのに、さすが息ピッタリの優雅なダンスだ。ロレッタはじりじり移動しながら、ついつい国王夫妻のダンスに注目してしまう。お役目があるというのに。うう、見たいけど、移動しなくちゃ！

イヴ様が影でササッと靴を履き替えている最中、ロレッタは会場を後にして呪ったと思われる令嬢の確認に休憩室へとやって来ていた。

ロレッタが気付き、イヴ様の兄エディ様が足止めし、機転を利かせたイヴ様が気絶させて休憩室に運ばれた令嬢に、ロレッタは覚えがあった。

目が合った瞬間に覚えた既視感は、気のせいではなかった。黒歴史共有者の仲間意識でもなかった。

（学園で、私に文句を言っていた人）

直接言いに来るのではなく、通りすがりの廊下や食堂などで、聞こえるように嫌味を言ってはくすくす笑っていた令嬢だ。名前は覚えていないけれど、何人かいた殿下に懸想していた令嬢。ロレッタが知らないだけで婚約者候補の一人だった。

「彼女が呪ったことに間違いはないか？」

「間違いないです。まだうっすら残っていますし……イヴ様の足元にもまだ呪いが」

「その心配はいらない。すぐ解ける」

（でしょうね）

呪いに気付いたアルバート殿下が、イヴ様が呪われたままにしておくわけがない。人目が国王夫妻に集中しているのをいいことにどさくさに紛れてチュッとしていそうだ。それが解呪になるんだから咎めることも出来ない。真実の愛の口付けが有能すぎる。普通そこまで乱発されないモノのはずなんですが。

「彼女の持ち物を調べてくれ」

さすがに騎士が証拠不十分な状態で意識のない令嬢の持ち物を改めるわけにいかず、エディ様はロレッタにそれを頼んだ。

ちなみにエディ様は護衛騎士としてではなくベルンシュタイン伯爵代理として参加していたのだが、令嬢を確保した責任からここにいる。

呪いの知識勉強中のロレッタは少し不安だったが、すぐ問題の「足元で不幸が起こる呪い」に必要な品物が見つかった。ドレスの広い袖に内ポケットがあった。なんて所に。

「この人も魔女？」

「呪う力を持つ女性なのは間違いない。言っただろう、その力を持つのは君だけじゃない」

監視役にこっそり確認を取る。殿下の元婚約者候補だったこともあり、呪う力があるかは調べられていた。力があっても候補であることに変わりはない。呪う力は別に忌むべき力ではない。

問題はその力を悪用することだ。

「……そういえば認識阻害、この人に効かなかったんだけどなんで？　この人も魔女だから？」

「そうだな……魔女でも呪いにはかかるが、掛かりにくいのは確かだ。小さな呪いだから、同じ魔女の彼女には免疫があったのかもしれないな。後はそこにいるって気付けば効かないが、そんな野性的な勘を持っているようには見えないし単純に効きにくかったんだろ」

「免疫とかあるんだ、呪いの力……」

確かに目が合ってすぐの逃走では無く、考えるような間があった。彼女は違和感に気付き、呪いが薄れてロレッタに気付いた。チャンル学園にいた彼女はロレッタの所業を知っているが、ロレッタがどうなったのか知らなかったはずだ。しかし処罰を受けていると考えただろう。

そのロレッタがドレスを着て会場にいるのを見て、何かに気付いて逃げ出した。なぜその場にロレッタがいたのか、気付いたのかもしれない。

……婚約披露宴の会場で主役の女性を呪う。発覚すれば罰せられるのは当然のことで、相手が殿下の婚約者……将来の国母となれば罪は重くなる。

ロレッタは人の事が言えないが、彼女も大罪人。

だがイヴ様の機転もあり、このことは秘密裏に処理されるだろう。大きな騒ぎは起きなかったし、何の問題もないという顔で今も挨拶回りを開始しているはずだ。

イヴ様本人にそんなつもりはないが、むしろ表立たせる方が評判的に不利だ。この婚約は王家の醜聞隠蔽の一環でもあるので、少しでも泥は付けたくない。折れたヒールの件は呪いではなく、小さなトラブルもプラスに変える幸運を持つ乙女として話が広がることだろう。そんな情報操作が行われる気がした。

これから調べるのは、今までこの呪いをかけ続けていたのがこの令嬢一人なのかどうか。

令嬢が一人でずっと呪い続けていた場合……つまりずっと呪う力を使用していた場合、精神が歪むことがある。正常な判断が下せなくなり、ただ呪いを繰り返す絡繰《からく》りに変質してしまうのだ。

人を呪わば穴二つ。呪い続ければ、力の代償として呪った本人に蓄積していく塵がある。

（わたしも、ちょっと危なかった……）

罪がなくなるわけではないが、出鱈目な呪いを常習していたロレッタがまともな精神であったかは怪しい。この令嬢も呪いをかけ続けていたのなら、何らかの影響がありそうだ。

どちらにせよ、この令嬢は秘密裏に罰を受けることになるだろう。王家としてもこれ以上、醜《ケ》聞《チ》は付けられたくない。

今まで、確かに王家はたくさん呪われることがあったけれど……それを主軸とした嫌がらせは少なかった。それは呪った側も効果を実感することはなく、本気で妨害する時は別の手を使うことの方が多かったからだ。呪いとは、その程度の認識だった。呪ったところで気休めにしかならない、だからこそ人が持つ呪う力に重きを置かなかった。

しかし真実の愛が証明された事で、呪いが確実に存在する証明がされてしまった。呪う力を持つ者は、手順を踏めば誰かを呪えるのだとわかってしまった。わかっていたことだが、再確認してしまった。

だから、その力を積極的に利用する者が現れた。証拠が見つかりにくいから。

……これから、きっと呪いに対する対処が複雑化していく。だからこそ呪いに気付けるロレッタは、これからも重宝されることだろう。

八百屋の売り子として大成したかっただけなのに、いつの間にか上流階級の裏側に巻き込まれて——いや、自ら防具なしで飛び込んでしまった。

（貴族とかキラキラしていて、憧れだったけど……華やかな舞台裏って、やっぱり大変なのね）

呪いがあちこちにあることを知ってしまった。それを表に出さず処理して、なんでもない顔をしなくてはならない。

ちょっとの失敗が大失敗扱いされて、日常的に気が抜けない。

（……わたしには無理そう）

キラキラした世界に憧れた。きっと素敵な世界なんだろうと夢を描いた。

でも近付けば見えてくる現実。身分と権力を妬み、自然と小さな呪いが跋扈《ばっこ》する。それを悟らせず、姿勢良く立ち続けるのが高貴な生まれの誇り。

それは、お花畑のような世界を想像していたロレッタの幻想とは全く違う世界だった。

思っていたのと違う……そんな残念な気持ちを抱えて、ロレッタは小さく息を吐く。

笑顔で対処してみせた、イヴ様のようにはなれそうもない。

それが少し残念で……なんだか安心だった。

（ところでイヴ様のお兄さま。折れたヒールを蹴飛ばしたイヴ様に対して淑女がなんてことをって嘆くのでなく、さすがベルンシュタインの娘って感心するのなんか違う気がします）

…………◆♡◆♡◆♡◆…………

予備の靴があったことに驚きが隠せません……。

予備のドレスもあるそうですよ……さすがに質は落ちますが、ちゃんとドレスが汚れた時の対処として用意されているようです。まさかドレスまで用意されているとは思いませんでした。でも何で下着まで予備があるんですかね？　そこまで汚す想定を……？

とにかく、肩の荷が下りた気がします。全然終わっていないのですが、披露宴真っ最中ですがそんな気になっている私です。私はやり遂げましたよお兄さま！　調子に乗りましたがやり遂げました！　最後に転びそうになりましたが転ばなかったのでノーカンです！

……いえ、殿下に助けられたからなんですが……いけませんね。立派に殿下をリードしてみせると決めていたのに、支えていただいたのは私の方でした。不甲斐ない……実に不甲斐ないです……情けないわよイヴ・ベルンシュタイン……。

「申し訳ありません殿下……私の体重管理が甘かったばかりに」

「僕の天使《アンジュ》は羽のように軽いから問題ないよ」

「いえ私の右足に問題がありました」

「折れてしまうほど練習したんだ、仕方ないね」

「シカタナイネ……？」

確かにたくさん練習はしましたが折れるほどでは……やはり私の体重が……そのところどうですかお兄さま。お膝にお邪魔する私は実はとてつもなく重かったりします？　体重より愛が重い？　目に見えないモノの重さがわかるモノです？　想いが重いとは？　そしてそれは体重と比べていいものなんです？

宇宙を背負う私を現実に戻すよう、殿下がチュッと口付ける。ヒエッナンデ⁉　人が見ていますおやめください！

国王夫妻が時間稼ぎをしてくださっている間に何とか靴を履き替えて、何事もなかったような顔をして挨拶回りをしました。と言っても挨拶に来るのは周りの方々。長蛇の列が出来上がり、挨拶することが許された貴族と顔合わせです。

一生懸命顔と名前と立場を覚えましたが、一致しているのか不安しかない。答え合わせってどうすれば。訂正が入らなかったのでちゃんと覚えられていたとは思いますが、不安でずっと殿下の腕を握っていました。殿下は微笑んでくださったので大丈夫だと信じます。

ちなみに皆さん一様に、ファーストダンスの成果を褒めてくださいました。トラブルに見舞われても冷静な対処が出来ることは素晴らしいとかさすが不幸を幸運に変える奇跡の乙女とかいいように受け止められたようです。

不幸を幸運にって何です？　それ今回のこと以外だとどこから来ています？　私がやらかしたのは殿下との事故チューくらいですが……え、もしかしてそれです？　愛し合っている恋人を魅了の呪いで奪われても真実の愛の口付けで祝福された幸運……？　お待ちになって、私と殿下が元から愛し合っていたことになっている⁉　確かにそんな噂はありましたがもうそれで確定なんですね――――⁉

こ、これは否定出来ない……！　かといって肯定したら嘘になる……！　貴族の嗜みとして微笑むしかない……！　優雅に誤魔化すしかない‼

それなのにサラッと肯定する殿下……！　いえ恋人同士の点ではなく、以前から想っていたという点だけの肯定ですが話の流れ的に恋人同士を肯定したかのように……！　あああ聞き耳を立てている女性陣のおめめがきらっきらですご誤解されましたねー!?

と言いますか、なぜここで嫉妬されないのですか！　前はされたのに！　アグレッシブうり坊なご令嬢がいたのに！　いえ、ことごとく自らの不利を嘆かれていきましたが……皆さんラブロマンス大好きですね私も大好きです登場人物が私でなければ楽しめました！　キラキラした目で見られることにむず痒さを覚えます助けてお兄さま……！　あ、お兄さまがご挨拶の列に並ばれた！

お帰りなさいお兄さまお仕事お疲れ様です！　続きましてはベルンシュタイン当主代理として挨拶のお仕事ですよ！　早く挨拶したいですお兄さまに貴族対応《挨拶》されるとか初体験ですので！ちょっと寂しいですが初体験です！

そういえば結局あのご令嬢は曲者……で、良かったんでしょうか……調子に乗って戦闘不能にしてしまいましたが……反省です。

状況を正確に把握出来ていないのに手を出すのは悪手でした。イケルと思ってしまったのです。もうテンションがハイでなんでも出来る気がしたのです。これからは気を付けます。

何とか長蛇の列を捌いて、それからさらに挨拶回りを開始して……何とか予定していた人たちと顔合わせを終えた頃には、私の喉はカラカラだった。

少し休憩したくて視線を彷徨わせれば、すかさず気付いた殿下がバルコニーへと避難させてくれた。休憩室へ下がるほどではなく、少し涼むための場所。出入り口には護衛も配置されていて、少し気を抜いても許される空間。

……王族専用の休憩スポットだった。賓客が立ち寄る用のバルコニーとはまた違う場所らしく、バルコニーから見える景色も別格らしいです。日が落ちているのでよく見えないけれど。豪華なソファがでんっと置かれています。あれここテラスでした？　バルコニーではなく？　いやバルコニーですね天井ありませんもん。お星さまキレイ。

王族御用達のふっかふかなソファに腰掛けながら、移動中に入手した果実水で喉を潤して一息。お酒ではありません。さすがにこの緊張でお酒は飲めません。絶対酔います。

それにしてもこれは、鍛錬とはまた違った疲労が溜まります。精神的疲労が凄い！　皆さんよく何度も出席出来ますね！　私は年に一度あればいいと思います！

……なんて、言える立場ではなくなるわけですが。

婚約式と披露宴を経験して、これで私が将来国母となるのは決定事項。催し物は年に一度なわけもなく、その度私はたおやかな笑みを湛えて、貴族の令嬢らしく社交を熟すことになる。

決定された未来だというのに、そんな自分が全然想像出来ない。なんてことでしょう。助けてくださいお兄さま。さすがにいつまでもお上りさんのようにあたふたするわけには……二十代の頃に出来るようになればいいってそんな。確かに現国王陛下はご健在ですけども。王太子妃として経験を積んでから王妃になるのでしょうけど。なるのですか。なっちゃうんですかー……。

「疲れた？」

ぼへっと星空を見上げながら悶々としていれば、殿下も豪華なソファに腰掛ける。ふっかふかなので、殿下の重さでより深く沈んだ気がする。何せ私の隣に座られたので――深く沈んで重心がずれて、殿下の肩に寄りかかるような形になる。ひょっわ⁉

……あっあっあー！　蟻地獄に引っかかった蟻のように抜け出せない！　こうなると思っていなかったので、不意打ちを喰らった私は殿下にしっかり抱き寄せられた。腰に手が、手が……！　抜け出せない！　しっかりしなさい私の体幹！　不意打ちなのはさっきのダンスと同じなのだから立て直せないなんてことは――がっちり捕まっているから無理でした！

あれれーおかしいなぁ⁉　私はここに休憩に来たはずなんですがどうして広間にいた時よりも心臓がドコドコ太鼓状態なんですか⁉　挨拶回りの時もがっちり腰をホールドされてなかなかの密着具合だったのにここまでは……あれですね周囲に人がいたから淑女の仮面を被っていられたわけですね！　何より失敗が不安で、挨拶回りの時はむしろ殿下にくっついて精神安定剤扱いしましたし！

それと違い、今二人っきりですからね！　護衛の姿が見えないってだけでも受け取り方が変わります！　護衛さんちょっともうちょっと存在感出してくれません⁉　もしくはお兄さま！　助けてお兄さま！　お兄さまが護衛していると思えば意識がそっちに行くので心臓も落ち着くはずです！　いえどちらにせよ殿下の体温で心臓は太鼓なんですが、大太鼓か小太鼓かの違いがありましてですね……！

……落ち着くのよイヴ・ベルンシュタイン。この程度の接触、ここ数か月毎日乗り越えてきたじゃない。もう日常の一部と言っても過言でないわ。そう当然の流れ。二人が寄り添うのは当たり前。なぜなら婚約者だから。何もおかしくない。動揺する方がおかしいの。なぜならこれが当たり前の距離だから。そうゼロ距離。殿下イコール体温。何なら殿下が傍にいるのに接触がない方が寂しい。ダンスの最後に支えられてドッキドキしたのは別にやらかした後ろめたさではなくてよ――なくてよ!?

うん本当に落ち着こう私。一周回ってスンッてします。

殿下だって私の返答をお待ちしているわけですしね！

「疲れましたが、まだまだ大丈夫です！」

「うん、元気そうだね」

「ちょっと社交を熟す自分というものが想像出来ないなと思っただけでして……」

「それは慣れるしかないかな」

「必要なものは経験値！　デスヨネ！」

やはり何事も経験。数を熟すしかない。よし来い失敗《ピンチ》、お前を経験値《チャンス》に変えてやるよ！

微笑まし気に私を見つめていた殿下がふと、真剣な目をして私の手を取った。

私を映す夜空のような瞳は、相変わらず熱っぽい。その瞳が真剣に、真っ直ぐに、私を見つめている。

「……聞きたいことがあるんだ」

「はい」

直感的に察した。これは真剣なお話だ。

自然と私の背筋が伸びる。見つめ返した私に、殿下は一度微笑まれた。そしてまたすぐ、真面目な顔になる。

「君の、気持ち」

「はい？」

……私の気持ちとは？　え、聞きたいことって私の気持ち……？

今どんな気持ち？　ねえ今どんな気持ち？　ということ……ではないですね？

不思議そうな顔をする私に、真剣な表情のまま殿下が続けた。

「婚約式《ここ》まで急いだ。強引だった。戸惑う君を丸め込んで、逃げ道を塞いだ」

……確かに駆け足でしたし、ごり押しされたところはありましたが……。

私はいざとなったら逃げ道を塞がれていても飛び越えますよ。何せベルンシュタインの令嬢なので。なので殿下が深刻なお顔をなさっている意味がわからない。

急にどうなさいました？　ベルンシュタインの野性を舐めてますか？

「だから聞きたい。もしこの先が不安なら、正直に言って欲しい。後悔があるなら聞きたい。僕は……」

殿下は何か、迷われて一度口を噤む。

それでも夜空のような目は、私から逸らされることはない。

「君に好かれたい」

え、呪いを解く程度には好きですが？

そんな一世一代の告白みたいな顔で何をおっしゃるのか。思わずきょとんと首を傾げてしまいました。殿下はなぜか、苦笑しています。きらきらと、瞳が星のように煌めいているのに……どことなく、悲し気なような？　不安を覚えている？　なぜ？

何がそんなに、不安なんだろう。私の気持ちはそれこそ国中に奇跡として知れ渡っているというのに。愛の奇跡があったからこそ、私は殿下の隣にいるのに。


婚約式。教会での署名に、宝石の交換。バルコニーでのお披露目に、婚約披露宴。

ところでお互い交換した宝石が豪華すぎてちょっと記憶から吹っ飛んでいましたが、あの豪華な宝石の加工を私が決めるんです？

婚約式で原石のまま交換し、結婚式で相手に似合う装飾をして再度交換するあれ。地位ある男性の場合は襟元を飾るボタンとして加工される場合もあるそうですが、相手は殿下なのでどう加工したらいいのかもうすでに目を回しています。

用意されたのはインディゴライトでした。青空のように綺麗な青です。この高価な宝石を、私が加工デザインするんです？　ちょっと荷が重すぎませんかね。

国王夫妻の結婚式では、王妃様が陛下にペンダントとして加工して、陛下は公の場では常にそのペンダントを身に着けておられるとか。王妃様も贈られた大粒のイヤリングを主役にした装いをされるので、結婚エピソードは民にも他国にもしっかり伝わっている。他国にも伝わるエピソードなのでよく考えねばならない。早急に決めないと三か月後の結婚式に間に合わないから急務なんですけど——三か月後結婚式だああああ！

ぐあっと襲いかかって来た焦燥を何とか真横にぺいっと投げます！　結婚式《きみ》はまた後で！

宝石の加工《あなた》も後でです！　今は、殿下です！　これ以上の脱線は許されませんよ！

しかしいまさらなお言葉です。どうしたんでしょう。

だって私は、言葉にするまでもなく行動で示している。呪いを解いて示している。

イヴ・ベルンシュタインは殿下を愛している。

それは、奇跡を目の当たりにした者たちなら疑いようのない真実なのに。

……でも確かに、奇跡って、漠然としていますからね。

私が理解出来る範疇を飛び越えて、思いもしない結果を持ってきます。たとえ結果がそこにあっても過程が不明すぎて、現実味が湧きません。はい、盛大に戸惑いましたとも。

もしかして、殿下もそうだったのですか？　溶けるほど愛を囁きながら、実は戸惑っていたのですか？

……そうですよね、お互い接点はほぼなくて、殿下が私を認識していても、私は全く関わりがないと思っていました。それなのに私が殿下を想っている——想いが通じ合っているというのは、信じられなかったのかもしれません。だから何度も私に愛を囁いたのでしょうか。

私が奇跡を起こすほどの感情を殿下に抱いているって、確認していたんですか？

……あ、あれ、そういえば。

私、一回も言ったことがなかったのでは……？　何せ戸惑っていましたし。どうしてこうなったとしか思えない時期もありましたし。正直今だって半分ふわふわしているところもありますし。

いいえ！　これは言い訳です！

と、戸惑ってばかりで誠にすみません……！　私ってば私ってば私ってば！

一言も、言っていませんでしたね……！

「わ、わたしゃはっ」

噛んだ。

とても真剣な場面だったのに勢い込んで噛みました。思わずそっと視線を逸らして口元を押さえます。

殿下、いつもだったら微笑まし気に見守るのに今日に限って真面目な顔を続行なのは酷いです。

居た堪れない！　く、いっそ笑え！

ゴホンと咳払いをしてもう一度。

「私は殿下が、好きです」

「それは……」

真剣な目のまま、殿下が問い返す。

「エディより？」

「お兄さまはお兄さまですのでジャンル違いです」

お兄さまはお兄さま。不動のナンバーワン《私の太陽》でオンリーワン《私の神様》。たとえお兄さまにお嫁が来てお兄さまから私への扱いが変わっても、私が家を出て嫁いでもお兄さまはお兄さま。夜空の月が姿を変えて見えなくなってもお空に浮かんでいるように、形《立場》が変わってもお兄さまは私のお兄さま。永久不変の決定事項です。お兄さまが私の中で信仰対象《一番大切》なことに変わりはない。ええ、永久に。何せ私は妹なので。妹なので兄を信仰《愛》し続けます。

だけどそれはお兄さまというオンリーワンの話で……伴侶となれば話は別です。立っている土俵が違います。

そう、畑違《ジャンル》いです。

殿下とお兄さまどっちが好きかという質問は、私と仕事どっちが大事なのと質問するのと同義。どっちも生きていくうえで大事。ですが違うものです。並べられないのです。どちらも私の中で空高く聳《そび》え立つので日照問題が起きます。聳え立ちすぎてお空見えない。

殿下に対するこの想いがいつからあったのか、残念ながら鈍い私にはわかりません。全然知らないうちから殿下を愛していた私には、この好意がいつ芽生えたのか、全くわかりません。

何せ事故チュー《愛の口付け》でやっと恋心に気付いたくらいです。それまで殿下と一切交流がなかったので、本当にいつ恋心が芽生えたのか永遠の謎。おそらく解明される時は来ないでしょう無自覚です。知らんがな。いつからかなんて知らんがな。

でも、お慕いしています。

ちょっと強引なところ、優しく気遣ってくれるところも、実は嫉妬深いところも。むすっと拗ねるご様子も。疲れていても私の元へ足繁く通うマメなところも。実はテンポの速いダンスがちょっと苦手なところだって。

自覚の足りない私に愛を囁いて、求めてくださった殿下がいたから私は安心して自分の気持ちを確認出来た。

とっても恥ずかしかったけれども！　とっても恥ずかしかったけれども！　殿下が愛を囁いてくださったからこそ想いを見つめ直せたのだと思っている。肯定されるってとても大事ですね。

とっっってても恥ずかしかったけれども!!

私は殿下が好きです。

「お兄さまのことは神と崇めるくらい好きですが、殿下のことは呪いが解けるくらい好きです」

「真実の愛は疑っていないよ」

と言いつつ殿下は納得がいかないご様子。ちょっとむすっとなさっています。

え、何で急にちょっと不満気なんです？　いつも自信満々に愛を告げて……あ、勢いはあれど自信満々ではないですね！　いっつも愛を乞うていた気がします！　私に？　乞うの？　あれ？

え、どうしましょう。なんとなく、しっかり伝わっている気がしないです……ここは行動で示すべきですか？　でも私からハグすると殿下は固まってしまうわけで……でも今は想いを確認し合っているわけで……。

ならいいかな？　いいよね？

言葉で通じないなら行動で示せと言いますからね！

柔らかなソファに沈んでいる腰に力を込めて腰を浮かす。私より高い位置にある殿下の首に腕を回して、ぎゅっとハグするつもりだったのですが……移動すると勘違いしたのか、腰に回されていた殿下の手が私を留めるように動いた。ぐっと温かな手に力が籠もる。

いやいやどっか行こうとしているわけではなくてですね。片腕なのに力強いですねさすが男性！　負けそう！

しかし私だって落ち着けば腕の中から飛び出すことだって——よいしょっと腕を殿下の肩に回して、そのまま伸び上がって——ぎゅっとするつもりだった。はい、そのつもりでした。

ですが、殿下に向かう流れを取る私の行動にびっくりなさったのか……殿下の拘束する力が一気に抜けて。

私は自分が思った以上の勢いで伸び上がり。

ちゅっと。

「……」

「……」

「……あああああこれはその勢いが良すぎたというかにょむぅ——!?」

慌てて飛び退こうとした私の顔を殿下の両手がガッと包んで。

あっという間に殿下との距離がゼロになり。

濃厚に蹂躙された。

これは蹂躙です間違いない。

何なら私という存在への侵略です。

だって私という自我が、殿下に崩されて混ざり合って一つになるような錯覚を覚えた。私という意識が殿下に侵略されていく。今まで繰り返していた口付けが平和だったのだと教えられてしまいました。わからせられた。

知りません私、知りませんこんな、触れた箇所だけでなく内側まで暴こうと乱暴なのに胸が高鳴って翻弄される、この感覚を知りません！　助けてお兄さま助けてお兄さま食べられちゃいます食べられています……！　私ってば食べられています……！

息が出来なくて目が、目がまわりゅ……！

気付けば私は夜空を見上げていた。

殿下のキラキラした夜空越しに、満天の星が広がっている。柔らかなソファの感触を背中に感じながら、何とか酸素を取り込もうとパクパク震える私の唇は、またすぐ殿下に塞がれてしまう。

お、おおう!?　くすくす笑いの吐息が！　吐息が!!

「そうだった――そうだったね、イヴ」

ああ甘ったるい声ですダメですこれは脳が溶けます！　くっついたまましゃべっちゃ駄目です！　これ駄目なやつです！

「君から口付けを賜《たまわ》る程度には、好かれていたね」

あのその距離でおしゃべりされると私の呼吸は止まらざるを得ないんですが!?　ほぼゼロ距離

ですよ近、近い！　はわわわわ！

ちょっと待ってください一気にラブ指数が上がっていますけど違うんです事故なんです！

「ちが、その、事故で……っ」

「勘違《事故》いでもいいよ」

吐息がかかる距離で、殿下はとろりと囁いた。

「責任は取るから」

むしろ私が責任を取る方ではなかろうか!!

本当に本当に事故チューですみませんんん!!

ああああああ助けてお兄さまぁあああああああ!!


その後私は真っ赤な顔で会場に戻ることとなり、周囲にはきらきらと輝く目で微笑ましく見守られ、二人の仲は安泰だと貴族たちにしっかり印象を植え付けた。

殿下の熱愛行動に大混乱な私の動転ぶりはどれだけ経っても変わらず……国王夫妻を語る際、いつまでも仲睦まじく暮らしました、とお決まりの締め文句が飛び出てくるほどだった。

そう、結婚しても。

子供を産んでも。

王妃となっても。

孫が生まれた後も――――。

死ぬまで二人は、幸せに暮らしました。

めでたし、めでたし。


…………◆♡◆♡◆♡◆…………


それは婚約式の日程が決まり、エディがイヴの専属護衛になって少し経った頃のこと。

信用回復のため奔走していた側近候補シオドアが、執務に参加するため現れた。

候補の中では最年少だったシオドアは、少年らしさの残る顔をしている。その愛らしい頬は少しやつれ、逆に大人として成長したかのように見えた。

「大変お待たせしました。シオドア・ディーヌ。遅ればせながらこれから精進して参ります」

迷惑をかけたことを詫び、深々と頭を下げたシオドアにアルバートは激励の言葉をかけた。

「互いに精進していこう。君に期待しているよ」

シオドアはそれに涙ぐみ、また深く腰を折る。

「もう少し時間がかかると思っていましたが、予想外に早いですね。良いことですが」

書類から目を外さずに、様子を窺っていたマーヴィンが嘆息する。独り言のつもりのようだったが、人数の少ない執務室では響いた。シオドアは苦笑しながら答える。

「婚約者に、本当に信用されたいなら仕事と私の両方をしっかり両立させなさいって怒られました……仕事も私も大事にしなさいって」

「逞しい婚約者だね」

それもそうだと切り替えてきたシオドアも、あれから時間が経って何とか立ち直ったようだ。やつれてはいるが、目は死んでいない。アルバートは満足げに一つ頷いた。一方マーヴィンは、からかうように口元を歪める。

「仕事と私どっちが大事なのって言われる心配がないですね」

「両立頑張ります……もう呆れられたくないので……！」

「ああ、その気持ちはわかるよ。共に頑張ろう」

「はい殿下！」

「ちなみにレイモンドはどうです？」

もう一人の側近候補はいまだに姿を見せていない。時間を与えるとは言ったが、アルバートの婚約式を終えても戻らないようなら判断を下さねばならないだろう。

……が、復帰は難しいと考える。なぜならば。

「婚約は破棄されたそうだよ」

「駄目でしたか……」

「レイモンドは当たり前です！　あいつ周囲に『自分は被害者で、婚約者への態度は仕方がなかったんだ』って言ったんですよ！　言いたくなる気持ちはわかりますけど違うでしょ！　アップルトンに対しては被害者でも、婚約者に対しては加害者でしたよ僕ら！　そんなつもりはなかったとしても……ううゴメン嘘だよ君は間違ってない僕の言動がおかしかったんだよぉ……！」

プンスコ怒ったり落ち込んだりするシオドアに思わず苦笑する。立ち直ったと言ってもまだまだ情緒不安定のようだ。それでも奮起してここまで来たのだから、たいしたものだ。

レイモンドはプライドの高い男だ。確かに彼は被害者だったが、呪いにかからない男もいたため、魅了された側にも何らかの要因があったのではないかと思う者もいる。解明されていない呪いなので事実は不明だが、婚約者からしてみれば疑ってしまうのも仕方がない。被害者であるが加害者でもあるのだから誠実に向き合うべきところを、レイモンドは間違えた。

自分の意志ではなかったのだと、そう信じてもらわなければならなかった。信じてもらって、受け入れてもらわなければ。

ちなみにアルバートは、魅了の効果はロレッタとの接触回数が鍵ではないかと思っている。なぜなら呪われていても真実の愛認定されるくらいアルバートはイヴを想っていたので、他の女が入る心の隙間などあるはずがない。アルバートの感覚だと、ロレッタと会う度に好意を抱く対象がすり替えられたように感じた。

これも今思えばというあやふやな感覚で、実際のところ魅了の呪いがどう作用していたのかは不明のままだ。

とにかく、対応を間違えたレイモンドは婚約者に完全に拒絶されてしまった。

今後彼がどう出るかによって、側近候補として仕事が可能か見極めなくてはならない。追い詰められた人間がどう行動するのかは、さすがのアルバートにもわからない。

「レイモンドはプライドが邪魔をしましたね。やはりこういう時は殊勝にならなくては」

「そうです。本当にずっと一緒にいたい人なら、泣いて縋ってでも許しを乞わなくちゃいけないんです！」

「泣いて縋ったのかい」

「た、例えです例え！　……ちょっと泣きましたけど……」

ちょっと泣いたらしい。

「で、でもカッコつけないからこそ本音がわかるって言ってくれましたし！　抱きしめて撫でてくれましたもん！　弱みだって見せる価値があるんです！」

「可愛がられているじゃないですか、貴方」

力関係が決定しているようだ。

そしてアルバートは、シオドアの言葉にその手があったかと閃いた。

（……そうか、弱さを見せることで本心を伝える……その手もあったか）

それは、イヴにも有効かもしれない。

あの娘は恐らく搦《から》め手よりも、真っ直ぐな感情の方が伝わりやすい。思うままに口説いたら目を回していたこともあるし、逃げたいと思われたら駄目だ。方向性を変える必要がある。

イヴが大好きなのは兄のエディだ。アルバートがエディになることは出来ないが、真似る事は出来る。そっくりそのまま真似るのではなく、アルバートにエディの行動を落とし込む。

こちらが弱さ……弱みとなる感情を顕《あら》わにすれば、肩の力が抜けるのではなかろうか。泣き落としは最終手段だが、誰かを助けるために動けるイヴは、弱っている人を放っておけない。

「ありがとうシオドア。参考になったよ」

「はい……？　良かったです……？」

首を傾げるシオドアに、溜まりに溜まった書類の山を渡す。シオドアは口元を引きつらせたが、唾を飲み干しやってやると決意新たに書類の山を受け取った。

早速試してみよう。イヴがエディばかり構うので、手元にしまってしまおうかなど迷走していたところだ。ちょうどいい。嫉妬は程良い弱みになるだろう。演技じゃないし嘘じゃない。アルバートはゆったり微笑んだ。

マーヴィンが何か言いたげな顔をしていたが、アルバートは素知らぬふりをした。

というわけで方向性を変えて嫉妬して拗ねたり彼女の行動に驚いたりした時に、いつもよりわかりやすく表現してみた。具体的には微笑みで隠さず、言葉で取り繕わず、口下手な子供のように寂しさを表現してみた。

すると彼女には言葉を尽くして訴えるより、無言で身を寄せる方が有効だとわかった。

勢いで了承を得たいときは言葉の方が有効だが、気を引かれるのは無言の主張の方らしい。もちろん何も言わなければ誤解される時もあるので、いい塩梅《あんばい》をこれから探るしかない。

交渉として言葉を尽くす以上に、アルバートは彼女の心が欲しい。

あの日、衝動のままに捕まえたとわかっているからこそ、心が欲しかった。

呪いが解けたあの日、この日を逃せば彼女は手に入らないと、わかっていたからこそ。

呪いにかかっている間のことは、正直しっかり覚えていない。

人によって覚えているものが違うらしく、しっかり記憶が残っている場合もあれば霧のように朧気なままの人もいる。アルバートは後者で、記憶は霧がかかったように朧気だった。

記憶はないが、感覚がこびりついている。

ずっと、何か違うと本能が訴えていた。だが何が違うのかわからなくて、考えれば考えるほど霧が濃くなり、相手の顔がわからなくなる。

愛しいと感じる相手の顔がわからない。それなのに愛しい。

愛しくて愛しくて愛しくて、怖気《おぞけ》が走る。

愛しいのに、致命的な誤りをしたような違和感が付き纏う。

(僕が愛した、僕の天使。傍にいるのに、なぜ違うと思うのか)

わからない。深くなる霧。隣人の顔がわからない。それなのに愛しい人だと断言出来た。

誰にも気付かれぬよう宝箱にしまい込んで、奥深くに沈めたはずの愛しい人。誰にも悟らせるつもりはなかったのに、彼女に告げる気もなかったのに、身体は勝手に愛しい人の元へと向かう。

あの日もそうだった。一も二もなく、彼女の傍にいたくて歩を進めていた。

向かった先で、愛した人が諍いに巻き込まれ、階段から落ちそうになっていた。

階下にいたアルバートは助けるためにすぐに駆け出した。間に合わないと直感して、心臓がひっくり返るような恐怖を覚えた。

しかし階上で影がくるりと入れ替わった。

ぼやけた輪郭がくるりと回る。入れ替わり姿が鮮明になる。

落下しそうになった愛しい人。実際に落下してきた愛しい人。愛しい人。

――この時、階段から落ちるロレッタとイヴの立場が入れ替わり……アルバートの中で嘘と本当が合致した。

手を伸ばさないと決めていた存在が、アルバートの広げた腕の中に落ちてくる。

胸の奥底に、しまい込んでいた宝箱が浮上する。キラリと輝く厳重な鍵。中身を主張するように宝箱が震えた。

触れ合った瞬間、アルバートの中で突風が吹き荒れるように呪いが取り払われ――宝箱の鍵が弾け飛んだ。

羽のように広がったスカート。

蘇る声。

『何があってもお守り致します！』

貴族令嬢が見せない、顔全体での笑顔。

アルバートが愛した天使。愛しい人。愛しい人愛しい人愛しい人。

暴風雨のように浴びせられるアルバートが本当に愛した人の記憶。隠していた想いが暴かれて、抑え込んでいた愛しさの勢いが止まらない。痛みを伴う解放は、思いがけず触れ合った熱に癒やされた。アルバートの上に、階段から落っこちて来た愛しい人が乗っている。

僕の天使《アンジュ》。

瞳の奥で星が散る。どこもかしこも柔らかく、アルバートを守るように回された腕に彼女の身体能力を思い出す。かつての宣言通り守られたのだと気付いて、より愛しさが溢れて止まらなくなった。緊張で固まった少女の身体は動きを止めていて、重なった部分の熱をより強烈に感じる。温かい、人の体温。柔らかい、君の。

星が散る。きらきらと、視界が輝いていた。

「殿下の呪いが解けた！」

「奇跡だ！」

「真実の愛の口付けだ！」

霧が晴れるように明瞭になった思考。騒がしい外野の歓声。自分が置かれた現状を明確に理解し、暴力的な情報を迅速に処理する。

弾き出された最善の道。それはアルバートにとっての最善で、愛しいイヴにとっての最善ではなかった。

しかし暴かれた宝箱の鍵は壊れてしまった。

魅了の呪いによって増幅し、捻じ曲げられた想いが矯正されて本来の愛しい人へと向かっている。押し込めていたのに引きずり出され、無理矢理捻じ曲げられた想いが正された反動で溢れ出ている。隠す気も、しまい直す気も、荒れ狂うほどの愛しさに流されていく。

触れ合ったまま固まって、呼吸すら止まっている少女。

きっと正気に戻れば逃げ出してしまう。逃がしたくなくて、衝動のまま震えている手を包んだ。小さな手だ。アルバートに捕まえられる、小さい手。

手を伸ばしたら、あっさり握ることが出来た。届いた。捕まえた。今、捕まえた。

抑え込めない衝動。こんな時に独りよがりな最善を叩き出した思考回路。呪いの解けたアルバートがどう行動するかで、全てが決まる。

最後の理性、冷静な部分が手を放せと忠告する――――そんな声は、濁流のような歓喜に押し流された。

(この機を逃せば次はない。この手を捕まえられるのは今だけだ)

今ならこの子をこの子のまま手に入れることが出来る。今を逃せば、二度と手を伸ばせない。解けた呪い。真実の愛の奇跡。呪われていた醜聞を吹き飛ばし、民衆が熱狂する結末を描けるのは今だけ。

この奇跡を利用して、貴族女性としてではなく、奇跡の乙女として国の頂点に立たせることが出来る。

今なら！

今なら！

(腕の中の天使を、天使《彼女》のまま、僕のものに出来る！)

一度逃がすと決めたアルバートの天使。身を起こし、愕然としている彼女が見える。震える彼女を身体全体で感じる。

何が起こったのかわかっていないイヴを、アルバートは微笑みながら囲い込んだ。

後悔も罪悪感もないと言えば嘘になる。

それでも諦めていた人を腕に抱いた多幸感を、アルバートは決して忘れない。そんな勢いのまま手に入れた彼女。彼女の心を手に入れるためなら、アルバートはなんだって出来る。

だから婚約式の日にアルバートは、イヴの逃げ場を封じてから『ちょっと弱気な自分』を演出した。

強引なだけではいずれ破綻することはわかっていた。イヴだって馬鹿ではない。流されるままに婚約式をしても、いずれ勘違いや違和感に気付くこともあるだろう。

その時に、アルバートがただ押し切るのはよくない。というかその手法はいずれ慣れられる。お互いまだ慣れていないからこそ通用するのだ。

だから今のうちに、確かに言葉で受け取る必要があった。互いの気持ちを再確認し、言語化する必要が。

奇跡だけじゃない、彼女がアルバートをどう想っているのか。その気持ちを彼女自身に語らせる必要が。

好きだと、愛していると言って。

繰り返し繰り返し、言葉に出して刷り込んで。

ねえ君は、僕のこと――――奇跡を起こすほど、愛しているでしょう。

誰よりも、何よりも。

……しかし、エディの存在は不動だった。

それが彼女だと思っても、彼女の全ての一番になりたいと思ってしまうのは仕方がない。好きだと言ってくれる奇跡に感謝するだけでは、アルバートは満足出来ない。欲深いと言われても仕方がない。捕まえた自覚があるからこそ、彼女からの好意が欲しい。

そもそもなぜイヴはあそこまでエディにご執心なのだろう。僕になくてエディにある、彼女が好むものはなんだ。筋肉か……？

イヴの好みになりたくて研究したことがあるが、アルバートはなかなか筋肉が付かない体質だった。鍛錬の時間を増やしてみたけれど、思うような筋肉は付かなかった。

この点に関してはどうしようもない。鍛えていないわけではないが、体質の問題だった。言い訳にはなるがアルバートはひょろいわけではない。ただ、がっしりとした体格には向いていなかった。

欲しいものに限ってなかなか手に入らないのは、本当にままならない。

だからこそ手に入るチャンスを逃すわけにはいかない。

イヴは自分が、アルバートに好意を抱いていると疑いもしない。真実の愛の奇跡はそういうものだと認識して――アルバートを知った後も、降り積もるように好意を持ってくれている。

このまま、このまま、囲って閉じて捕まえてみせる。

婚約式で交換した宝石は、結婚式までに豪奢なネックレスに加工するつもりだ。

あの細くて白い首に、最高級の首輪を飾る。

その重さで彼女の足が鈍るとは思えないが、それでも自分のものだと他者の目にわかりやすい証が欲しい。

本当は、大切なものほど宝箱にしまって誰の目にも触れさせたくない。

しかし自分だけの愛しい人を閉じ込めておくことは立場的に不可能だから、目に見えた独占欲で囲いを作らないと安心出来ない。それでもアルバートの天使は、見えない羽で悠々と飛び立ってしまいそうだ。

だから、だから、誰が見ても確かな形で。誰の邪魔も入らないように。

ああ、早く三か月経たない《結婚したい》かな。

愛しているよ僕の天使《アンジュ》。

大丈夫、二人の愛は永遠だ。だって僕らを繋ぐのは真実の愛なんだから。

そう思い込めば、それが真実になる。

だから信じていて、イヴ。

この世には、真実の愛があるって。

——僕もそう、信じているから。

だからこれは、めでたしめでたしで間違いない。

それ以外の結末を、彼女に与えるつもりはないからね。

【番外編】バレンタインがやって来ます！

皆さん、事件です。

我が国で恋のおまじないが禁止されました。

悲しい法令が発令されてしまった……！

こ、恋する乙女たちに大打撃！　恋に悩む乙女たちに大打撃です！　私はやったことないですがお友達はやっていました！　想い人から少しでも好かれたい、藁にも縋る乙女たちに大打撃です！　ロレッタ嬢がおまじないを呪いに変換する特異体質だったばかりに……前例を作ってしまったばっかりに、おまじない撲滅キャンペーン発令中です！

無闇矢鱈《やたら》に禁止すればいいってものではないですが色恋沙汰《魅了の呪い》で問題が起きたので真っ先に禁止されたのが恋のおまじないでした！

何ということでしょう……恋する乙女たちはこれから想い人に対して、どのようにしてそわっく心を発散すればいいんでしょう。私はやったことないですけど。やったことないんですけど！

ちなみに恋はわかりませんが、愛ならわかります。

はい、お兄さま愛《家族》です。それなら何日だって語れます。皆さん二回目は聞いてくれませんが、留まることなく語れます。二回目は聞いてくれませんが……。

それはそうと。

実はその愛を伝える日が近いのです。

異国から伝わってきた知る人ぞ知るお祭り。

そう、異国の愛の祭り——バレンタインです！

元々他国から伝わってきた行事で、女性から男性に想いを伝えることが出来る日なのです。

女性が想い人にチョコレートを渡し、愛の告白をするのだとか。

愛の籠もったチョコレートを受け取るのか拒否するのかは、相手側の自由です。もちろん自由ですが、愛の告白の日なので、受け取りすぎると気の多い人として認識されて大変なことになるそうです。そう、本命同士本気の一発勝負をしない人は顰蹙《ひんしゅく》ものです。

もっとも、愛の祭りなので家族愛も範囲内らしく、身内で受け取った分は問題ないノーカンらしいです。

ただこの国では浸透していない行事ですので、知らない人の方が多いことでしょう。

ならばなぜ、私は知っているのか？　実に簡単なことです。

お爺さまが一回乗り込んだお国発祥だからです！

……乗り込んだ国です！　昔険悪だったけれどお爺さまという脅威に屈したお国です！

仕方がない！　その国の軍事力よりお爺さま一人が強かった！　そこまで大きな国でなかった

とはいえ、規格外ですねお爺さま！　逞しくて素敵です！

それから何度かあったやり取りに、必ずお爺さまが随行し……お国の文化を知ることとなり、それを私に教えてくださったのです。

「この日は女性からチョコを介して愛を伝える日だ。だから存分にやりなさい」

「おゆるしがでました！」

はい！　存分に全力で愛を伝えました！　お爺さまにもお婆さまにもお父さまにも、もちろんお兄さま！　お兄さまにも！

伯爵令嬢の私が全力で異国の行事に乗っかって家族に愛を伝えました。

結果、領民たちにも浸透しました。

すっかり女性から愛を告げるという大胆な行事に染まった伯爵領です。

ええ、真っ先に私が乗っかりました。

乗っからいでか。

――お兄さまに愛を伝えるチャンスは見逃しませんよ！

というわけで今年もやって参りましたバレンタイン!!　待っていてくださいお兄さま！　今年もすっごいチョコで愛を叫びます！

といっても私はこれでも貴族令嬢なので、お料理はからっきしです。

お兄さまへの愛は留まるところを知りませんが、そんなお兄さまに食べられないものは渡せません。渡せるわけがありませんねぇ！　もちろんお父さまお爺さまにもお渡ししましたよ！　食べられるものを！

バレンタインを知ったのは三年前で、お兄さまが領地を出て騎士団に入団した年です。寂しさもあり、既製品のチョコを山のように買い漁りました。この買い物で領民に周知されたんですよね懐かしい。

二年前はシェフの作ったチョコレートケーキにデコレーションをさせていただきました。前衛的だと褒められたものです。ケーキの側面に貼り付けた果物が落下したのは失敗でした。

三年目の今年は私が伯爵領に帰れず、お兄さまにしか渡せないので、もっと凄いものを。

「というわけで、シェフの作ったチョコを削って成形したのがこちらです」

「包丁の代わりに彫刻刀を握ったのか……」

握りました。

昨晩、寝る間を惜しんで夜鍋した結果。自分で言うのも何ですが細部まで拘った芸術品が生み出せたと思います。自信作です。

その名も『伝説の聖剣っぽいチョコ』です！

小さい頃のお兄さまが好きだった絵本『騎士王空を制す』の騎士王様が持っていた伝説の聖剣！　この一振りで雲は割れ渡り鳥は一瞬で目的地に辿《たど》り着き、夜を切り裂いて朝を導くという伝説の聖剣です！　絵本の聖剣を完全再現！　騎士王様を再現出来なかった自分の技術力が悔やまれます！　次回に期待!!

お兄さまにはぜひ、騎士王様のように一振りで雲を割るくらいの妙技を身に付けていただきたい！　はい無茶振りですよこれ！　絵本だから許される妙技です！

「どうぞお兄さま！　ぜひ柄の部分を握りながらお召し上がりください！」

「つまり刃先から喰えと」

「刃先を握るのは危ない気がして……」

チョコが手に付かないよう柄の部分に紙を巻いたのもありまして……実にそれっぽい見た目になっています。

あ、刃先から食べるお兄さまもきっとワイルドで素敵です！

「それで、これを夜鍋して作ったと」

「はい！　愛を込めて削りました！」

「その熱量でチョコが溶けなくて良かったな。それで」

「はい？」

「殿下の分はどうした」

「はい？」

「殿下の分」

「デンカノブン？」

え？　何で？

きょとんとする私に、お兄さまが予想通りという顔で続けて言います。何です？

「バレンタインは何の日だ？」

「はい、女性から愛の告白をする日です」

「女性が愛を伝える日なら、婚約者にチョコレートを渡すのは当然じゃないか？」

「え、なぜです⁉」

「やはりそこからか」

え、だって女性が告白する日ですよ⁉　あと家族愛の日ですよね⁉

フリーの女性が愛の告白をする日じゃないんですか⁉

だって私と殿下は婚約者でこひ、こい、恋人どうちで、同士で！　何なら結婚の予定もしっかり確立している関係で。

え、いらなくないですか⁉　欲張りでは⁉　今日は恋する乙女が勇気を出す日ってのがメインでは⁉

「恋人たちはもうしっかり普段から愛を伝えているのでいらないのでは？」

「その対象を殿下から兄《俺》に当てはめてもう一度言ってみろ」

「申し訳ございません私が間違っておりました‼」

愛っていつでもどこでもどのタイミングでも伝えたい時に伝えるものでしたね！　むしろ行事をちょうどいいって判断したの私でした！　乗ってやるぜこのビッグウェーブにって飛び込みました私です！　そういえばお婆さまも個人的にお爺さまに何かお渡ししていたような……⁉

……えっ！　つまり殿下にもチョコが必要……⁉

そ、そんなまさか！

「全部お兄さまに注《つ》ぎ込んでしまいました！」

「そんな気はした」

「わ、私ったらなんてことを……ハッ、そもそも殿下はバレンタインを知らないのでは？」

何せ隣国の行事です。伯爵領でだって私が広めたと言っても過言ではない。この国での浸透率なんて微々たるもののはず。

「将来の王妃が好んだ行事として数か月前から国土に浸透している」

「バレンタイン国土侵略済みですか⁉」

しかも私が好んだからですかー⁉　恋のおまじない禁止令が出たところにバレンタイン流行で、フラストレーションの溜まった乙女たちがこぞって愛の告白をしているですって⁉　本日のお話なのに聞こえてくるほどの愛の嵐が⁉　まさかの発散先！

ここで他国の行事を広げるのはどうなんだってお声は出ないんです？　お手手繋いでいる国だから問題ない？　むしろ他国文化を友好的に受け入れていると評判？　違うんです何も考えていません！

つまりどういうことかって？　殿下もしっかりご存じということですねバレンタイン！

ひょあー⁉

チョコ用意していません‼

あっあっあっどうしましょう……どうしましょうさすがにこれはいけませんいけません信頼関係に傷が、ヒビが、溝が出来てしまう……！　立役者の私がバレンタインで恋人にチョコを一切用意していないなんてそんなまさか！　だから侍女さんたち私がチョコ削っているのを見て不思議そうな顔をしていたんですねぇ！　ソリャソーダ！　殿下に伝説の聖剣チョコは渡しませんもんねぇ！　わかりますさすがにそれはないって！

えっええええええ本当にどうしましょう！

「助けてくださいお兄さま！」

「苦肉の策でこれを殿下に渡すか」

「そのチョコに詰まっている愛はお兄さま限定なのでお兄さまが受け取ってください！」

他人への愛が詰まったチョコを殿下に渡すのはとても不誠実なので出来かねます！

「なら正直に話してお前たち流のバレンタインを過ごせ」

「わ、私たち流のバレンタイン……」

とは一体……？

そもそもバレンタイン自体が隣国から浸透して初めてのことなので、何をどうするのが正解かわかりませんね……？　せ、正解もないのかもしれませんが。

それに殿下とお会い出来るのは夜ですし。夜にチョコはいかん気がするのです。夜のチョコは背徳の味です。実感済みです。

わ、私たち流とは……？　そもそも「流」とは……？

ちなみに発言者のお兄さまは、涙目で頭を悩ませる私を膝に乗せながら、伝説の聖剣っぽいチョコを刃先からバリボリ囓《かじ》っておられました。そんな揺るがぬところが本当に素敵ですお兄さま！　やっぱり食べている絵面もワイルドですお兄さま！　作って良かった伝説の聖剣チョコ！

頑張って削りました！

ついついいつものようにお兄さまへの愛を爆発させてしまった私。

お兄さまへの愛を爆発させていたら、あっという間に時間は過ぎてしまったのです。

あれぇどうしましょう⁉

あっという間に殿下がお目見えの時間です。

私って本当に馬鹿ですね！　最近とても深く実感しています！　今からでも改善の余地はありますか⁉

「イヴ」

甘やかに呼ばれて全身からあびゃーって奇声を発しそうになった。

本日も詰めに詰めた執務に追われていた殿下。いつも艶やかな金髪は心なしかしんなりお疲れが溜まっているように感じます。それでも私を見つめる夜空のように黒い目は、いつも熱が籠もっていてこちらが溶かされそうです。あ、溶けます。これは溶ける。全身が溶ける前に殿下と並んでソファに着席出来ました。ふう危ない。

本日はダンスレッスンもお休みです。殿下がお疲れなこともありますが、私が前もってそうお願いしていたので。

一応、一応ね？　大混乱でしたが殿下にそうお願いする頭はあったんです。冷静さがひと欠片でも残っていて良かった。

（……でも、チョコの用意は間に合わなかったわ。削ったときの残りだって製作の活力に自ら取り込んでしまったし……うう罪深い。深夜のチョコも殿下の分を考えていなかったことも罪深い。どうしましょうこれでいいの？　お兄さまは私たち流でいいとおっしゃっていたけれど、これはこれでお婆さまの真似だし完全に私流というわけでは……）

「今日のイヴはとても緊張しているね」

「しょうですか⁉」

っあ――噛みました！　これは肯定しているも同じ！

あわあわする私に、殿下は柔らかく微笑んで宥めるように私の背を撫でました。ゆったりとした手つきと大きくて温かな手が落ち着きます……いえ落ち着かないです！　近いです殿下！　隣に座るというより隣で寄り添う形になっています殿下！　ちっかい！

「最近は少し慣れてくれていたけれど、また僕と視線を合わせることに緊張しているね。僕の目を見て君の愛らしい声を聞かせてくれないかな。疲れた身体に、君の真っ直ぐな夏空のような瞳と擽るように愛らしい声は最大の癒やしなんだ」

擽るようってどんな声ですかね想像つきません私の声って擽ったいですか⁉

いえいえ確かに最近ちょっと慣れてきたので殿下と視線が合ってもどっひゃーってなる回数は少なくなりましたが全くないわけではなく……今回大きめなどっひゃーが来てしまっているだけですのでお気遣いなく！

しかしお疲れの殿下を癒やすのは婚約者のお仕事……こ、ここはお兄さまの言う通りに正直にお話しする必要があります。お兄さまの言う通りです！

「じ、実は殿下にお詫びしたいことが……」

「うん、なんだい」

「まずは本日が何の日かご存じで？」

「君が広めたバレンタインだね」

「ご存じで！」

デスヨネ！

「えーとえーとそのですね実はあれでこれがそれでえーっと」

「君が昨晩寝る間を惜しんでチョコを削っていた報告なら受けているよ」

「ぴぎっ」

「エディは喜んでくれたかな」

「製作も行き先もしっかりばれてるぅ」

あわわ。そりゃ私の行動は筒抜けですね。奇っ怪な行動だったと自覚しておりますので報告がいっても仕方がない。はい、深夜チョコをゴリゴリ削っていた淑女が私です。怪しいですね。

「もしかして、僕へのチョコを忘れたことを気にしているの？」

「全部ばれてる！」

「イヴはいつもエディに全力だからね。バレンタインを家族孝行の日だと思っていたようだし、僕にチョコがなくても理由はわかっていたから気にしていないよ」

どこまでばれているんでしょう！　全部ですか⁉　私の思考回路から行動経緯までしっかり把握済みですか⁉　それでいて慈悲深い天使のように微笑む殿下は天上のお方ですか⁉　殿上人ですね‼

狼狽える私ににっこり笑っていた殿下は、私の背を宥めていた手を肩に移動してそのままぐっとご自分に引き寄せた。びゃー⁉　殿下の喉元に私の額が軽くぶつかったんですが⁉

「でも近いうちに僕らは家族になるから……」

肩を抱き寄せられて、顔を寄せ合って、柔らかな殿下の吐息が私の額を擽る。

「その時には、僕にも君の特別な愛をおくれ。僕の天使《アンジュ》」

……擽るような声ってこんな感じでは？　凄く全身を擽られるような泡立つ感じが凄いするのですが？　擽る声って全然癒やされません殿下！　全力でそわつきます！

なななな、何ですかいきなり何ですか強烈にそわっとする空気を醸し出して！　この甘やかな空気はチョコに匹敵します！　チョコがないのに甘いとか！　空気が甘いとか！　どういうことですバレンタイン！

た、確かに来年のバレンタインには結婚していて家族ですが、家族ですが、つまり夫婦ですが、それなら私だってさすがにチョコを忘れたりはしませんが、いいえ恋人同士なのに愛のイベントをスルーしそうになった私が悪いのですがそれでもですね……！

「その時《未来》でなくても今でもあります！　愛‼」

「え」

叫んで、片手でパタパタ侍女さんに合図を送ります。ハリーハリー！　急いでください侍女さん！　殿下の色香がきょとん顔になって霧散《むさん》している間に！

ずっとひっそり控えていた侍女さんが、音もなく例のものを持って近付いてくる。私はそれを受け取って、まだきょとん顔の殿下のお膝にそれを置いた。

赤とピンクの花束。

チューリップの花束を。

「これは……」

「春の先取り、です」

まだ全盛期ではないので綺麗なお花はお庭に三輪しかなかったですが、庭師に頼んでいい感じに束ねてもらいました。赤と、ピンクのチューリップです。赤が一輪で、ピンクが二輪。一応ちゃんと花言葉も調べました。

チューリップは、思いやりの花。

赤は真実の愛。ピンクは誠実な愛。

……し、真実の愛の口付けで結ばれた私たちにはぴったりな春の花だと思ったのですこれでも！　ちゃんと考えたのです！　本当にあれからお兄さまへの愛を爆発させながらも考えていたのです！

夜のチョコが罪深いことに変わりはありませんし、お疲れの殿下にチョコを与えて元気になられても仕事に精を出しそうで心配になるし、やっぱりお体に気を付けてというお願いというか気遣いというか思いやりもありまして。

何より、お婆さまがお爺さまに贈っていたのはチョコではなく花でした。覚えている限り、紫のチューリップを一輪。

お婆さまがチョコを避けたのはお爺さまがお年だったからだと思いますが、思いやりだったことに違いはありません。それを真似て、私もチューリップをお贈りしようと思ったのです。

その発想に行き着いたのはお兄さまの「私たち流」というお言葉。さらに時間がなくて大慌てだった私が、とっさに相談したロレッタ嬢からの「チョコは麻薬。健康的な甘味はカボチャ。野菜しか勝たん」という斜め上に健康志向の高い発言からでした。

そうですね、チョコは麻薬です。一度知れば二度と抜け出せない魅惑のお菓子です。私はカボチャも好きですよ。

なのでこれは、私流のバレンタイン。お忙しい殿下へ、お体を労って欲しいという想いも込みでお贈りする愛です。

殿下の指先が、ピンクの花びらに触れる。

きょとんとしていた夜色の瞳が……ふわりと、愛おしさに綻んだ。

「ありがとう」

「いえいえいえいえむしろチョコがなくてすみません……！」

「いいや、これがいい」

殿下がそっと花束を持ち上げる。三輪だけの花束。

殿下の薄い唇が、ピンクの花びらにそっと触れる。

「これがいい……嬉しいよ。ありがとう」

そう言って、本当に無邪気に微笑まれた。

……きゅう。

……はっ！

私心臓止まっていました？

私生きています？　びっくりしました！

麗しいけれど目に優しくない殿下が、ストレートに感情を表現されて本当に心から嬉しそうに微笑まれるだなんて……ああびっくりした！　不意打ちもいいところです！　まさかこんな即席な花束でそこまで喜んでいただけるなんて！　嬉しいけれどちょっと申し訳なくて居た堪れない。

私は何とかお返事を絞り出した。

「喜んでいただけて嬉しいです」

「うん、本当に嬉しいな……来年も、再来年も、イヴからはこの花が欲しい」

「え、チューリップを、ですか？」

「うん」

よほど気に入られたのか、殿下はピンクのチューリップにキスを繰り返す。何でしょう。私にしているわけではないのに私が照れてしまいます。

あの、せめて私の目を見ながらするのやめませんか？　目を逸らすタイミングもわからないんですが！　自分から目を逸らすのは……負けた気がします！　いけません勝負事で負けるわけには……勝負事ではないのですが！　負けた気持ちになる！

「チョコは他の家族に、エディに全力で構わないから、この花だけは僕に贈って欲しい」

よろしいので⁉

え、よろしいので⁉

来年もお兄さまに、他の家族に全力でよろしいので⁉

お許しになります⁉

思わず目をキラキラさせた私に、殿下は深く微笑んで。

「うん、変わらずチューリップを三輪、僕に贈り続けて。愛しい僕の天使《アンジュ》」

異国の地から我が国へ流れ着いた、バレンタインという行事について。

王妃イヴが好んで広めたという愛の祭典は、彼女自身が夫となる人を真実の愛で呪いから救ったこともあり、瞬く間に国内に浸透した。

バレンタインを広めた王妃イヴは毎年家族に凝ったチョコを贈り、自ら愛の祭典に参加することで自国の女性たちが愛を告げやすくし、恋のまじないを禁止された女性たちが想いを告げる絶好の日となった。

家族にチョコを贈る王妃だが、夫であるアルバート王には必ず三輪のチューリップを贈ったと言われている。

チューリップは赤だったとも、ピンクだったとも、紫だったとも言われているが、必ず三輪だったことが記録として残されている。

三輪のチューリップの花束。

その意味が「愛している」であることもあり、王妃イヴは愛の祭典で、チョコではなく花束で夫に想いを告げ続けたといわれている。

それは、真実の愛で結ばれた両陛下が、いつまでも仲睦まじく幸せに過ごしていた証明として後世まで伝えられた。

このことから、我が国のバレンタインでは親好のある者にはチョコを。本命にはチューリップを添えたチョコを贈ることが主流となっている。

中でもピンク……「愛の芽生え」を意味するチューリップが初々しく人気である。

〜×××年　歴史書抜粋〜


なんて、後世にしっかり残されることになるなんて、もちろん私は思いもしませんでした。

……バレンタインの過ごし方も事故みたいなものなんですけどぉ――――!?

【番外編】ホワイトデー来たる

「はっぴーほわいとでー」

「ハッピーホワイトデー!?」

夕食後のまったりタイムに殿下から予想外の台詞《せりふ》が飛び出してきました!

バレンタインから一か月。確かにそろそろホワイトデーだなぁとは思ったのです。しかしバレンタインが驚異の侵略を見せたと言っても他国のお祭り。対となるホワイトデーまで侵攻を開始しているなど思ってもみませんでした。

そもそもホワイトデーとは何か。

異国から伝わった愛の祭りと対になる、今度は男性から贈り物をする日です。

バレンタインで女性からチョコレート《愛のお菓子》を受け取った男性。受け取ったということは愛の告白にイエスと答えたも同然。よってこの日に付き合い始めるカップルの多いこと。そしてその日に付き合い始めたということは、ホワイトデーは数あるカップルたちが付き合い始めて一か月記念日となるわけです。

その記念日に、男性は改めて女性に愛の贈り物をする……ホワイトデーとはそんな日です。

一か月記念のカップルがたくさんいるからちょうどいい、贈り物をしろ！　と声高に商人たちが考えた商戦だといわれています。身内のやり取りの場合面白がって「三倍返し」を強要されることもあるとか。家族だから言える冗談ですよね！

……カップル成立が前提のお祭りなので、そこまで侵略されていないと思っていたのですが……殿下のお口から飛び出したということは、しっかり侵攻を開始していたわけですね……!?

「で、殿下はそれを一体どこでお知りに」

「シオドアが婚約者から『ホワイトデーは三倍返しを期待しています』と言われたらしくてね。ほわいとでーがわからなくて、エディに聞いたんだ」

まさかの情報源はお兄さま！

お兄さま！　一体いつの間にそんな会話を!?　主に私の傍で護衛しているのに一体いつ!?

「だから、エディからのお返しがいつも『半日デート券』だということも聞いたよ」

「オニイサマ!?」

ご報告しちゃいました!?　それご報告しちゃいます!?

部屋の隅で護衛として控えているお兄さまにぐるっと首を巡らせますが、お兄さまはツーンと横を向いて視線が合いません。お兄さま！　お兄さま！　ちょっとこっちを向いてください妹からの抗議の視線ですよ！　お兄さま！

『半日デート券』なんてそんな、そんな子供みたいなお返しに狂喜乱舞していた私のことをお話ししちゃったんですか⁉　はい！　半日でもお兄さまとデート出来ることを全力で飛び跳ねて喜ぶ私です！

　だってお兄さまお忙しいんです！　だから半日も独占するのはとっても贅沢なことだったんですよ！　現在ほぼ一日中ご一緒出来て私がどれだけ喜び回ったかご存じな……いえ、ご存じですね！　私にお伝えしたのは殿下でした。ご存じです！

「ほわいとでーはバレンタインと違って、宝石やアクセサリー、焼き菓子などなんでも許されるのが逆に選択肢が多くてちょっと困ったよ。君は装飾品より短剣や動きやすい靴などを喜ぶと思ったけれど、さすがに発注する時間がなくて」

（さすが殿下、私の嗜好《しこう》がバレバレです）

　はい、宝石類より武具類の方が喜ぶ伯爵令嬢はこちら。

「だから、というか……ちょっと挑戦をして」

「？」

　珍しく、殿下が言い淀む。

　うろ、と夜空の瞳が彷徨った。これもとても珍しい。いつもとろけるような熱を込めて私をじっと見つめながらおしゃべりなさるのに。いえ、溶けるのでじっと見つめなくてもよろしいのですが。よろしいのですが。

　珍しく、私が殿下をじっと見つめることになりました。

　うろうろと彷徨う夜空は、じっと見つめる私に気付いて照れくさそうに潤む。

……うっ！　どうしていつもお美しいのに、突然お可愛らしくなるんです……!?

私がいつものように殿下の麗しさに心臓を押さえていると、殿下が何か合図をなさった。控えていた侍従が、小さなバスケットを持ってくる。

そこには、小さな袋に包まれた色とりどりの飴玉。わあ、動物の形をしている飴玉もあります！　可愛い！

刺繍針よりレイピア、ダンスより武術を極めちゃった令嬢ですが、普通に可愛いものは好きです！　アクセサリーは邪魔だと思っちゃう系令嬢ですが、小物とかぬいぐるみとか、可愛いものは好きですよ！　我が家には可愛い顔をして腹に鉛が仕込まれたトレーニング用のぬいぐるみがいくつか存在します。安心してください、ちゃんとふわふわもこもこですよ！　幼児くらい重いだけで！

って、いえ我がベルンシュタイン家のことはどうでもいいとして。

「受け取って欲しい。安物で申し訳ないけれど、僕からの気持ちだ」

「ありがとうございます！」

はいこれは素直に受け取ります！　私も学習しましたよ。私たちはこっこ恋人同士なので、愛のお祭りに参加する権利があるのです！　そもそもバレンタインデーにチョコではないですがプレゼントを渡したわけですので、ホワイトデーの話題になって察しました！　私は学習出来る子なのです！

受け取った籠を膝に乗せて、中身を物色。殿下の前ではしたないと思いましたが、むしろ殿下が中身を確認して欲しそうにこちらを見ている……え、もしやお一ついただいてみれば良いのでしょうか？　その場合この黄色い熊さんでも良いでしょうか。何味でしょう。蜂蜜味？　って、あら？　あらら？

一つだけ袋の違うものが……。

「……クッキー？」

しかも、手作りです。この歪な形はまごうことなき、手作りです。

シンプルなバタークッキーでしょうか。所々焦げ目のある、昔領地の子供がくれた手作りクッキーにそっくり……。

え、それがこの、殿下からの贈り物に紛れているということは。

「殿下が手ずからお料理を⁉」

「挑戦してみた」

な、な、な、何ということでしょう……！

貴族令嬢の私もお料理なんて、そんな、最近やっとチョコを彫刻刀でちょこっと削り取る作業をしたくらいだというのに……殿下がクッキーを⁉　お焼きに⁉　なった⁉

「す、凄い……凄いです殿下！　このクッキーをお作りに……！」

「といっても、僕は計って混ぜて形成しただけなんだ。最後の仕上げは料理長が行ったよ。オーブンは難しいね」

「オーブン……未知の領域です。火傷をするから近付いてはならないと言われているのです」

「ああ、あれは危険だね。高温だとわかっているのに、中からとても甘い匂いがするんだ。火傷をするとわかっていても手を伸ばしそうになってしまう……」

「そんな危険な調理具だったのですか……!?　だからいつも厨房は立ち入り禁止なのですね」

「そうだね。身をもって知ったよ」

何でお兄さま肩を震わせているのです？

視界の端でぷるぷるしているお兄さまがちょっと……いいえ凄く気になりますが今は殿下です。

殿下初めての手作りクッキー！

「実は異国では、ほわいとでーのプレゼントにクッキーは向かないらしい。けれど僕が挑戦出来そうなのはクッキーだけだったから、メインはキャンディーにして少しだけ紛れさせたんだ」

「そうだったのですね……うわぁ、ありがとうございます！」

クッキーの意味とかあるんですね、私が強く関心を抱いていたのはバレンタインデーだけだったのでそのあたり知りませんでした！　家族からのお返しも食べ物や装飾品ではなく、体験系でしたので。家族はデートや鍛錬、遠乗りや試合をちょっと特別形式でさせてくれました。だからプレゼントの意味とか考えたことありませんでした。いけません、令嬢としてそのあたりしっかり調べておくことですね。明日の宿題にしましょう。

私はそっとクッキーの入った袋を持ち上げて、いそいそと封を開けてクッキーを摘《つ》まみ……固まりました。

手触りが、硬い。

やけに、硬い。

……私は令嬢教育よりも、騎士としての英才教育を受けて育った自覚があります。令嬢としてよりも、騎士としての感覚が強いと思うこと、割とあります。これもきっとその感覚でしょう。その感覚が告げています。『これは危険物だ』と――……。

……え、これ、クッキーですよね!?

ちょっと見た目焦げて形は悪いですが初心者あるあるのちょっと焦げちゃった（てへぺろ）って感じのクッキーですよね!?　摘まみ上げるまで私はそう思っていました！　今もそう思いたいです！

どう思いますかお兄さま!!

部屋の隅にいるお兄さまに問いかけます。視線で問いかけます。お兄さまと視線が合いません。お兄さまお兄さま妹が問いかけていますお兄さまお答えくださいお兄さま！　一体何があったのですか何を見知ったというのですかもしかして本日ちょっと青ざめていたことに関係ありますか!?　さっきまでぷるぷるしていたのとは違う反応ですね！　今年のホワイトデーは私の希望を聞くからよく考えておけって言ったのもしかしてこれ関係していますか!?　どうなのでしょう応答願いますお兄さまぁ!!

何の反応もない！　全く動じない《まったくどうじない》立派な護衛のようだ！

「イヴ？」

「!?」

不思議そうな殿下が私を見ている。

……不思議そうに私を見ている。

つ、つまり殿下的には何の問題もなく……むしろちょっとお照れになっていますね？

「初めてだから、上手く焼けたのかわからないけれど……毒味は僕が済ませているよ」

「味見ではなく!?」

安全を保証しているおつもりなのやもしれませんが、ご自分が作ったものにもっと自信をお持ちになって！　その安全性を現在、私が疑っているわけですが！

疑っているわけですが……毒味……いいえ味見が済んでいるのなら、私の感覚が鈍っている可能性も、あります、ね？　殿下が私に危険物を渡すわけがないですし……。

確かに最近は鍛錬が十分に出来ていない状態……騎士としての感覚がお眠りになっていて寝ぼけている可能性もあります。ガンガン警報鳴っていますが。危険危険と指先から訴えていますが。

これは誤報。きっとそういうこともあるのでしょうね。

……ええい、何を悩むのですイヴ・ベルンシュタイン！　これは殿下が初めて頑張って作ったクッキー！　ちょっと失敗しているかもしれなくても恋人として、婚約者として、未来の妻として受け止めなくてどうします！　さあ行くのですレッツデザート！　女は決断、行動力！

私は意を決して、クッキーに齧りつ……噛めない！

クッキーとは思えない硬度が歯を通して伝わる。一度は阻まれた歯ですが、何とか根性で捻じ込んで噛みきりました。クッキーとは思えぬ硬度！　凍ったバターのような硬さ！

いっそ柔らかい飴と言われれば信じてしまうかもしれない食感のこれは……不味《まず》い！

焦げてジャリジャリした苦みと、砂糖を固めたような甘さと、どこから来たのかわからない酸っぱさが口内で大戦争！　噛みきれないクッキーから以上の味が染み出して、噛めない飲めない吐き出せないので味わう以外に選択肢がありません！　クッキーかと思いましたが飴でしたかこれ⁉

殿下、初めてのお料理で何をどうアレンジなさったのです⁉　確かに挑戦してみたとはおっしゃいましたが挑戦のレベルが初心者のそれではないのでは⁉

う、味の混雑が凄い……ですが、ですが、吐き出すのだけは絶対にいけません。

不敬とかではなく、これは殿下の初挑戦。失敗も挑戦の醍醐味ですが、この一口を吐き出すのは死んでも駄目です！

たとえどれだけ不味くても、未知の味でも、はじめて！　殿下が初めてお作りになった料理。失敗作だったとしてもお残しは許しません！　私がそれを吐き出して、失敗をトラウマにするわけにはいかないのです！

ごっくんです！　ごっくんするのですイヴ・ベルンシュタイン！　喉元過ぎれば熱さを忘れると言いますし、とにかく飲み込むのです！　気合でごっくんこぉお！

以上、この間《き》二秒。

全てを察したお兄さまの死地へ向かう戦士を見つめる真摯な目、私は忘れません。

……一つ、食べ切りました。残りは明日気合を入れて挑みます。

一息吐く私に、殿下がどこかそわそわと身体を揺らしながら問いかけてきました。

「味はどうかな？」

可愛い……可愛いのですが……！　私は言わねばなりません！　失敗をトラウマにしないのと、失敗を告げないのは違います。

「少々、ちょ、挑戦しすぎた感がします……次は、レシピをよく読んで、基本通りにお作りになった方が良いかと愚考《ぐこう》致します」

「挑戦しすぎ……そうか、ありがとう。確かにいろいろ試してみたんだ」

何をなさったのでぇ⁉

「君にプレゼントすると思うと普通のクッキーでは物足りない気がして」

「いえいえ普通が一番です！　とはいえありがとうございます、キャンディーもたくさんいただきましたし、交互に楽しませていただきます！」

「そうか、嬉しいよ。ありがとう」

殿下は照れくさそうに微笑まれた。はい、可愛い！　次回はレシピ通り作ってください！　形がちゃんとクッキーなのでちゃんと作れば味もクッキーになると信じています！

クッキーは残り三つ。気合で取り込みます！

でも今日は口直しにキャンディーを一つ摘まんで終わりにしますね。黄色い熊さんはレモン味でした。

その後はいつものように軽くちゅっちゅしてからお互い寝室へと別れたのですが、寝台で寝付く態勢に入ってから疑問が過りました。

……あれ？　殿下……あのクッキーを味見なさって平気だったの……？

殿下、味音痴疑惑が私の中で浮上しました。

ちなみに翌日、キャンディーの意味を調べて無事死亡致しました。

味にも意味があったんですねぇ!?

そういうところですよ殿下ぁ！


異国の地から我が国へ流れ着いた、バレンタインという行事と対になるものがある。

ホワイトデーと呼ばれるその日は、バレンタインで結ばれた縁を強固にするために男性側から女性にプレゼントを渡す日とされている。

もちろん我が国を代表する比翼連理《ひよくれんり》で有名な夫婦、アルバート王とイヴ王妃もこの行事で愛を確かめ合った。

アルバート王はホワイトデーには、自ら調理を行い王妃イヴに焼き菓子などをプレゼントしたという記述が残されている。彼は歴代の王たちの中で、初めて厨房に立った王だと言われている。

ホワイトデーは夫が妻に楽をさせる日だ、と言われるようになったのはアルバート王が愛する妻、王妃イヴに対する献身から来ている。

～×××年　歴史書抜粋～

【番外編】事故ったからこそ学習する

その日、アルバートが執務を終えたのはいつもより遅い時刻だった。

すっかり暗くなった道を慣れたように歩く。向かうのは休むための自室ではなく、婚約者の休む一室だ。

婚約式を終えて正式に婚約者となったので、彼女が過ごしている部屋は以前の客室ではなく王太子妃が使用するアルバートの隣の部屋だ。進む道に違いはないのだが、目的地は自室ではなくその隣である。

婚約式を終えて三か月後に結婚式を控えた恋人同士。貞淑を求めるならば深夜に顔を合わせるのは褒められたことではないが、アルバートはただ顔を見たいがために向かっていた。

とても疲れたので、休んでいる婚約者を一目見るだけ。一目見てすぐ休む。アルバートにとって婚約者のイヴ・ベルンシュタインは何より疲れに効く特効薬だった。ちなみに殿下の疲れが癒やされるのならばと、深夜の訪問についてはイヴから許可は下りている。素晴らしい婚約者だ。

別に言いくるめたわけではない。

ちなみに婚約式を終えてもイヴは王宮にいる。本人は何でどうしてと目を回しているが、ちょっと有名になりすぎて伯爵家に帰せない。伯爵家の守りが要塞とは知っているが、何が起きるかわからないからだ。それに婚約式に引き続き結婚式も急いでいるので、準備が多くて帰す暇もない……ということにしている。こちらは言いくるめた。

アルバートは目的地の扉を、小さく三回ノックした。アルバートの部屋と王太子妃の部屋、正確に言うと二部屋の寝室は内扉で繋がっているが、アルバートは結婚前にそれを使用するつもりはない。ただ顔を見て癒やされたいだけなので、正面からしっかり入って正面から帰る。

ノックの後、内側からゆっくり扉が開かれた。反応があったことにアルバートは驚いた。てっきりもう休んでいると思ったので。ノックは形式的なものだった。

扉を開けたのは、イヴの実兄兼護衛のエディ・ベルンシュタイン。

「君がまだいるということは……イヴはまだ起きているのか？」

「ご確認ください」

不思議な物言いをされた。開かれた扉の先、入室したアルバートの目が瞬いた。

光源を最底辺まで落とされた部屋の中。猫足のソファに行儀悪く仰向《あおむ》けに転がったイヴが、開いた本を腹に乗せて気持ちよさそうに眠っていた。

「これは……いつからこのまま？」

「殿下を待つと聞かず起きていたのですが、三十分ほど前から健やかに寝ました。殿下がいらしたら起こして欲しいと言われましたが、起こしますか」

「いや、もう寝る時間だ。惜しいが寝かせたままにしよう。こんなに愛らしいのだし」

「そうですか」

すやすやと気持ちよさそうだ。アルバートは微笑みながら眠るイヴに近付き、その寝顔に癒やされる。予定通りだが、まさか起きたまま待とうとしてくれていたとは思わなかった。イヴは規則正しい生活を送っていて、寝る時間も決まっている。頑張って起きていたのなら、よほど眠かったことだろう。

腹の上に広げられたままの本を拾い上げれば、それは貴族目録だった。ソファの隣にある背の低いテーブルには地図が広げられており、どの貴族がどの領地を治めているのかと国内の勉強をしていたようだ。頑張っているのだと思うと、胸が締め付けられる。強く抱きしめて頬ずりしたくて堪らなくなるが、健やかな眠りを妨げたくない。栞《しおり》を挟んで本を閉じ、テーブルの上に置いた。

ソファとイヴの間に手を差し入れてゆっくり抱き上げる。意識を失って脱力した人間は重い。しかしそれが愛しい人の全てだと思えば軽いくらいだ。アルバートは軽やかにイヴを抱き上げ寝室へと運んだ。控えているエディが速やかに扉の開閉を補助する。

天蓋の付いた広い寝台。整えられたシーツの上に愛しい人を優しく横たわらせた。健やかな眠りに落ちているイヴは全く起きる気配がない。満腹な仔犬のような顔をして眠っている。あまりに愛らしいので思わずまろやかな額に口付けた。

肩のあたりまで布団をかけて、すっかり疲れが癒やされた気持ちで部屋を出る。エディも続いて部屋を出た。夜の護衛は別の人間の仕事になる。

そしてそのまま、隣のアルバートの部屋に連れ立って入った。

「報告を」

軽食の置かれたローテーブル。一人掛けのソファに腰掛けて、対面のエディに発言を求めた。対面のソファに腰掛けたエディは、何の疑問も挟まず【本日のイヴ】を語り上げる。イヴが眠りに落ちてから、アルバートにイヴの行動を報告するまでがエディの仕事だ。

「午前は国内の領地と名産品の照合。食べ物に関しては覚えがいいですが鉱山の採掘量で苦戦している様子です。西の言語の授業では筆記と発音で躓《つまず》いていますが、リスニングは優秀です。祖父が西の国での武勇伝を聞かせた影響でしょう」

「うん、午後は何をしていた？」

「昼食後、軽いストレッチと組み手を行った後、中庭を散策。ロレッタ嬢と歓談してから走り込みを行い、三時からはマデリン令嬢に誘われて茶会に参加。何の前触れもありませんでした」

「……また突撃してきたのか。彼女には先触れを出すよう再三言っておく」

「なんだかんだ楽しく歓談していました。『手榴弾《しゅりゅうだん》』と呼ばれる果実に興味を惹かれていました」

「取り寄せよう」

「その後は贈り物に対するお礼の手紙を作成。不審物を送ってきた相手の目録は控えてありますのでどうぞ確認してください。ちなみに友人から送られてきた布地が頑丈で気に入ったようで、殿下に上着を仕立てると張り切っていました」

「確認しよう――……揃いで仕立てるから、仕立屋が来たら呼ぶように」

「かしこまりました」

イヴが起きてから就寝するまでの流れを聞き終え、アルバートは満足げに頷いた。護衛は護衛対象とその周辺を記録する義務があるが、書類として提出される前に直接エディから様子を聞きたかった。今日もイヴが元気一杯で、健やかな様子に安堵する。

夜食のビスケットを摘まみ、少量の赤ワインで流し込む。聞いた内容と今後の予定を照らし合わせ、特に変更する必要はないなと微笑んだ。愛しの婚約者は頑張り屋で、ゆっくりとした予定とはいえ順調に教育を受けている。

イヴは令嬢として最低限の教育は受けていたが、王家に必要な知識は当然のようになかった。しかし持ち前の根性で学ぶからにはと真剣に取り組んでいる。その実直さが、真っ直ぐ走り出す気質が愛おしい。

ふと、気になったのはそんな彼女の育った環境だ。ベルンシュタインは騎士の家。イヴの根性が鍛えられた由縁はなんとなくわかるが、令嬢を何のつもりで騎士のように育てたのか。最近は女性騎士の雇用も進んでいるが、それはイヴと出会ったアルバートが企画し、王妃が実行してくれたからだ。騎士の家系であるベルンシュタインが女性騎士の存在をどう考えていたのか純粋に気になった。

令嬢として育てるにしては最低限だし、初の女性騎士を目指したのなら中途半端だ。女性騎士の起用が決まった後も騎士団に所属することもなく、イヴはのほほんと学園に通っていた。卒業後は考えたかもしれないが、本気で騎士を目指すなら学園に通わず騎士団に入り見習い期間を積むはずだ。エディはそうだった。

「エディ、ベルンシュタインはイヴをどうするつもりだったんだ」

「どう、とは？」

「彼女をどう扱うつもりだったのか、聞きたい。ベルンシュタインの跡取りは君だろう。妹のイヴを他家に嫁がせるにしては令嬢としての教育が未熟だったし、女性騎士を目指すにしては体型を気にした訓練は受けさせない。ベルンシュタインだ、本気で鍛えたならイヴに柔らかさは残らないはずだ」

「そういうことですか。そういうことでしたら……我が家は、全てイヴ本人に任せる気でいました」

「決定権は伯爵ではなくイヴにあったと？」

「本人は気付いていないと思いますが、そうです。イヴが嫁ぐというならそのように、騎士になりたいというならそのように援助するつもりで育てました」

それはまた、破格の待遇だ。家と家を繋ぐ契約の礎《いしずえ》として利用される令嬢が多い中、将来を自由に選択出来るなどまずない。どれだけ愛があっても、家の経済状況次第では娘を売って他家から援助を受けなくてはいけないときもある。基本的に令嬢の将来を決めるのは家であり家長である父だ。

娘に選択肢を残す。それが可能だったのは、ベルンシュタイン伯爵領が本当に安定していたから。高すぎず低すぎず、高望みせず油断せず家の存続を第一にしてきたからこそ、無理して繋ぐ縁もなかったのだ。だからこそのびのびとイヴが育ったのかもしれない。

「イヴはどうするつもりだったのか……僕が聞くのは無粋かな」

「いえ、問題ないかと。おそらく何も考えていなかったと思います。あえて言うなら当主となった私を傍で支えられるならなんでもいいと思っていたかと」

むしろそれ以外考えられない気がした。騎士になったとしても王都に留まらず兄のいる伯爵領を守る騎士になっただろう。イヴはエディが大好きで、いつだって最優先事項として兄が君臨している。悔しいことだが、それがイヴだ。アルバートは兄を愛しているイヴごと愛している。

嫉妬しないとは言えないしなぜそれほど、とも思うが……。

「イヴは元から、ああなのかい。それともきっかけがあってああなったのか」

「初めからああでした」

真顔で言い切られるとなんとも言えない心地になる。

「妹を育てたのは私なので刷り込みもあるのでしょうが、初めからああでした」

「育てたのは君？　どういうことだ」

育てたと断言するほど二人の年は離れていないように思える。庇護する大人のいない兄妹ならば違和感はないが、ベルンシュタインは祖父母も両親も健在だ。そう、健在だ。

「祖父母は各国の動向に目を光らせ続けていますし、父は領地経営で手一杯。母は私との手合わせで負けてから武者修行の旅に出たので幼い妹の世話は自然と私が見ることになり、使用人たちと一丸になって妹を育てました」

「理解出来ない内容があったから詳しく説明して欲しい」

祖父母が各国に目を光らせているのはわかる。特に祖父は黒の悪夢と名高いベルンシュタイン元騎士団長。引退しているが警戒を怠るわけではない。父である伯爵が領地経営で手一杯なのもわかる。伯爵領は良くも悪くも目立たないが、つまり安定しているということだ。領地は人と自然が相手なので事態は常に変動する。安定させ続けることが実は一番難しい。

だが、武者修行に出ている母とはどういうことだ。確かにベルンシュタイン伯爵夫人が社交に出た記録は十数年前が最後。病のため顔を出せないとは聞いていたが、領地で療養していると思われていた。それがまさかの武者修行。伯爵夫人と全く擦らない単語が出てきた。

「母は病なんです。病名は【思い込み】で末期です。治療法は不明です」

「……続けて」

「そもそも母は父に惚れ込んでベルンシュタインに嫁いできました。押しかけ女房というやつです。祖母は初めいい顔をしませんでしたが、身分差があったわけでも人間性に難点があったわけでもなかったので最終的には二人の婚姻を認めました。ただベルンシュタインの女として、夫の影に控えるだけでなく強くあれと説きました。とても慈悲深い対応だったと思います」

令嬢が嫁にしてくれと他家に殴り込むのは非常識。伯爵と夫人が当時どのような関係だったのか不明だが、いろいろと規格外だったのだろう。非常識な娘を嫁に迎えるわけにいかないと徹底的に拒絶される可能性を考えれば、確かに慈悲深い対応だった。その行為が他家に知られていれば、夫人はどこにも嫁げない可能性だってあった。

「言葉通りベルンシュタインの嫁として強くなければいけないと思い込んだ母は祖父の下、ひたすら鍛錬に励みました。腹筋や大胸筋を鍛え上げ、脊柱起立筋《せきちゅうきりつきん》を整え、三角筋を育て、大臀筋《だいでんきん》を苛め抜きました。結果筋肉隆々となった母を見て祖母は卒倒しました」

そういう意味じゃない。

「……ずいぶん鍛えたね。元騎士団長……ガンドルフォは気にしなかったのかい」

「むしろ気骨のある嫁と大歓迎でした。父は騎士としてより領主として優秀でしたので、鍛え甲斐のある嫁に喜んでいたようです」

鍛え甲斐のある嫁とは。

「鍛え上げた母に、父も惚れ込んでいたようですし」

イヴが筋肉に惚れ込む嗜好は父親譲りなのか。

「さすがにその姿でドレスを着るには少々問題がありましたので、母は社交に出ることはせず領地で警備兵の訓練などに精を出していました」

そう判断するほど筋肉を鍛えたということだ。アルバートは女性騎士の体格を思い返すが、そこまで鍛え抜いた女性騎士はまだ見たことがない。高貴な女性の護衛として控える女性騎士は見かけも大事なのだ。見かけを気にしない実力一辺倒の女性騎士はまだ現れていない。

「しかし妹を出産後、六つになる私と手合わせをしている最中に母が転びまして」

出産後すぐに手合わせをするのが規格外。

「幼児に負けたと判断した母は、己の未熟さを再確認し、修行の旅に出ました」

「なぜそうなった？」

「ベルンシュタインの嫁たる者、弱くては務まらない……六歳児に負ける自分はベルンシュタイン家に相応しくないと思い込み、誰よりも強い嫁になるため、愛する家族から離れて修行をすると決めたらしいです。置き手紙がありました。その日の夜、父が見つけています」

行動が早い。

「社交には出ないが出奔《しゅっぽん》した記録もなかった。彼女がどこにいるか把握しているのかい」

「大河を越えた先にある国で【黒衣の悪夢】と呼ばれる女傭兵の姿が確認されていますので、元気に武者修行に明け暮れていると判断しております」

「夫人が船に乗った記録はないが」

「うっかり泳いで渡ったようです。入国申請が滞りなく行われ、受理されているので密入国ではなく正式な入国です」

泳いで渡れる距離ではないし、出国した形跡がないのに入国が認められているとはどういうことだ。つまり密出国ではないか。伯爵夫人が傭兵として活動中というのもおかしい。これら全てが思い込みから来る行動なら、病と言われても仕方がない気がする。

「……イヴは母について何と」

「物心ついた頃から存在していないものと受け入れています。特に気にしておりません」

少し気にした方が良い。

しかしこれで理解した。ベルンシュタインは夫人で学習し、イヴを鍛えるときは細心の注意を払ったのだろう。話に聞く限り教育には祖母も関わっている。それがなければイヴも元気一杯外に飛び出した可能性がある。

……イヴが時々思い込んで迷走を始めるのは、間違いなく母親譲り。

「母が飛び出したのは私のせい……とは思いませんが」

思わないらしい。どうやらエディも母の思考回路に理解が追いつかないようだ。出産間もない状態で問題なく手合わせが出来ると思う方がおかしい。

「私は母を知らない妹が寂しがらないよう、当時世話をしていた軍用犬たちと平行して教育を行いました」

また理解しづらい内容が出てきた。

「人を育てるというのは難しく、苦労の連続でしたが軍用犬同様厳しく、けれど褒めるときは全力で教育しました。犬と違って人の成長は遅いですが根気よく教育したつもりです。母が修行に出てすぐは祖母も倒れ込んでいましたので使用人たちも忙しく、妹が三つになるまでは私が育てたと言っても過言ではありません」

アルバートは無言で対面しているエディを見た。

曇りのない青空のように澄んだ目をしている。

東の国には、三つ子の魂百までという言葉があると聞く。それは幼い頃の性格や性質は、年を取っても変わらないという意味だ。幼少期の環境によって、人の成長は決まると考えられている。

アルバートはそんな言葉を思い出した。思い出して……納得した。

飼い主と犬のようだと思ったことはあれど、まさか疑似飼い主と犬だった頃があるなんて思いもしなかった。しかも疑似飼い主に、その気が全くない。

エディはイヴを犬のように扱ったつもりはない様子だが、軍用犬を育てていた幼いエディが違いをつけて妹を教育出来ただろうか。頼れる大人が傍にいなかったなら、良かれと思って同じように褒め、躾《しつ》けた可能性が高い。そう、犬と同じように。

アルバートはエディが犬を褒めるようにイヴの頭を撫で回す図を想像してみた。何の違和感もなかった。

そして幼いイヴが、エディに褒められる犬を見て愛情表現を学んだのだとしたら……推察でしかないが違和感がない。

(なるほど、思い込みの病……イヴだけでなくエディもしっかり影響を受けている)

エディ本人は自分を真面《まとも》だと思っている様子が、思い込みの信憑性《しんぴょうせい》を上げてくる。自分の行いが真面だと全く疑っていない。

(一見真面に育てたのが凄いな。この功績は使用人か、伯爵か、それとも前伯爵夫人か)

黒の悪夢、ガンドルフォではあり得ない。嫁を筋肉隆々まで鍛え上げる男だ。むしろそんな男を抱えながら現在のイヴが育ったのは奇跡に近い。あの男もさすがに反省したのだろうか。

アルバートは残ったワインを飲み干してテーブルに置いた。

「興味深い話が聞けてよかった。明日も引き続き頼む」

「はい……ちなみに殿下」

「なんだ」

「本日妹は寝落ちしましたが、だからこそ明日は何が何でも寝落ちしないようにすると思われます」

忙殺されているアルバート。寝る前に一目顔を見るだけで癒やされると言われて、ならばと寝室への立ち入りも許可したイヴ。しかし羞恥心が無いわけではないし、なるべく起きていようと頑張るのが彼女だ。

だがそれだけではなく。

「会いたいと思っているのは殿下だけではありません」

彼女とよく似た夏空色が、真っ直ぐアルバートを見ている。

「……それを君が言ってしまうのはよくないだろう」

「失礼致しました」

「もう下がれ――……明日は、彼女を待たせない」

今度は何も言わず、エディは深く頭を下げてアルバートの部屋から退室した。

それを見送り、暫くソファに座ったままだったアルバートはゆっくり立ち上がると寝室へと移動した。上着を脱いで、寝支度を整えながら……カーテンの閉められた窓の前に立つ。カーテンを少し開ければ、半円のバルコニーから広がる夜空が見えた。

婚約式の日に見上げた星とこの星は同じなのに、一人で見上げているだけでは味気ない。抱きしめた小さな身体。優しく温かな体温。くるくる変わる表情に、聞き心地のよい彼女の声が聞こえないだけで、こうも違う。

窓を開けて一歩外に出る。夜風がアルコールで微《かす》かに火照った身体に心地よい。

華美な装飾の施された手摺りを握り、隣のバルコニーに視線を向ける。しっかりカーテンの閉められた窓。光源の落とされた部屋の中。そこで健やかに眠っている愛しの婚約者。

なんとなく気になって聞いた事で、思いがけないイヴの根源を見た気がする。

伯爵夫人はよく知らないが、イヴも一度思い込めば止まらない。しかも機敏で行動が早く、思い切りがいいので何をするかわからないところがある。今は不慣れで本領が発揮されていないが、王太子妃としてのあり方に慣れて……もしかすると、母親のようにある日突然羽ばたくようにいなくなってしまうかもしれない。

(そうならない為にも、やはり鎖が必要だ)

彼女が必要だと何度も何度も告げて、余所見出来ないように翻弄して。逃げ出したいと思われないよう、優秀な補佐官を複数つける。自分でなくてもいいのではと思われないようこの奇跡を強調して、イヴが興味を持つように調整して……優しい子だから慈善事業を中心に携わせれば、やりがいを感じれば、気付かぬうちに羽ばたいていくことはないだろう。

(君は真っ直ぐ僕を受け入れようとしてくれているのに、僕は本当に卑怯《ひきょう》だな……)

健やかな寝顔を思い描く。遅くなると言ったのに待とうとする姿勢。会いたいと思うのはアルバートだけではないと言ったエディ。星のように瞬き続ける愛しさ。ひっそりと残る、後ろめたさ。

「……愛している」

勘違い、思い込み、病と称されるほど常識からずれたことだとしても、事実と違うとわかっていても。それを訂正する気はない。

アルバートは騙し続ける。

騙して騙して……全てが暴かれた時にも選んでもらえるように、真実の愛を囁き続ける。

「愛しているよ、イヴ」

聞こえないとわかっていても、アルバートは囁いた。

満天の星空の下、誰に聞かれることもなく……静かに、囁いた。

暫くそのままじっとしていたアルバートだが、くるりと踵を返して室内に戻る。窓を閉めてカーテンに手をかけ、最後にもう一度星空を見上げた。

満天の星空。日々変わらぬ、美しいもの。

愛しい人と見るからこそ実感出来る、世界の美しさ。

「……明日は彼女と星を見よう」

きっとアルバートよりも喜んで、キラキラした目で空を見上げるだろう彼女を想って微笑み、そのままゆっくりとカーテンを閉めた。

一つの舞台が終わるように閉められたカーテン。

また明日、日の出と共に愛ある物語は開演を迎える。

誰もが羨ましがるような。誰もが賛辞を送るような。誰もが認める愛の物語を見せつけるためにも。

おやすみなさい。良き夢を。

あとがき

はじめまして、本作作者のこうです。

今回の作品が作者にとって初の書籍です。初の書籍化を、某投稿サイトで初投稿した作品で迎えることが出来た事実に感無量です。

ひたすら主人公のイヴが喧《やかま》しい本作でしたが皆さん楽しんでいただけたでしょうか。楽しんでいただけたのなら幸いです。本当に手に取っていただきありがとうございます。

今回の作品は、勘違いや思い込み、すれ違いの恋が本物に変わる……そんな作品を目指して書き始めました。婚約破棄物で破棄の理由として出てくる真実の愛に、ヒロインが巻き込まれたら面白そうだなと思ったのが始まりです。

結果、思ったより純粋なヒロイン、イヴが「チューで呪いが解けたので私は殿下に恋している」ことを疑問に思ったり戸惑ったりしながら信じ続け、恋心を宝箱にしまっていたヒーロー、アルバートがここぞとばかりにイヴを捕獲、軟禁、溺愛しながら洗脳する腹黒王子のお話になりました。なんて奴だ。

本作は元々短編だったので一章で二人の関係は語り終わるのですが、自分は殿下に恋をしていると信じるイヴの混乱とときめき。たたみかけて全部真実に持っていこうとするアルバートの強かさを掘り下げられてよかったです。作者的に「真実の愛の口付け」に翻弄される人々が書きたかったので。

今回の主軸である真実の愛。純粋なものではなく、吊り橋効果、思い込みから始まる愛も、信じ続ければ真実に違いないと思って書き上げました。完全に双方の勘違いから始まるお話を書こうとしたのですが、アルバートが思った以上にイヴ大好きになったのが計算外です。初期設定ではイヴほどではありませんが、もうちょっとあほの子でした。何で腹黒策士になった？

童話のカップルなら、呪われた状態で出会って仲を深めて愛の口付けでハッピーエンドなのですが、童話の基になった現実のお話ではこんな事実が……っていう展開が好きで、お伽噺の裏側としてイヴはアルバートと事故チューすることになりました。事故なんです!! と嘆くイヴを書くの、とても楽しかったです。

最後に、皆様の応援のおかげでここまで形になりました。脳内が喧しいご令嬢がひたすらわあわあ騒いでいるお話でしたが、某小説サイトへ投稿した時から応援を頂き本当に嬉しいです。拙い作品ですが、たくさんの人の協力と応援で書籍化することが叶い、感動しています。本作を目に留めてくださった編集の方々、素敵な表紙や挿絵を描いてくださったイラストレーター様にも感謝です。ありがとうございました。

企画をいただいてからここまで長いようで短かった……。皆様、『事故チューだったのに！』を手に取っていただき、本当に本当にありがとうございました。

またの機会にお目にかかれること願っております。